# BITTERSÜß

davor & danach

Titel: **Bittersüß - davor & danach**
Autor: **Adele Mann**



1. Auflage: Oktober 2014

Kontakt: adele.mann@outlook.com

Umschlaggestaltung: © Cover Art by jdesign.at
Korrektorat: SW Korrekturen e.U. - swkorrekturen.eu



ISBN-10: 1502714205
ISBN-13: 978-1502714206

ADELE MANN

# BITTERSÜß

davor & danach

Erotischer Liebesroman

**Das Buch:**

**Gibt es in der Liebe eine zweite Chance?**

Ella und Jan waren jung und verliebt, bis sie es nicht mehr waren. Vier Jahre lang sprachen sie kein Wort miteinander. Als sie sich wiederbegegnen, ist alles anders. Nur ihre starke Anziehung zueinander ist noch dieselbe.

Jan, der gut aussehende Herzensbrecher von einst, leidet an den bitteren Folgen eines Autounfalls und Ella fühlt den Drang, ihm zu helfen und ihn zu verführen. Ausgerechnet der Mann, der ihr damals das Herz gebrochen hat, geht ihr nicht mehr aus dem Kopf. Von ihrem Hunger nacheinander angetrieben, lassen sie sich auf eine bittersüße Affäre ein.

Doch kann eine zerbrochene Liebe heilen? Kann man die Vergangenheit vergessen und neu anfangen? Oder ist man verdammt, die Fehler der Vergangenheit zu wiederholen?

**Die Autorin:**

Adele Mann ist das Pseudonym einer deutschsprachigen Autorin, die unter anderem Namen bereits erfolgreich Bücher und E-Books veröffentlicht hat.
Mit **Bittersüß - davor & danach** wagt sie den Schritt in die Welt des Selfpublishing.

Bittersüß ist eine Reihe, die vor allem zwei Dinge vereint: **Romantik & Erotik. Mit einem Hauch Drama.**

**Kontaktieren Sie Adele Mann unter:**
adele.mann@outlook.com

oder

besuchen Sie sie auf Facebook:
www.facebook.com/AdeleMannAutorin

oder besuchen Sie ihren Blog:
adelemannliteratur.wordpress.com

# ADELE MANN

romantisch & erotisch

Lust ist … BITTERSÜß

Liebe ist … BITTERSÜß

Erfahren Sie mehr …

… www.facebook.com/AdeleMannAutorin

# Kapitel 1

## Ella - 2014

Hier hat sich kaum etwas verändert. Mein früheres Lieblingslokal brodelt um diese Uhrzeit. Durcheinanderwirbelnde Stimmen und dumpfes Licht sorgen für die vertraute Atmosphäre. Da ich nicht reserviert habe, stehen die Chancen, einen Tisch zu bekommen, gleich null. Aber ich habe ohnehin nicht vor, allzu lange zu bleiben. Zu viele Erinnerungen sind mit diesem Ort verknüpft, weshalb ich in den letzten vier Jahren nur zweimal hier war. Heute Abend ging es nicht anders. Andrea, eine gute Bekannte und Mitarbeiterin der Hotelgruppe, für die ich tätig bin, wollte sich unbedingt hier auf einen Cocktail treffen, um ganz zwanglos mit mir über meine beruflichen Möglichkeiten zu sprechen. Auf diese Gelegenheit warte ich seit Wochen. Also muss es mir egal sein, dass unser Treffen hier stattfindet. Nur ist es mir nicht egal.

Ich dränge mich vorbei an einer langen Menschenschlange, die auf ihren Tisch wartet, und kämpfe mich bis zur Bar vor, die genauso voll ist. Kein Wunder. Hier ist das

Essen gut, die Cocktails phänomenal und es ist eines der wenigen tollen Lokale in Wien, die das nicht gänzlich an ihren Preisen auslassen. Erleichtert erspähe ich zwei leere Sitze am Ende der Bar. Sie ist in einem Rundbogen angelegt. Die letzten Plätze in der Ecke bieten zumindest etwas Ruhe, um sich unterhalten zu können. Die chillige Musik läuft derzeit noch gedämpft vom Band, was sich in ein oder zwei Stunden ändern wird. Dann herrscht hier eine völlig andere Atmosphäre mit dem gedimmten Licht, den Farbstrahlern und der lauten, angesagten Musik. Feierabend wird Ausgehabend. Noch ist es nicht so weit. Ich streiche mir mein Kleid glatt. Der klassische Etuischnitt mit dem weichen Baumwollstoff trägt sich angenehm. Um nicht ganz so streng auszusehen, trage ich das Haar offen und habe einen Nietengürtel um die Taille geschlungen. Jetzt kann ich so etwas tragen. Vor zweieinhalb Jahren, als ich das letzte Mal hier war, hätte ich es bestimmt nicht getan. Was sehr viel Arbeit im Hotel und ein wenig Selbstdisziplin ausmachen. Dennoch, selbst jetzt habe ich kaum etwas mit den bis zur Perfektion gestylten Hungerhaken, die an der Bar reichlich zu finden sind, gemeinsam. Inzwischen fühle ich mich wohl in meinem Körper und habe akzeptiert, was ich bin und was ich nie sein werde. Zufrieden lächle ich dem Kellner entgegen, der mich knapp und freundlich nach meiner Bestellung fragt.

Ein paar Minuten später habe ich einen halb geleerten Mai Tai vor mir stehen und von Andrea fehlt noch immer jede Spur. Meine Armbanduhr zeigt an, dass es schon Viertel nach neun ist. Wir waren für neun Uhr verabredet. Sie hat mir keine Nachricht auf dem Handy hinterlassen.

Wo steckt sie nur? Ich nippe weiter an meinem Cocktail.

Mein Smartphone piept. Na endlich. Andrea schickt mir gerade Nachrichten via WhatsApp.

*Sorry, sorry, Sorry!!!*
*Wir haben eine geplatzte Leitung in der Wohnung.*
*Ich werde es heute nicht schaffen.*

Schnell tippe ich eine Antwort.

*Mach dir keine Sorgen. Wir holen das nach.*
*Ich hoffe, alles kommt schnell wieder in Ordnung.*

*DAS hoffe ich auch. LG*

*PS: Wir holen das nach. Versprochen!!*

Schöner Mist. Heute Abend wird sie nur noch beim Notdienst jemanden bekommen. Das wird teuer. Eigentlich könnte ich jetzt gehen, und etwas sagt mir, dass das eine gute Idee ist. Aber der vernünftige Teil meines Gehirns rät mir, dass ich zumindest den köstlichen Cocktail austrinken sollte.

Also ziehe ich an dem Strohhalm und lasse den süßen, seidigen Geschmack auf meiner Zunge zergehen. Als mir jemand auf die Schulter tippt, verschlucke ich mich fast. Hustend drehe ich mich um und blicke in Philip Fösters lächelndes Gesicht, einem sehr guten Freund meines sehr guten Grundes diese Bar zu meiden.

„Ella“, spricht er mich fröhlich an. „Ich hätte dich fast nicht erkannt.“

Ohne zu fragen, setzt er sich auf den leeren Barhocker neben mir.

„Hallo, Philip, schön, dich mal wieder zu sehen.“

Etwas Besseres fällt mir nicht ein, und es ist ja nicht seine Schuld, dass mich sein Auftauchen hier an *ihn* erinnert. Philip war früher, als wir uns noch regelmäßig sahen, immer nett zu mir gewesen und er war mir schon deshalb sympathisch, weil er nicht aus einem reichen Haus stammt und sich nicht wie ein Angeber benimmt. Ein wenig nervös fährt er sich über die blonden kurzen Haare.

„Du siehst fantastisch aus. Hast du früher auch, aber

irgendwie doch anders“, versucht er lächelnd zu erklären.

„Na ja, vielleicht gehöre ich ja zu den wenigen Frauen, die mit dem Alter tatsächlich besser aussehen.“ Er erwidert mein Lächeln und nimmt einen Schluck aus dem Bier, das er mitgebracht hat.

„Sagt eine Sechsundzwanzigjährige.“ Er zieht mich auf. Der vertraute Ton lässt mich wachsam werden. Schließlich ist es Jahre her, seit wir derart miteinander geredet hatten. Wenn ich Philip ansehe, muss ich an *ihn* denken, und das macht mir etwas aus, auch wenn ich es nicht zugeben möchte. Nicht mal vor mir selbst.

„Hör mal, Ella.“ Seine Stimme klingt plötzlich so ernst.

„Vielleicht weißt du es ja schon, aber wenn nicht, sollte ich dich vorwarnen, weil es gut sein kann, dass du noch auf ihn triffst.“

Egal, was mir Philip sagen möchte, ich habe jetzt schon einen Knoten im Magen, und alleine die vage Vorstellung, ich müsste Jan, meinem Exfreund, begegnen, lässt sämtliche Nerven durchbrennen. Philips Gesicht vor mir verschwimmt etwas, als er weiterspricht.

„Jan hatte einen Autounfall, Ella, vor etwa einem Jahr. Es hat ihn ziemlich schlimm erwischt. Auch wenn es noch schlimmer hätte sein können. Er hat sichtbare Narben und sein Bein ist ziemlich hinüber.“

Tunnelblick. Mir wird schwarz vor Augen. Und mir wird übel.

Ich versuche noch immer zu begreifen, was Philip mir gerade gesagt hat. Doch irgendwie ergeben die Worte keinen Sinn. Jan, der gut aussehende und charmante Herzensbrecher. Jan, der gut gebaute Sportliebhaber. Jan, der mich so sehr beschädigt hat, ausgerechnet er soll verkrüppelt sein, von Narben gezeichnet?

Meine Vorstellungskraft schafft es nicht einmal ansatzweise, sich das auszumalen. Philip redet weiter auf mich ein, aber ich höre nur halb zu und verstehe lediglich bruchstückhaft, was er da von sich gibt. Mir dreht sich alles und ich habe das Gefühl hinter einer milchigen, dicken Plastikwand zu sitzen.

„... und erst das Humpeln ... der arme Kerl geht kaum noch vor die Tür ... kein Wunder ... Monate bei seinen Alten daheim ...“

Ein Teil von mir möchte Philip anschreien, möchte, dass er endlich still ist. Doch ich sitze weiter nur da, vermutlich mit leerem Gesichtsausdruck und Philip findet einfach kein Ende.

„... hat Tage gedauert, bis ich ihn überreden konnte, sich hier mit mir zu treffen für ein Feierabendbier.“

„Was?“

Meine Stimme klingt viel zu hoch und panisch. Heißt das, was ich denke, dass es heißt? Jan kommt hierher, heute Abend?

„Ich sagte, wir treffen uns heute auf ein Bier.“

Philip brüllt mich an, als würde ich ihn nicht verstehen.

„Wann?“, bringe ich gerade so hervor. Mein Magen stellt im Moment komische Dinge mit dem Cocktail an, den ich intus habe. Kurz sieht Philip auf seine Uhr und zuckt mit den Schultern. „Eigentlich sollte er schon da sein.“

Während er einen weiteren Schluck Bier nimmt, höre ich ihn beim Abstellen der Flasche murmeln: „Wenn er nicht wieder hinschmeißt.“ Fragend blicke ich ihn an. Doch Philip gibt sich Mühe, mich zu ignorieren. Kein Zweifel. Das ist Absicht.

Inzwischen pressen meine Finger das Glas in meiner Hand so fest, dass sie schmerzen. Ich werde Jan Herzog wiedersehen. Den Mann, den ich eigentlich nie wiedersehen wollte.

Werde ich ihn überhaupt noch erkennen? Philip sagte etwas von Narben, Verletzungen. Die Reste des Alkohols versuchen bei dem bloßen Gedanken daran wieder meine Kehle hochzukommen. Schweiß sammelt sich zwischen meinen Brüsten, als ich Philips große Armbanduhr betrachte, deren Zeiger immer weiter vorwärts zucken. Als die Tür aufgeht und kalter Wind einen neuen Gast mitbringt, muss ich mich fast übergeben.

„Ach … Äh … Philip. Entschuldigst du mich kurz? Ich muss mal …“ Lahm deute ich auf mein riesiges, leeres Cocktailglas und erhebe mich umständlich vom Hocker. Als meine Füße den Boden berühren, ist mein Stand alles andere als fest. Und das liegt bedauerlicherweise nicht an den hohen Schuhen oder an dem Mai Tai. Ich muss hier weg, zur Toilette, mich verstecken. Verhindern, Jan Herzog über den Weg zu laufen. Diesem Mann kann und darf ich nicht begegnen. Meine Absätze klacken hektisch auf dem Weg runter zu den Toiletten. Noch nie war ich so froh, das Wort „Damentoilette“ zu entdecken wie jetzt. Gott sei Dank. Ich bin alleine hier. Niemand muss mit ansehen, wie ich mich am Waschbeckenrand festhalte und meine Atmung auf Hochtouren läuft. Am liebsten würde ich mir eiskaltes Wasser ins Gesicht klatschen, aber dann sähe ich aus, als hätte ich sie nicht mehr alle. Ich begnüge mich damit, meine Hände mit kaltem Wasser abzuspülen, um sie mir fest in den Nacken zu pressen. Die Kälte erdet mich, bringt meine Gedankenflut einigermaßen zur Räson. Gut, genau das brauche ich jetzt. Mit geschlossenen Augen atme ich durch und ignoriere das Klopfen auf der anderen Seite der Tür. Als es lauter und drängender wird, öffne ich die Augen und sehe mir selbst im Spiegel entgegen. Überrascht stelle ich fest, dass ich ganz normal aussehe. Sieht man von dem ängstlich traurigen Blick mal ab. Ich sehe zu sehr aus wie ich, egal was Philip meint. Es gibt keine Chance, dass Jan mich nicht erkennt.

„Hey, jetzt mach mal! Wir müssen auch“, keift mich eine Frau durch die Tür an.

„Ja, gleich“, verspreche ich. Doch eigentlich möchte ich lieber hierbleiben, auch wenn das nicht geht.

Mit mulmigem Magen öffne ich die Tür und ernte einen vernichtenden Blick eines blonden Mädchens, dessen falsche, lange Nägel deutlich machen, dass mit ihr nicht zu spaßen ist. Sie schubst mich beinahe zur Seite, mustert mich abfällig und rennt in die Toilette. Eine schüchtern wirkende Brünette zuckt entschuldigend mit den Achseln.

Manche Schritte im Leben setzt man nur sehr ungern und vorsichtig, so wie ich jetzt. Im Schneckentempo steige ich die Treppe zum Lokal hoch. Oben angekommen, sehe ich mich um und erspähe Philip sofort. Auf meinem Platz, neben ihm sitzt ein großer Kerl, dessen Gesicht man nicht erkennen kann, da er ein Basecap tief ins Gesicht gezogen trägt. Er drückt sich am Ende der Bar regelrecht gegen die Wand und blickt ständig nach unten.

Ist das etwa Jan?

Jan, der einen schlimmen Autounfall hatte. Jan, der mir gezeigt hat, was guter Sex ist. Jan, in den ich wahnsinnig verliebt war, ehe er mir das Herz gebrochen hat. Jan, den ich seit vier Jahren nicht gesehen habe. Schwer zu sagen. Ich habe eigentlich nur zwei Möglichkeiten: abhauen und nie wieder hierherkommen oder rübergehen und es herausfinden.

Leider gehöre ich zu jenen Menschen, die immer, wirklich immer, am Schorf kratzen müssen, bis es wieder zu bluten anfängt. Auch in diesem Moment bleibe ich mir und meiner Natur treu – dumm wie ich bin – und gehe rüber zu ihnen. Ohne auf meinen pochenden Herzschlag und meinen brennenden Magen zu hören, umrunde ich die Bar, bis ich vor einem um Entschuldigung blickenden Philip stehe, der mir die Sicht auf seinen Begleiter versperrt.

„Das ist kein guter Zeitpunkt, Ella“, versucht er mich

flüsternd vorzuwarnen. Die Panik in seinen Augen bereitet mir mehr Sorge als die Bedeutung seiner Worte.

Der Typ, von dem ich glaube, dass es Jan ist, lehnt sich etwas vor. Doch mehr als sein bartbeschattetes Kinn und die Andeutung von Nase und Wangen erkenne ich nicht, auch wenn mir das, was ich sehe, vage vertraut vorkommt.

„Sehr gut siehst du aus, Ella. Richtig erwachsen. Wie das blühende Leben."

Voller sarkastischer Bitterkeit spuckt er mir die Worte hin, als wolle er mich in aller Öffentlichkeit bloßstellen. Nur die inzwischen laute Musik verhindert, dass jemand außer uns dreien gehört hat, was er wie zu mir gesagt hat. Völlig erstarrt stehe ich da, erkenne langsam, dass es tatsächlich Jans Stimme ist, auch wenn ich mich nicht erinnern kann, jemals diesen Ton von ihm gehört zu haben.

„Ich …", stammle ich, ohne es verhindern zu können.

„Du, was?", richtet er sich schneidend an mich. Jan blickt mich nun direkt an und trotz der spärlichen Beleuchtung und dem Schatten seiner Mütze sehe ich die Narben auf seiner linken Gesichtshälfte. Zwei Furchen, die eine windet sich zackend von seiner Stirn die Schläfe entlang, die andere Narbe gräbt auf seiner Wange eine hellrosa Ader durch seine dunklen Bartstoppeln Richtung Kinn. Ansonsten sieht er aus wie eine wildere oder dünklere Version seines vier Jahre jüngeren Ichs. Abgesehen von dem kalten Blau seiner Augen, die absolut jeden zur Distanz auffordern. Ich schlucke, ehe ich mich gezwungen sehe, etwas zu sagen. Selbst Philip, ebenfalls verstummt, starrt mich an, als würde er meine Reaktion abwarten, ehe er wagt, noch etwas zu sagen.

„Es … Es ist schön, dich zu sehen."

„Möchte ich wetten." Schnaubend schnappt Jan sich sein Bier und leert es in einem Zug. So langsam macht er mich wütend.

Als er sich zur Seite dreht, so als wäre er mit mir fertig, kocht etwas in mir über. Fahrig dränge ich mich an einem perplexen Philip vorbei und starre Jan von der Seite an.

„Was ist dein Problem?"

„Du", antwortet er schnaubend und reibt sich über den Mund.

„Hey, wenn hier einer wütend auf den anderen sein müsste und sein gutes Benehmen vergessen darf, dann doch wohl ich!" Schließlich hatte er mich belogen und unsere Beziehung zerstört.

„Na, dann müsste das hier", er deutet auf sich, seine Narben und auf mich, „doch genau, das sein, was du dir erträumt hast."

Verwirrt starre ich ihn an. Was soll das denn?

„Mal ehrlich, wie oft hast du mir den Tod gewünscht, als ich es mit uns versaut habe? Nun ja, ganz hat's nicht gereicht, aber fast. Immerhin laufe ich ziemlich krumm und die meisten sehen mich nur ungern an … Genügt dir das?" Wütend starrt er mich in Grund und Boden.

Philip ist die ganze Szene derart peinlich, dass er sich die Hand vors Gesicht hält. Ich kann gar nicht glauben, was er da von sich gibt. Glaubt er das wirklich? Was an mir macht ihn denn nur so wütend? Das Ganze ist absolut untypisch für den Jan, den ich kenne – wohl eher … kannte.

„Hey!" Ich packe ihn an der Schulter. „Du spinnst, wenn du denkst, ich würde mich irgendwie über das freuen, was dir passiert ist. Das ist vollkommener Blödsinn! Es tut mir leid, ehrlich leid … Aber es gibt dir noch lange nicht das Recht, mich hier ohne guten Grund so anzufahren." Meine Stimme ist viel zu laut und ich habe Magenschmerzen. Vor allem jetzt, wo er mich mit seinen traurigen blauen Augen derart ansieht.

„Mein Grund ist nicht gut", gibt er zu, „aber ich habe einen. Wenn ich dich ansehe, völlig unversehrt, sogar noch hübscher als damals, dann fühle ich mich um etwas betrogen … aber, vergiss es."

Wieder fährt er sich über den Mund, als müsse er etwas abwischen. Vielleicht seine Bitterkeit?

„Das verstehst du ja doch nicht!"

Jan will immer noch aufgebracht aus dem leeren Glas trinken, was mir merkwürdigerweise einen Stich in die Brust versetzt. Mit aufeinandergepressten Lippen mustert er jeden Zentimeter meines Gesichts, das leere Glas fest in der Hand.

„Geh, lauf nach Hause, Ella! Und leb dein perfektes, kleines, unversehrtes Leben … Aber lass mich in Ruhe."

Wieder dreht er sich von mir weg, als wäre er fertig mit mir. Doch dieses Mal schlage ich nicht kühn zurück wie vorhin, was mich selbst erstaunt hat. Dieses Mal steigen mir die Tränen in die Augen, die ich aufzuhalten versuche. Denn sein Schlag hat gesessen und tat verdammt weh, mehr, als ich zugeben möchte. Ich fühle mich elend, abgefertigt, von einem Mann mit Narben weggestoßen. Nicht seine Narben stören mich dabei, es sind seine Worte. So hat Jan nie mit mir gesprochen. So kenne ich ihn nicht. Was ist nur mit ihm geschehen, dass er mich, nach allem, was zwischen uns passiert ist, derart verletzen und demütigen muss?

Scham steigt in mir hoch, mitten in diesem vollen Lokal. Verstohlene Augenpaare mustern mich mit abschätzigen Blicken. Ich fühle Röte, die mir in die Wangen schießt. Noch wütender machen mich allerdings meine Tränen, die zu fließen beginnen, als er mich kurz von der Seite ansieht, ehe er auch Philips halbvolle Flasche runterkippt. Das laute Klirren der Flasche, die er auf die Theke knallt, weckt mich aus meiner Starre. Zornig wische ich mir dir Tränen von der Wange, bevor ich endlich richtig reagiere und aus dem verdammten Lokal stürme. Vorbei an vergnügten Männern und Frauen dränge ich mich so lange vor, bis meine Hände endlich die Glastür des Ausgangs aufstoßen.

Kalte Luft empfängt mich und lässt die Tränenspuren in meinem Gesicht brennen, was mich wütend macht. Ich brauche mein Handy, um mir schnell ein Taxi zu rufen. Nur weg von hier. Doch meine zitternden Finger sind nutzlos. Sie kramen in der winzigen Tasche und finden das ansonsten riesig wirkende Smartphone nicht. „Verdammt!"

Endlich ist es in meiner Hand. Die Namen und Nummern auf dem Display verschwimmen. Ich kann die richtige Nummer nicht entziffern, weil ich nicht aufhören kann, zu heulen. Dabei habe ich mir geschworen, dass ich mich nie wieder so fühlen würde – schon gar nicht seinetwegen.

Ohne zu wissen woher, spüre ich seine Anwesenheit hinter mir und drehe mich um. Jan steht da. Zerknirscht und blass sieht er mich an. Seine Schultern hängen herab. Keine Spur mehr von dem Mann, dessen Selbstvertrauen mich beinahe schon erschlagen hat. Der Moment kommt mir ewig vor. Endlich öffnet er den Mund. Ich bin nicht fähig, etwas zu sagen.

„Ella, es tut mir leid … Es liegt nicht an dir, nicht wirklich." Mehr als ein tadelndes Kopfschütteln bringe ich nicht zustande. Das hat vorhin noch ganz anders geklungen.

Jan kommt ein paar Schritte näher. Da ich ihn und sein Gesicht anstarre, fällt mir gar nicht auf, ob er nun hinkt oder nicht. Er stoppt mit einem kleinen Sicherheitsabstand und vergräbt die Hände in seiner Jackentasche.

„Seit dieser Sache komme ich nicht mehr mit Menschen aus meiner Vergangenheit klar, die den alten Jan kennen. Eigentlich … komme ich mit keinem mehr so richtig klar. Vergangenheit, Gegenwart und Zukunft."

Die Art, wie Jan vor mir steht, nur ein Bein voll belastend, bitter und ehrlich, wirkt er verloren, so ganz anders als der harte, anklagende Kerl von vorhin. Ich kann es nicht erklären, doch am liebsten würde ich zu ihm gehen, diesen letzten Schritt zwischen uns überwinden und ihn fest umarmen, egal ob es ihm gefällt oder nicht. Und das, obwohl ich gerade noch seinetwegen weinen musste. Verrückt, aber es ist das, was ich will. Doch die vier Jahre zwischen uns, eine schmerzliche Trennung und das, was immer mit ihm passiert ist und ihn so verändert hat, halten mich davon ab. Ich sehe ihn an und wünsche mir, dass das Basecap nicht da wäre, weil ich ihn dann besser sehen könnte. Erstaunlicherweise bin ich es jetzt, die einen Schritt auf ihn zu macht, und die Worte, die ich zu ihm sage, sind einfach so da, ohne dass ich groß darüber nachdenken muss.

„Jan, ich werde nicht so tun, als wüsste ich, was du in den letzten Monaten durchgemacht hast. Du weißt ja auch nicht, wie es mir in den letzten Jahren so erging. Aber falls du, warum auch immer, mit jemandem reden willst … hier ist meine Nummer."

Ich krame eine meiner Visitenkarten vom Hotel hervor und notiere meine private Handynummer auf der Rückseite. Als ich sie ihm hinhalte, zögert er und sieht mich vorsichtig überrascht an. Ich halte die Luft an und atme erst wieder aus, als er die Hand aus der Jacke nimmt, um nach der Karte zu fassen. Kurz berühren sich unsere Fingerspitzen. Ein Schauer läuft mir über den Rücken, der mich ihm in die Augen sehen lässt. Sie sind immer noch unglaublich blau und das Einzige an ihm, das nicht dunkel und düster wirkt. Lahm versuche ich zu lächeln. Ich muss den Verstand verloren haben. Ganz klar.

„Du nimmst dir doch ein Taxi nach Hause, so spätnachts?"

Diese simple Frage löst eine Flut an Erinnerungen aus, die mich zu überwältigen drohen. Nun klingt er wie Jan, mein Jan, der vielleicht genau das nie gewesen ist.

Dennoch löst es etwas in mir aus, diese Sorge um mich. Ihn so heute wiederzusehen, war unerträglich. Und damit meine ich weder seine Narben noch die Tatsache, dass er humpelt.

Das gefällt mir nicht. Kurz geht mir durch den Kopf, dass ich ihm entgegnen könnte, er wollte doch vorhin noch, dass ich nach Hause laufe, in mein kleines perfektes Leben. Als er mich besorgt ansieht und sogar meinen Oberarm umfasst, verschwindet der Drang so schnell, wie er gekommen ist.

„Ella? Du rufst doch ein Taxi, oder?“

„Ja, ja. Natürlich“, stammle ich.

„Gut.“ Jan wirkt ehrlich erleichtert, was mich nur noch mehr verwirrt – wie der ganze Abend eigentlich. Doch als er meine Antwort hat, steckt er die Karte ein und scheint sich wieder vor mir zu verschließen. Ich denke nicht, dass er anrufen wird. Und vielleicht ist das ja auch am besten so. Für uns beide. Ja, es ist besser so, auch weil ein Teil von mir das unbedingt will.

Ohne sich zu verabschieden, verschwindet Jan die Straße hinunter. Ich schlucke einen riesigen Kloß runter, als ich sehe, wie er das linke Bein nachzieht und es seinen Gang unregelmäßig macht. Mit trockenem Mund rufe ich beim Taxi-Ruf an und warte auf den Fahrer. Seltsamerweise geht mir in der Nacht dieses merkwürdigen Wiedersehens die Nacht unserer merkwürdigen ersten Begegnung nicht aus dem Kopf.

# Kapitel 2

## Ella - 2010

Ich habe Angst. Schritte verfolgen mich. Noch bin ich mir nicht ganz sicher, ob ich wirklich Angst haben sollte. Die schweren Schritte kommen näher, beschleunigen ihren Tritt. Verstohlen blicke ich über die Schulter. Ein großer Kerl folgt mir. Es ist viel zu dunkel, um wirklich etwas erkennen zu können. Spätestens jetzt bin ich mir sicher, dass es eine dumme Idee war, zu Fuß nach Hause zu laufen, um drei Uhr nachts. Doch was blieb mir anderes übrig? Auf einer Party in der Innenstadt habe ich fünfmal versucht, ein Taxi zu bekommen, bis mir wieder einfiel, dass ich bei jedem Funktaxiunternehmen nur das Besetztzeichen bekommen würde. Denn in der Nacht des Lifeball, mit den unzähligen Partys und Veranstaltungen kommt es einem Sechser im Lotto gleich, wenn es einem gelingt, ein Taxi in der Innenstadt zu bekommen. Das fünfte Besetztzeichen noch im Ohr, habe ich mich auf den kurzen Weg aufgemacht, obwohl ich sonst, auch wenn ich es mir eigentlich nicht leisten kann, ein Taxi nehme. So oft gehe ich nicht aus, damit es wirklich negativ zu Buche schlagen kann. Und doch ärgere ich mich über mich selbst, besonders jetzt, wo mir der Fremde schon so nahe kommt, dass ich sein leises Schnauben höre. Ich wünsche mir, ich hätte keine Partyklamotten an, besonders keinen kurzen Rock. Meine Beine und die aufkeimende Panik treiben mich an, schneller zu gehen. Aber ich möchte ihn nicht provozieren. So gut es geht, versuche ich im Schein der Straßenlampen zu bleiben. Kalter Schweiß bricht mir aus. Seit fünf Minuten habe ich keine Menschenseele mehr gesehen. Noch drei Straßen. Nur noch drei. Nirgends ein Taxistand zu sehen. Die kleinen Gassen liegen nicht auf einer Hauptstraße. Warum biegt er nicht einfach ab? Bieg ab!

Etwas drückt auf meine Schulter. Erschrocken drehe ich mich instinktiv um. Ein grinsender Mann mit graumeliertem Bart, deutlich älter als ich, starrt mich an. Seine Augen schwimmen. Ich sage nichts, sehe ihn nur abwehrend an. Wie von selbst wühle ich in meiner Jackentasche nach dem Handy.

„Hübsch bist du. Hab schon viel von dir von hinten gesehen."

Er lallt. Seine Augen wandern unruhig hin und her. Den Rücken will ich ihm auf keinen Fall zudrehen, also behalte ich ihn im Blick und gehe langsam rückwärts.

„Ach komm schon. Du ziehst dich sicher nicht so an, wenn du's nicht wollen würdest." Dreckig lacht er mich aus.

Übelkeit steigt in mir hoch, als er meine unbekleideten Beine anstarrt. Gerade will ich mein Handy aus der Tasche ziehen, um vor seinen Augen den Notruf zu wählen, als ich schon gegen die Hausmauer gedrückt werde. Keuchend entweicht mir die Luft zittrig aus den Lungen. Mein Puls rast, als mir klar wird, dass er mich festgesetzt hat und mein Handy auf dem Asphalt liegt, außer

Reichweite. Er stinkt nach Bier und Schnaps. Instinktiv stemme ich ihn mit den Händen von mir. Zu meinem Entsetzen stelle ich wieder fest, wie klein ich bin, besonders im Vergleich mit ihm, denn er ist bullig und groß und ziemlich betrunken.

„Komm schon … Lass mich ran“, sagt er immer wieder, während ich alles tue, um ihn abzuwehren. Meine Hände geben nach. Sein Mund drängt sich an mein Ohr, sein Atem streift meinen Hals. Ich spüre allzu deutlich, wie abgehackt meine Atemstöße sind. Ich möchte schreien, aber es gelingt mir nicht. Um ihn und seine Gier nicht sehen zu müssen, presse ich die Augen zu. Meine Hände drücken so fest sie können. Sie sind zu schwach. Als er sich am Reißverschluss meiner Jacke zu schaffen macht, schreie ich entsetzt auf.

„Hey, du, lass das Mädchen los!“, höre ich eine Männerstimme, die meine verzweifelten Gedanken ausspricht. Mit aufgerissenen Augen versuche ich über meinen Angreifer hinwegzusehen, um den Ursprung der Stimme zu sehen. Doch er überragt mich. Alles, was ich sehe, ist seine breite Brust.

„Bist du taub? Du sollst sie loslassen!“ Die Stimme wird schneidender. Sie ist das schönste Geräusch der Welt, diese Stimme. Auf der Schulter des Mannes, der sich immer noch an mich drängt, taucht eine Männerhand auf, die ihn von mir zerrt. Ich sacke zusammen, als der Fremde es schafft, meinen Angreifer zurückzuziehen. Nur die Hausmauer in meinem Rücken hält mich noch gerade so aufrecht. Jetzt kann ich ihn erkennen. Ein junger Mann mit dunklen Haaren steht dem breiten Kerl, der mich bedrängt hat, gegenüber. Sein Körper wirkt angespannt, vorsichtig. Die beiden starren sich gegenseitig an.

„Verpiss dich! Das geht dich nichts an“, pöbelt er den jungen Kerl an, der mir einen kurzen Blick zuwirft. Erst jetzt fällt mir auf, dass sie beide deutlich schnaufen.

Der junge Kerl, der nicht viel kleiner ist als der andere Mann, versucht ruhig zu bleiben. Ich kann es ihm deutlich ansehen.

„Geh und schlaf deinen Rausch aus, Mann … ehe es dir richtig leidtut." Er klingt entschlossen und gefährlich. Langsam macht er einen Schritt auf den betrunkenen Kerl zu. Er trägt nur ein Shirt, unter dem sich deutlich seine Muskeln abzeichnen. Auch wenn er schmaler als der andere Mann aussieht, wirkt er durchtrainiert und zeigt keine Angst einem Kerl gegenüber, der betrunken und zudringlich ist. Mir wird klar, dass ich die Luft anhalte und Angst um den jungen Fremden habe, der gekommen ist, um mir zu helfen. Der Betrunkene scheint noch etwas Verstand beisammenzuhaben, denn er macht endlich ein paar Schritte rückwärts. Seine Ferse kippt über den Randstein und er stolpert mit den Armen rudernd auf die Straße, lachend und wütend zugleich.

„Scheiß auf dich!", nuschelt er vor sich hin, torkelt von links nach rechts. „Scheiß auch auf die blöde Kleine."

Der dunkelhaarige Kerl lässt ihn nicht aus den Augen, auch jetzt nicht, als er sich von uns entfernt und in Richtung des Parks schwankt. Erst als ihn die finstere Parkanlage verschluckt hat, lasse ich die angestaute Luft aus meinen Lungen. Mein Retter steht zwei Schritte neben mir und sieht noch angespannt in die Richtung, in die der Kerl verschwunden ist. Ohne ihn wäre das hier nicht gut ausgegangen. Mit kalten, zitternden Händen fasse ich nach seinem Arm, damit er mich ansieht.

„Danke", sage ich so fest ich kann. Als ich ihn dabei berühre, sieht er zu mir. Er hat erstaunlich blaue Augen. Selbst bei diesem trüben Straßenlicht kann ich es erkennen. Außerdem ist er ein sehr gut aussehender Mann in meinem Alter, vielleicht auch ein paar Jahre älter.

„Du hattest Glück, dass ich zufällig auf dem Heimweg war", sagt er bekümmert.

„Ich weiß“, sage ich vor mich hin. Mir ist seltsam heiß und kalt, so als wäre nur ein Teil von mir anwesend.

„Es war kein Taxi zu bekommen. Ich musste zu Fuß gehen“, sage ich, auch wenn er gar nicht danach gefragt hat. Ich beginne zu schwafeln, was ich nur dann tue, wenn ich nervös oder vollkommen daneben bin.

„Ging mir auch so“, entgegnet er und schenkt mir ein vorsichtiges Lächeln. In dem Moment bin ich mir sicher, dass ich noch nie einem so attraktiven Mann begegnet bin. Ich bin mir aber nicht ganz sicher, ob das an der Tatsache liegt, dass er sich heute Nacht zu meinem Retter aufgeschwungen hat, oder daran, dass er einfach viel zu heiß ist, um etwas anderes überhaupt gelten zu lassen. Seinem Lächeln weicht ein besorgter Blick.

„Ist alles in Ordnung mit dir?“, fragt er mich vorsichtig und blickt auf meine halboffene Sommerjacke. Sofort ziehe ich den Reißverschluss hoch. Und etwas daran macht mir erst klar, was alles hätte passieren können. Ich bin mitten in der Nacht von einem Fremden angegriffen worden, der sich an mir vergehen wollte, und wäre er nicht gekommen …

Bevor ich weiß, wie mir geschieht, laufen mir Tränen über die Wangen, und ich zittere, als wäre es eisiger Herbst und keine laue Sommernacht, in der es immer wieder zu regnen beginnt. So wie jetzt. Besorgt sieht er mich an, blickt von mir nach oben zum Nieselregen und wieder zu mir. Meine Nase läuft. Ich wische mir mit dem Ärmel darüber. Mir ist schlecht. Der Typ hätte mich fast …

Plötzlich bemerke ich, dass ich gegen seine Brust gedrückt werde und starke Hände mir sanft über den Rücken streichen. Die Stimme, die ich nie wieder vergessen werde, sagt immer wieder zu mir: „Das wird wieder. Jetzt ist alles vorbei.“

„Tut mir leid. Ich … Das alles hat mich ziemlich erschrocken“, erkläre ich ihm schniefend. Er lacht über meinen Versuch, mir den Regen vom Gesicht abzuwischen, obwohl ich tränenüberströmt bin.

„Na, komm schon. Ich bring dich sicher nach Hause“, bietet er an. „Wenn das okay für dich ist.“

Gerade habe ich ihm heulend im Arm gelegen. Daher ist es bestimmt okay für mich, wenn er mich nach Hause bringt, wo ich diesen schrecklichen Vorfall für immer vergessen möchte. Ich nicke, da ich meiner Stimme nicht zutraue, zuversichtlich zu klingen. Als wir die Straße zu meiner Wohnung entlanggehen, werfe ich verstohlene Blicke zu ihm. Ich weiß nicht, wie ich es sagen soll, aber auch wenn ich noch immer Angst habe, wegen dem, was vorhin passiert ist, geht dieses Gefühl einfach weg, wenn ich ihn ansehe. Das ist so seltsam. Ich kenne ihn doch gar nicht. Alles, was ich weiß, ist, dass er groß ist, durchtrainiert, dunkelhaarig, verdammt gut aussieht und die blauesten Augen hat, die ich je bei einem Mann gesehen habe. Kurz vor meiner Wohnungstür bemerkt er, dass ich ihn musterte. Sein selbstbewusstes Grinsen verrät es mir. Irgendwie scheint es ihm zu gefallen. „Wenn du mich weiter so anstarrst, werde ich mein Ego nie in den Griff kriegen. Und es gibt Leute, genauer gesagt Frauen, die das gar nicht gerne hören.“ Ich weiß nicht genau, wie ich auf diese Bemerkung reagieren soll. Will er mir damit sagen, dass die Frauen ihn für zu arrogant oder zu selbstbewusst halten? Nicht, dass es nicht nachvollziehbar wäre. Wenn ich ehrlich bin, sieht er aus, als wäre er für die Frauenwelt gemacht.

Er ist absolut nichts für mich. Auch wenn das gar nicht zur Diskussion steht. Denn er ist genau der Typ Mann, der umwerfende Typ Mann, mit dem ein Mädchen wie ich nie was anfangen wird. Er und ich, wir spielen nicht in derselben Liga, das sieht man sofort. Jemand wie er geht mit Frauen aus, die photoshopgestylte Profilbilder auf Facebook haben oder Vorsprechtermine.

Herrgott, worüber denke ich bloß nach? Ich bin überfallen worden auf dem Weg zu meiner Wohnung. Darüber sollte ich mir Gedanken machen, nicht über das Privatleben meines Helfers in der Not.

„Entschuldige, ich wollte dich nicht anstarren. Ich weiß einfach nicht, wie ich dir danken soll für deine Hilfe." Sanft lächelnd sieht er mich an. „Da es fast drei Uhr ist, könnte ich wirklich einen warmen Ort gebrauchen, bis ich mir ein Taxi rufen kann. Über etwas Warmes zu trinken würde ich mich auch freuen." Ich starre auf mein Handy, das ich von der Straße aufgelesen habe, und auf die Wohnungsschlüssel in meiner Hand. Was wäre schon dabei? Er hat mich vor diesem Kerl bewahrt, und außerdem möchte ich nicht allein sein, auch wenn mir meine Wohnung als ein sicherer Ort erscheint, gibt es einen erschütterten Teil in mir, der jetzt nicht allein und schutzlos sein möchte.

„Natürlich. Das ist doch das Mindeste." Ich stecke den Schlüssel in das Tor. „Komm rein."

Er folgt mir durch den dunklen, stillen Hausflur. Ich wohne in der einzigen Wohnung hier unten. Es ist ein sehr kleines Apartment in einem Altbau, das früher bestimmt dem Portier oder Hausmeister gehört haben muss, denn es ist wesentlich billiger und kleiner als die übrigen Wohnungen. Doch in den letzten Jahren ist es mein kleines Reich geworden. Und noch nie war ich so froh wie heute, hierher zurückzukehren und die Tür hinter mir abzuschließen. Auch wenn die ungeplante Anwesenheit eines völlig fremden Mannes die Vertrautheit meiner vier Wände verändert.

Er ist sehr still, als er durch meinen kleinen Flur tritt, um in den großen Raum zu gelangen, der im Grunde schon so ziemlich alles ist, was ich zu bieten habe. Dahinter gibt es noch ein kleines Bad und eine Küche. Normalerweise stört es mich nicht, dass sich mein Bett gut sichtbar im Hauptraum befindet. Doch jetzt, hier mit ihm, macht es mich nervös und befangen. Wenn er nur endlich etwas sagen würde.

„Schöne kleine Wohnung. Du hast das Beste aus ihr gemacht."

Dieser Kommentar irritiert mich. Fragend starre ich ihn an.

„Ich arbeite als Trainee in einem Architekturbüro. Beim Studium haben wir auch Räume in Altbauwohnungen wie dieser hier durchgenommen. Nicht jeder kann aus einer Raumstruktur wie deiner eine gemütliche Wohnung machen." Er lächelt mich an. „Du schon."

Wie von selbst erwidere ich sein Lächeln. Erst als ich meine wringenden Hände bemerke, weiß ich, wie nervös er mich wirklich macht.

„Danke. Ich musste mit wenig auskommen. Aber ich wollte mich hier wohlfühlen ... Auch wenn ich fürchte, dass das heute unmöglich ist." Müde lasse ich mich auf die Couch fallen. Er kommt zu mir rüber und setzt sich neben mich. Wir haben immer noch unsere Jacken an.

„Wir können weiter über Einrichtungen reden, wenn du willst, oder du sagst mir, wie es dir wirklich geht ... Hey, sieh es mal so. Wir kennen uns nicht. Das heißt ..." Sein Blick wechselt von fürsorglich zu frech. „... deine Geheimnisse sind bei mir sicher."

Mir entkommt ein nervöses Lachen. Seine Stimme und seine Blicke stellen komische Dinge mit mir an, vor allem mit meinem Magen und meiner Haut. Als würde ein elektrisches Prickeln über sie streichen. Ich weiß, der Kerl will nur nett sein, versucht mich aufzumuntern und ist es bestimmt gewohnt, immer und überall zu flirten. Aber er sollte damit aufhören. Denn auch wenn mir mein Verstand sagt, dass es dazu nie kommen wird, versucht mir mein Körper etwas ganz anderes vorzuspielen. Dabei bin ich gar nicht der Typ, der gleich so auf einen Mann reagiert, nur weil er gut aussieht und eine unleugbare Anziehungskraft besitzt.

„Was, wenn ich keine Geheimnisse habe, die ich dir anvertrauen könnte?“

„Dann solltest du das schleunigst ändern. Ein Mädchen wie du sollte ein paar Geheimnisse haben.“ Ich streife die Jacke ab, während ich lächelnd klarstelle: „Du flirtest wohl immer und bei jeder Gelegenheit. Selbst nachts um drei nach einer Rettungsaktion.“ Schmunzelnd zuckt er mit den Achseln. Als er mein Kleid sieht, das zugegeben offenherziger ist als das, was ich normalerweise trage, verschwindet sein Grinsen und ein konzentrierter Ausdruck legt sich über sein Gesicht. Ich kann mich nicht erinnern, ob ich mir jemals meines eigenen Körpers so bewusst war wie in diesem Moment, als er ihn sich so ungeniert ansieht. Fast so, als wäre das Kleid gar nicht da.

„Gegenfrage: Wie soll ich nicht flirten, wenn du so ein Kleid anhast?“ Mit sich selbst zufrieden beißt er sich lächelnd auf die Unterlippe, woraufhin ich den Kopf schüttele. Der Kerl ist ein echter Herzensbrecher. Das weiß ich so sicher, wie ich weiß, dass die Heizkosten jedes Jahr steigen. Aber auch wenn ich nicht der Typ Frau bin, der ständig flirtet, möchte ich mich nicht blamieren. Nicht vor ihm.

„Das Argument lasse ich gelten. Doch ich laufe nicht immer so herum. Also … willst du nun etwas trinken?“

„Na gut. Ich bin nicht wählerisch. Was immer du mir bringst, ich werde es trinken.“ Erleichtert, seiner unmittelbaren Nähe zu entkommen, gehe ich in die winzige Küche und schenke uns zwei Eistee ein. Als ich mich umdrehe, steht plötzlich jemand vor mir und ich zucke merklich zurück. Ich erkenne, dass er es ist. Doch es ist zu spät. Mein Verhalten ist mir peinlich. Es gelingt mir einfach nicht, die Gläser in meiner Hand vom Zittern abzuhalten, derart habe ich mich erschrocken.

„Ich denke, die Sache hat dich mehr mitgenommen, als du denkst“, ermahnt er mich sanft und nimmt mir dabei vorsichtig die Gläser ab, bevor ich sie noch fallen lasse. Ich bin vollkommen verkrampft und fühle mich erbärmlich. Dieser Angriff und was passieren hätte können, nagen an mir, auch wenn ich es lieber verdrängen möchte.

„Vielleicht hast du recht“, gebe ich zu, sehe ihn dabei aber nicht an. „Was hältst du davon, wenn ich heute auf deiner Couch schlafe, bis morgen die erste U-Bahn fährt? … Ich verspreche, jeden, der diese Wohnung betritt, grün und blau zu schlagen. Freund oder Feind.“ Abwartend sieht er mich an, bis ich zurückblicke.

„Deal?“

Dankbar lächele ich zurück. „Deal“, antworte ich.

„Gut, dann bestehe ich auf mindestens einer Decke.“

„Geht in Ordnung.“

Während ich ihm ein improvisiertes Bett auf der Couch herrichte, kommt mir in den Sinn, dass dies der mit Abstand merkwürdigste Abend meines bisherigen Lebens ist. Ich wurde angegriffen, jemand hat mich gerettet und ein fremder Kerl, der aussieht wie der wahr gewordene Traum jeder Frau, schläft nicht mal eine Stunde später in meiner Wohnung. Nichts davon klingt nach etwas, das normalerweise in meinem Leben stattfindet. Ich bemerke erst, dass ich in Gedanken war, als er von hinten um mich fasst, um meine Jacke von der Couch zu ziehen, ehe ich die Decke darüber ausbreiten kann. Dankbar dafür lächele ich ihn an und versuche vergeblich, das Flattern in meinem Bauch und die Wärme in meiner Brust unter Kontrolle zu bekommen. In Jeans und Shirt bekleidet legt er sich hin. Ohne mich abzuschminken, drehe ich mich um, ziehe das dunkelblaue Kleid aus und das Shirt und die Shorts zum Schlafen an. Kurz habe ich das Gefühl, er beobachtet mich dabei, aber ich traue mich nicht, nachzusehen. Als ich mich hinlege und die Decke hochziehe, kommt mir, wie albern das doch ist. Als würde jemand wie er eine wie mich beim Umziehen beobachten. Noch bevor ich weiter darüber nachdenken kann, sinke ich in einen erschöpften Schlaf, kaum dass mein Kopf das Kissen berührt.

Noch bin ich nicht wach, nicht richtig. Deutlich spüre ich, dass die Muskeln in meinen Beinen verkrampfen und meine Finger die Decke so fest zusammenpressen, dass meine Knöchel schmerzen. Mein Herz rast und das Gefühl von Panik und Furcht verschwindet nicht. Sinnlos versuche ich es zu verscheuchen, indem ich meinen Kopf hin und her schüttele. Schweiß hat sich auf meinen Schläfen gebildet und eine schwere Last scheint mir auf der Brust zu liegen, die mich immer weiter aus dem Schlaf reißt. Was genau ich geträumt habe, weiß ich gar nicht. Aber es hinterlässt ein zähes, scheußliches Gefühl, das mich zwingt, die Augen zu öffnen. Sofort erstarre ich. Da liegt ein Männerarm um meine Hüften. Zugegeben, ein schöner Männerarm. Dennoch hat er nichts hier in meiner Wohnung oder gar in meinem Bett verloren. Da fällt es mir wieder ein, alles, was gestern Nacht passiert ist, und auch der fremde junge Kerl, der mir geholfen hat. Nur, warum zum Teufel liegt er hier mit mir im Bett? Er sollte eigentlich dort drüben auf der Couch liegen. Noch bevor ich den dicken Kloß im Hals hinunterschlucken kann, drehe ich mich vorsichtig um. Blaue wache Augen erwarten mich. Der grinsende Herzensbrecher von gestern scheint verschwunden und ein befangener ernster Mann an seiner Stelle liegt neben mir. Besorgt und als würde ihn die Situation mindestens so verlegen machen wie mich, starrt er mir weiter ins Gesicht. Beim Blinzeln merke ich, dass die Wimperntusche von gestern bestimmt um meine Augen verteilt sein muss. Mein Herzschlag steckt mir im Hals, weshalb ich weiter schweige.

„Du hattest ein paar Alpträume … Als du angefangen hast, zu wimmern, wusste ich nicht, was ich machen soll“, flüstert er. Sehr langsam nimmt er seinen Arm von mir. Ich kann jeden Zentimeter, den er mich loslässt, deutlich auf meinem Unterbauch fühlen. Ich bekomme Gänsehaut davon, nur weil er mich vage berührt.

„Tut mir leid", flüstere ich zurück, obwohl das nicht ganz der Wahrheit entspricht.

„Du hast erst aufgehört, als ich mich neben dich gelegt und dich festgehalten habe." Wieder sieht er mich so merkwürdig an, als hätte er jemanden wie mich noch nie gesehen.

„Das war sehr nett von dir. Offenbar war ich verstörter, als mir bewusst war", gebe ich zu. „Ich kann mich gar nicht erinnern, was ich da geträumt habe. Nur eines weiß ich, schön war es nicht." Er versucht sich in einem Lächeln und streicht mir das wirre Haar von der Stirn.

„Das glaube ich dir", antwortet er, sieht dann auf seinen Arm und zieht ihn schnell zurück, als wäre ihm die Geste peinlich. Mir ist peinlich, dass die Träger meines Oberteils von meiner Schulter gerutscht sind und ich ihm fast schon meinen tiefen und BH-losen Ausschnitt präsentiere, den er sehr dezent anstarrt. Inzwischen müsste mehr Morgenrot in meinem Gesicht glühen als draußen am Himmel. Leider ist es hell genug, um zu sehen, dass mich diese ungewöhnliche Schlafgemeinschaft alles andere als kaltlässt. Manchmal wünschte ich, dass man mir nicht immer alles von der Nase ablesen kann. Denn sein wissendes Grinsen macht die ganze Situation noch ein wenig unangenehmer, so dass sich mein Magen wieder meldet. Aber wer kann es mir verdenken. Da liegt ein völlig fremder Mann in meinem Bett, der mich die halbe Nacht lang gehalten hat und dessen Namen ich nicht mal kenne. Und der Augenblick, ihn ganz beiläufig danach zu fragen, ist bereits Stunden zuvor die Donau hinabgeflossen. Umständlich rücke ich von ihm ab, behalte die

Decke um mich geschlungen und stolpere zur Couch. Wieso muss ich auch derart kurze Schlafshorts im Sommer tragen? Als ich mit den Zehen gegen den Couchtisch stoße und aufjaule, höre ich ihn unterdrückt lachen.

„Gib dir keine Mühe. Ich habe die Nacht über so ziemlich alles von deinen Beinen gesehen, was deine Shorts herzeigen. Und das ist schon eine Menge." Inzwischen strahlt er übers ganze Gesicht. Meine Verlegenheit scheint ihn zu amüsieren. Finster starre ich ihn an, damit er aufhört, mich in Verlegenheit zu bringen. Aber er denkt nicht dran, lehnt sich entspannt zurück und flüstert weiter Unverschämtheiten vor sich hin. „Zum Glück für mich sind auch die Träger deines Shirts deinen weiblichen Argumenten nur mäßig gewachsen." Okay, jetzt reicht es mir. Ich balle die Decke zusammen und werfe sie in seine Richtung. Lachend verschwindet er darunter. Muss er mich so bloßstellen?

Ich habe nicht die Figur, um mich einem Mann so zu präsentieren, das weiß ich. Aber wieso muss er dann ständig meinen Körper zum Thema machen? Typen wie er betreiben viel Sport und stehen auf große, sehr schlanke Frauen mit wenig Busen, so gut wie kein Fett und endlos schlanken Beinen. Ich bin eher klein. Bin ich nun mal. Und etwas kurvig und ja, mit mehr Busen gesegnet, als ich eigentlich möchte. Fahrig zupfe ich endlich die Träger zurecht. Gut gelaunt wühlt er sich aus der Decke und ignoriert meine mahnenden Blicke.

„Wie sieht es mit einem Kaffee aus, ehe du mich rauswirfst?"

„Geht klar, solange du aufhörst, mich weiter in Verlegenheit zu bringen", warne ich ihn und verschränke die Hände vor der Brust. „Ja zum Kaffee und nein zum anderen. Du machst es mir zu leicht … Weißt du denn nicht, dass du gerade deinen Busen sehr vorteilhaft machst, dadurch …" Zufrieden deutet er mit einem

Nicken auf meine Arme, die ich daraufhin sofort fallen lasse. Ich verdrehe die Augen und schalte die Kaffeemaschine an. Verzweifelt wünsche ich mir, der Ansatz meines Pos würde nicht aus meinen Shorts hervorlugen. Doch wenn ich daran zupfe, stachelt ihn das nur mehr an, also lasse ich es. Mit zwei dampfenden Tassen gehe ich zur Couch, wo er schon wartet. Unfair wie das Leben ist, sieht er vom Schlaf zerzaust sogar noch heißer aus, während ich wie eine nass gewordene Katze mit verschmiertem Mascara aussehen muss. Um das zu wissen, brauche ich keinen Spiegel. Verstohlen fahre ich mir wenigstens über die Haare, die weder richtig blond noch richtig braun sind. Meine Freunde trösten mich immer damit, dass ich Meredith-Grey-Haare habe, aber da ich mir sicher bin, dass sie es nur nett meinen, hilft es nicht. Ich bin einigermaßen hübsch, mehr aber auch nicht. Dieser Kerl ist kein Typ für einigermaßen hübsch. Er ist der Typ für absolut wunderschön, etwas, das ich nie sein werde. Vielleicht nerven mich deswegen seine Sprüche so sehr.

„Hier." Ich gebe ihm den Kaffee, den er in zwei Zügen leert. Mein Magen ist zu nervös, um ihn richtig trinken zu können, also gönne ich mir nur ein, zwei Schluck zum Wachwerden.

„Seltsam", sagt er. „Aber ich bin mir sicher, dass du das süßeste Mädchen bist, dem ich je begegnet bin." Spätestens jetzt tobt auf meinen Wangen ein Inferno. Als ich an mir runtersehe, beschämt durch seine Worte, sehe ich, dass die Röte sogar bis zu meinem Dekolletee vorgedrungen ist. Grinsend bemerkt er es ebenfalls.

„Du scheinst wirklich darauf zu stehen, mich in Verlegenheit zu bringen", werfe ich ihm vor.

„Wie gesagt: Du machst es mir auch zu leicht." Kopfschüttelnd stellt er die Tasse auf den Beistelltisch. „Warum wirst du eigentlich bei allem, was ich zu dir sage, dermaßen rot? Dabei sind meine Kommentare noch im grünen Bereich ... Glaub mir, wenn ich dich richtig in Verlegenheit bringen wollte, würde ich noch ganz andere Dinge sagen." Schockiert starre ich ihn an. Wie meint er das denn?

„Und was hast du davon?", frage ich irritiert.

„Erstens wirst du dann so schön rot und blickst süß und verschämt drein. Das ist mal etwas anderes … Und zweitens brenne ich darauf zu wissen, was passieren würde, wenn ich dich mal richtig in Verlegenheit bringe." Sein glühender Blick streift über meinen ganzen Körper, ehe er mir herausfordernd ins Gesicht sieht. Überrascht über mich selbst antworte ich ihm, ohne darüber nachzudenken: „Und warum denkst du, ich würde dir erlauben, mich richtig in Verlegenheit zu bringen?" Trotz Röte im Gesicht halte ich seinen blauen Augen stand, deren Anblick mir heiße Wellen über die Haut jagt.

„Ich habe da so eine Ahnung, dass ein Teil von dir das gerne möchte." Grinsend schüttle ich den Kopf. Bevor das hier noch ausartet, starre ich auf die Uhr. Es ist fast sieben. „Inzwischen fahren die U-Bahnen schon", erinnere ich ihn.

„Du kannst es gar nicht erwarten, mich loszuwerden. Dabei war ich gestern noch so nützlich." Das war nicht fair. Er versucht mir ein schlechtes Gewissen zu machen.

„Na gut, ich schulde dir etwas für deine Hilfe gestern. Was möchtest du als Dank gerne haben?"

„Oh, da würde mir einiges einfallen … Aber im Moment reicht mir schon deine Handynummer, fürs Erste." Selbstbewusst zuckt er mit den Augenbrauen. Der Kerl weiß, dass er mich am Haken hat, wenn er mich am Haken haben will. Doch ich halte das nur für leeres Gerede. Ich werde ihm meine Nummer geben und schon bei der nächsten umwerfenden Frau vergisst er mich anzurufen. Wie Madline aus dem Hotelmanagement-Seminar immer sagt: Traue nie umwerfenden Kerlen mit blauen Augen. Ich sollte auf Madline hören, doch ich merke, wie meine Finger, diese Verräter, nach dem Handy fassen, um ihm meine Nummer zu geben. Er tippt sie ein, ruft mich testweise an und legt dann auf.

„Zu spät. Jetzt habe ich deine Nummer. Kein Rückzieher mehr möglich“, warnt er mich bestens gelaunt und steht dabei auf. Was soll’s. Er ruft ohnehin nicht an.

„Ich bringe dich noch raus.“

Da er in ziemlichem Tempo vorgeht, bleibt mir keine Zeit mehr, mir was überzuziehen. Also folge ich ihm in Shorts in den kalten Eingang meines Wohnhauses. Zum Glück ist niemand hier. Kurz vor dem Tor dreht er sich um und fragt: „Wie heißt du eigentlich?“ Ich muss lachen, weil ihm anscheinend jetzt erst auffällt, dass er meinen Namen nicht kennt. Aber flirten konnte er mit mir.

„Ich heiße Ella.“

„Ein schöner Name. Woher kommt er?“

„Meine Mutter war total verrückt nach France Gall.“ Verständnislos sieht er mich an. „Ihr Song … Ella, elle l’a … Na jedenfalls ist ihr ausgerechnet bei meiner Geburt wieder eingefallen, wie toll sie doch diesen französischen Popsong findet. Also – Voilà – hat sie mich nach dem Song benannt.“

Strahlend lächelt er mich an. „Und wie heißt du?“ Seine Mundwinkel sacken ein wenig nach unten.

„Meine Leute haben mich Jan genannt … Und ich bezweifle, dass es dafür einen Grund gegeben hat. Vermutlich haben sie einfach nach einem Namen mit J gesucht.“ Bitter schnaubt er.

Dieser Laut passt so gar nicht zu dem lebenslustigen, ständig flirtenden Kerl, den ich die letzten Stunden kennengelernt habe. Doch so schnell es gekommen war, verschwindet es wieder und er scheint wieder ganz der Alte.

„Also, deine Nummer habe ich ja jetzt, Ella. Sei gewarnt, denn ich werde sie auch benutzen“, warnt er mich mit dem Handy wedelnd. Ich schüttle zur Antwort grinsend den Kopf und versuche dabei, die herrliche Nervosität, die mich in seiner Nähe fest im Griff hat, abzuschütteln. Erfolglos.

Jan nimmt die Klinke des großen Eingangstors in die Hand. Knarrend öffnet sie sich.

„Mach’s gut, Jan. Und … danke für alles“, verabschiede ich mich. Er gibt der Tür einen Stoß, murmelt ein „Bis bald“ und verschwindet dann. Auf dem Weg zurück zur Wohnung kann ich immer noch nicht glauben, dass das alles passiert ist. Tief in Gedanken zupfe ich an meiner Unterlippe und höre schnelle Schritte hinter mir, als mich jemand plötzlich an der Schulter packt und umdreht. Jan steht schwer atmend vor mir. Ehe ich noch wirklich begreifen kann, dass er nochmal zurückgerannt ist, drängt er mich schon gegen die kalte Mauer. Seine blauen Augen bohren sich in meine. Er drängt mich gegen die Wand und küsst mich, wie ich noch nie geküsst wurde. Ich fühle den Druck seiner Fingerspitzen überdeutlich auf meiner Schulter. Seine Lust und meinen Hunger. Er packt mich an der Hüfte und drückt seinen Mund auf meine Lippen. Eigentlich sollte ich erstaunt sein. Ich bin es auch. Doch mein Mund scheint wie für diesen Kuss gemacht. Ich erwidere ihn, ohne darüber nachzudenken, öffne den Mund für ihn. Sein heißer Atem macht mich ganz schwindelig, und als unsere Zungen sich berühren, explodiert etwas in mir.

Ich bin bereits zweiundzwanzig, doch noch nie habe ich mich so gefühlt, wenn mich ein Mann mit seinem ganzen Körper küsst. Wir können gar nicht mehr aufhören. Ich presse ihn fest an mich. Es ist mir vollkommen egal, ob mich jemand sieht. Sein Unterbleib drückt noch drängender gegen mich, als unsere Zungen sich umeinanderschlingen. Ich habe noch nie solchen Hunger in mir verspürt, als wäre er das Einzige, was mich nährt, und egal wie viel ich esse, ich werde nicht satt, sondern immer nur hungriger und hungriger.

Er keucht auf, presst mich immer wieder an sich. Nie zuvor konnte ich derart deutlich spüren, dass ein Mann mich will. Ich halte mich an seinem Hals fest, weil ich den Boden unter mir nicht mehr richtig spüren kann. Alles an diesem Kuss macht mich benommen und erschreckend lebendig zugleich. Seine Fingerspitzen, die sich immer fester in meine Oberarme bohren, als er mich nochmals an sich zieht, um mich hart auf den Mund zu küssen, fast so, als wolle er etwas klarstellen, senden Schauer über meine Haut. Verdammt. Das ist es. Das ist es, worauf ich immer gehofft hatte. Ich bin verloren. Und es gefällt mir.

Langsam lässt er mich los. Ich schaffe es kaum, den Mund zu schließen. Meine Lippen brennen und mein ganzer Körper schreit nach mehr. Diese gierige Seite an mir ist mir völlig fremd. Erstaunt sieht er mich an, blickt immer wieder von meinen Augen zu meinen Lippen, bevor er mich endgültig loslässt und verschwindet.

Was zur Hölle war das denn?

Wie kann man jemanden so küssen? Ich habe bisher nur mit zwei Männern geschlafen, doch diesen Hunger und dieses Hochgefühl hatte ich bei keinem von ihnen. Dabei hat Jan mich nur geküsst. Doch gerade als ich jede Sekunde des Kusses in meinem Kopf abspule, wird mir klar, dass er nicht anrufen wird, deshalb hat er mich so geküsst. Unverbindlich und ohne jede Scham. Wenn man sich nie wiedersieht, gibt es nichts zu verlieren. Sein Kuss war genau so, ohne jede Reue.

Noch immer high und ein wenig schwankend gehe ich zur Wohnung zurück. Ich höre schwach, dass mein Handy klingelt, und eile dem Klingeln entgegen. Aber ich bin so durcheinander, dass ich gar nicht weiß, wo ich es liegengelassen habe. Alles, woran ich denken kann, ist dieser Kuss. Wo liegt dieses verdammte Ding?

Ich stoße mir wieder den Fuß an derselben Stelle wie heute nach dem Aufwachen. Leise fluchend schnappe ich mir das Telefon und hebe ab, ehe noch die Mailbox rangeht.

„Ella hier", keuche ich außer Atem.

„Und …", höre ich Jans Stimme, die ich sofort erkenne. Sein Männerlachen fährt mir direkt in den Bauch. „… wie ist es dir in der Zwischenzeit ergangen, Ella?"

# Kapitel 3

## Ella - 2014

Bin ich denn vollkommen wahnsinnig geworden? Nicht nur, dass ich ihm meine Nummer gegeben habe, ich habe ihn auch noch darum gebeten, mich anzurufen, wenn er reden will. Wieso tue ich so etwas? Habe ich vergessen, wie lange es gedauert hat, darüber hinwegzukommen?

Und jetzt liege ich hier, wach um zwei Uhr morgens, unfähig einzuschlafen, weil ich nur an eines denken kann: Jan Herzog. Ausgerechnet der Mann, der mir das Herz gebrochen hat, bereitet mir nun eine schlaflose Nacht. Inzwischen machen mir schon meine eigenen, verrückten Gedanken Sorgen. Und was für verrückte Gedanken das sind. Ich kann nicht aufhören, daran zu denken, wie er damals war, und noch mehr quält mich der Gedanke, wie er jetzt ist und wie er mit alledem zurechtkommt, was ihm zugestoßen ist. Unfassbar, dass er wirklich dachte, ich würde mich darüber freuen, ihn so zu sehen. Kennt er mich denn so wenig? Als würde ich Freude empfinden können über seine Narben, seine Verletzungen und die bleibenden Schäden. Egal, wie sehr ich es möchte, ich bekomme diese Bilder nicht aus dem Kopf. Jan, wie er mich dunkel und gequält ansieht, ein Schatten seiner selbst und wie er mich stehen lässt, um mit seinem lahmen Bein von mir wegzugehen. Ich sollte es nicht so an mich heranlassen. Es ist immerhin fast vier Jahre her und doch zerreißt es mich, ihn so zu sehen, zu ahnen, wie verzweifelt und frustriert er sein muss. Ich kenne ihn. Das ist nichts, was er einfach so wegstecken kann. Für Jan war die Welt immer ein Ort, der zu sagen schien: „Komm, nimm dir, was du willst, und genieße es." Und das hat er auch getan. Nur jetzt ist alles anders.

Ich fühle mich schuldig, wenn ich jetzt darüber nachdenke, wie oft mich die Unterschiede zwischen uns geärgert haben. Ich war im Vergleich mit ihm nur Durchschnitt, während er das Leben aus der Perspektive der Gewinner betrachten konnte. In meinem Fall sagte man Dinge wie: Sie kommt gut zurecht. Während er erfolgreich war. Denn als das mit uns anfing, war ich zweiundzwanzig, ging noch auf die Hochschule für Hotelfachmanagement, die für meine Familie fast schon zu teuer war, und musste mir meinen Lebensunterhalt mit Jobs bei Cateringfirmen und als Garderobiere verdienen. Jan dagegen hatte damals sein Architekturstudium gerade hinter sich und konnte durch Beziehungen eine Traineestelle in einem sehr angesehenen Architekturbüro bekommen. Ich komme aus einer stinknormalen, wundervollen Familie. Jan kommt aus sogenanntem gutem Haus und musste sich um so etwas wie Geld nie Sorgen machen, auch wenn die Beziehung zu seinen Eltern nicht vergleichbar war mit dem Band, das mich mit meiner Familie verbindet. Meine wenigen Freunde waren damals so gut wie allesamt vom Land – wie ich – und arbeiteten nebenher, um in ihrem Beruf oder im Studium weiterzukommen. Jans Freunde kamen aus der Stadt, hatten ererbte oder geschenkte Eigentumswohnungen – vorzugsweise im ersten Bezirk – oder kamen aus der näheren Umgebung Wiens. Sie schwänzten ihre Vorlesungen, wechselten ihre Ausbildungs- und Jobgelegenheiten wie ich Sommer- und Wintergarderobe und gingen drei- bis viermal die Woche auf Partys oder in die besten Clubs der Stadt. Jan war viele Dinge, die ich nie sein würde. Das wusste ich von Anfang an. Oft hatte ich damit zu kämpfen, vor allem mit seinen versnobten Freunden oder mit seiner lockeren und sehr selbstbewussten Einstellung zu vielen Dingen, die ich sehr ernst nahm. Doch wenn wir alleine waren, wenn es nur um uns ging, war Jan der wundervollste Liebhaber, der beste Freund und der Mensch, der mir gezeigt hat, dass man Freude im Leben haben soll, auch wenn unsere Schwächen letzten Endes dazu geführt haben, dass wir es als Paar nicht geschafft hatten. Mit diesem Mann hatte ich die schönsten und schlimmsten Monate meines Lebens. Kaum zu glauben, dass er jetzt nicht mehr dieser Mann sein soll und vielleicht sogar nie wieder sein wird. Der Gedanke bereitet mir Magenschmerzen. Ich ertrage das nicht. Ich muss mich aufsetzen und die Decke wegschlagen. Heute Nacht werde ich ohnehin kein Auge zutun.

Gefährliche Gedanken beginnen sich in meinem Kopf zu formen. Schon die bloße Vorstellung ist total verrückt, aber es ist genau das, was ich will. Ich will, dass Jan wieder so ist, wie er einmal war. Ich kann nicht zulassen, dass Jan so weitermacht und der bleibt, den er mir heute Abend gezeigt hat. Eigentlich sollte ich das nicht wollen. Doch wenn es um ihn geht, war ich immer schon unvernünftig. Dabei bin ich für meine Vernunft und meine Kontrolle, besonders in meinem Job als Veranstaltungsmanagerin eines Hotels, bekannt. Der Geschäftsführer, Herr Peters, hat mir in unserem letzten Jahresgespräch versichert, dass er noch nie eine so junge Angestellte in dieser Position –

mit gerade mal sechsundzwanzig Jahren – hatte, die ihren Job mit so viel Professionalität und Können bewältigt hat. Ich bin froh, dass niemand bei der Arbeit meine Gedanken lesen kann, denn wenn sie wüssten, wie absolut unvernünftig und gefährlich meine Gedanken gerade sind, würden sie mich nicht wiedererkennen. Und doch sind sie da und hämmern gegen meinen Schädel. Ich möchte für Jan das tun, was er, ohne sein Wissen, für mich getan hat. Jan hat mich vor vier Jahren aus meinem schüchternen Schneckenhaus befreit, mir gezeigt, wie ich mit jemandem sein kann, dem ich vertraue und der mich Vergnügen auf eine ganz neue, aufregende Art erfahren hat lassen. Jan hat mir beigebracht, was Intimität ist und wie sich guter Sex anfühlt. Fast alles, was ich an weiblichem Selbstbewusstsein besitze, geht trotz allem auf Jans Konto. Und nun ist er von Narben gezeichnet, er, bei dessen Anblick die Frauen schwache Knie und feuchte Höschen bekamen – selbst die schönsten. Ausgerechnet er ist gezwungen, mit einem kaputten Bein zu leben, er, der immer so stark und sportlich war. Der beim Marathon seine Spitzenzeit mit einer Sektdusche gefeiert hat. Ich kenne ihn. Gut genug. Ich weiß, dass er sich so nicht akzeptieren kann, dass es ihn umbringt, so angesehen zu werden und nicht die Leistung bringen zu können, die ihm immer so mühelos gelang. Seine Aggressivität mir gegenüber hat es gezeigt. Jan erträgt es nicht, so zu sein, wie ihn der Unfall hat werden lassen, und er schlägt um sich, weil er sich nicht selbst akzeptieren kann. Ich weiß nicht genau, seit wann er sich auf dieser Abwärtsspirale aus Selbsthass und Ablehnung befindet, aber ich weiß aus tiefstem Herzen, dass ich etwas dagegen tun möchte. Meine Mutter nannte es immer meinen Helferkomplex. Sie sagt, ich sei schon immer damit geschlagen gewesen. Als in der Grundschule Franziska von einem der älteren Jungen drangsaliert wurde und ich mit ihr gemeinsam um unser Leben gelaufen bin, weil ich mich einmischen musste, dämmerte mir zum ersten Mal selbst, dass an der Ansicht meiner Mutter etwas dran sein könnte. Aber selbst wenn, kann ich nichts gegen diesen Drang machen, der sich in meinem Inneren ausbreitet. Ich möchte Jan helfen. Ich möchte, dass er nicht mehr so leidet und lernt, sich selbst auch mit seinen Narben und dem kaputten Bein anzunehmen. Denn für mich macht es kaum einen Unterschied. Ich denke an ihn, sehe ihn an, und vor dem Unfall oder danach, dreht sich in mir diese wilde Gefühlsspirale aus heißen Funken, die mich fühlen lässt, die das Feuer in mir entfacht. Egal was damals zwischen uns passiert ist, der Hunger ist noch da. Außerdem muss ich ja nicht blind in diese Sache hineinlaufen. Gut, ich habe den Drang, Jan zu helfen, auch wenn ich sehr bezweifle, dass er mich helfen lässt oder je anruft, dennoch bin ich nicht dumm. Ich muss mich selbst schützen. Ich muss einen Weg finden, Jan zu helfen, ohne dass er es mitbekommt, und gleichzeitig auf der Hut vor meinen Gefühlen für ihn sein. Zu gut kenne ich die Folgen meiner Verliebtheit in Jan Herzog. Die einzige Art, wie ich Jan helfen kann, ohne dass er denkt, ich würde ihn nur bemitleiden, führt über unsere körperliche Anziehungskraft. Sex. Jan hat immer schon alles zwischen uns körperlich ausgedrückt und geregelt. Wenn wir einen Streit hatten, verführte er mich. Wenn wir uns besonders nahe waren, schlief er mit mir und zeigte mir, was er für mich empfand, ohne es mir mit Worten sagen zu können. Jan glaubte an Lust wie niemand sonst. Er sagte sogar einmal zu mir, dass Lust und körperliche Anziehung das Einzige sei, was zwischen einem Mann und einer Frau frei von jeder Lüge sei.

Wenn ich einen Weg zu Jan finden will, um ihm zu zeigen, dass er für mich genauso begehrenswert ist wie früher, führt der nur übers Bett. Bin ich bereit, diesen Weg zu gehen?

Will ich das wirklich? Kann ich das tun, ohne mich nochmals Hals über Kopf in ihn zu verlieben?

Ja, meine Gedanken sind vollkommen wahnsinnig. Abgesehen davon sind es nur Hirngespinste. Jan will keinen Kontakt zu mir, das hat er mehr als deutlich gemacht, auch wenn er am Ende schwankte. Und selbst wenn … Natürlich bin ich in den letzten Jahren erwachsen geworden und selbstbewusster als noch vor vier Jahren. Doch auch heute plagen mich Unsicherheiten und gewisse Ängste, die ich überwinden müsste, um Jan ohne Zweifel zu beweisen, dass ich ihn noch will. Sein Körper und seine sexuelle Kraft konnten manchmal einschüchternd sein, während ich – schüchtern und unerfahren – einfach von seiner Leidenschaft infiziert worden war. So wie mit ihm war ich mit keinem anderen. Und da ist dieser kleine selbstsüchtige Teil von mir, der das nicht nur für ihn, sondern auch für mich selbst tun möchte, der wieder diesen Rausch fühlen will, wenn ich mit ihm schlafe.

Bin ich stark und entschlossen genug, das durchzuziehen?

Gott, steh mir bei! Aber ich will es tun. Ich will das wirklich wagen. Wie zum Teufel stelle ich das nur an? Wie verführe ausgerechnet ich jemanden, der früher selbst der Verführer war und aufgrund seiner derzeitigen Verfassung sehr wahrscheinlich unempfänglich oder misstrauisch für diese erotischen Absichten sein wird?

Ich erinnere mich nicht daran, je so verrückte Ideen gehabt zu haben. Seltsamerweise ist es dieser kühne, völlig wahnsinnige Plan, der sich in meinem Kopf formt, der mich endlich einschlafen lässt. Verrückt. Erst jetzt gelingt es mir, die Unruhe in mir abzustellen und die Augen zu schließen. Vielleicht bekomme ich doch noch zwei Stunden Schlaf vor einem zehnstündigen Arbeitstag.

Kaum bin ich eingenickt, läutet mein Handy. Zuerst denke ich, dass ich kurz verschlafen habe und nun schon der Wecker läutet. Murrend fasse ich nach dem Smartphone und bekomme fast einen Schlag, als ich den Anrufer auf dem Display erkenne. Eingehender Anruf: Jan Herzog. Sofort bin ich wach. Vielleicht träume ich noch? Mit Unterstützung dieser beruhigenden Vorstellung drücke ich auf annehmen und halte mir das Handy ans Ohr. Mein Herzschlag dröhnt so laut, dass ich Angst habe, nichts zu hören.

„Ella?“, höre ich seine fragende Stimme. Er klingt verdammt wach, so als hätte er keine Minute geschlafen.

„Jan?“

„Ja“, bestätigt er kurz und eine unangenehme Pause entsteht, als wisse keiner von uns, was er eigentlich sagen soll. Aber immerhin hat er mich angerufen um – ich sehe kurz auf die Uhr – fünf Uhr morgens.

Er seufzt leise. „Ich hätte nicht anrufen sollen.“

„Nein, ich meine … Schon okay. Wieso rufst du so früh an?“

Mist. Ich stottere. Aber ich kann mich darauf ausreden, ich hätte schon geschlafen.

„Oh … Wie spät ist es denn?“, fragt er ehrlich erstaunt.

„Ähm … So fünf Uhr vorbei.“

„Mist. Ich wusste das nicht. Ich konnte nicht schlafen – wie meistens nicht – und dachte, bevor ich es mir nochmals ausreden kann, ruf ich dich lieber gleich einfach an … Aber ich kann auflegen und später anrufen, wenn du noch schlafen möchtest.“ So fahrig und unsicher habe ich ihn noch nie erlebt.

Irgendwie gefällt es mir. Mein Magen drückt bei dem Gedanken, dass er an mich gedacht und dieser Anruf ihn nervös gemacht hat.

„Nein, ist schon in Ordnung. Jetzt bin ich ohnehin wach.“

War ich schon die ganze Nacht lang. Aber das lasse ich lieber unerwähnt, genauso wie den Grund dafür.

„Ich wollte dir nur nochmal sagen, wie beschissen mein Verhalten war. Kann ich dich heute zu einem Kaffee einladen und wir reden?“ Ein so einfacher Vorschlag und dennoch bricht mir der Schweiß aus, obwohl es mir doch wunderbar in den Kram passen sollte, bedenkt man meinen verrückten Plan. Aber ich habe eine noch bessere Idee.

„Ich komme heute ziemlich spät von der Arbeit.“

„Verstehe“, brummt er düster, als hätte ich ihn abgewimmelt.

„Also … wieso kommst du danach nicht zu mir? Ich wohne noch in derselben Wohnung wie früher. Außerdem nehme ich, wenn ich so lange arbeite, immer ein paar Überbleibsel aus der Hotelküche mit. Alles sehr lecker. Und bei mir können wir uns in Ruhe unterhalten … wenn du willst.“ So, ich habe es getan. Der Vorschlag ist raus und damit liegt es an ihm.

Jan zögert. Es knistert in der Leitung. Das Schweigen dehnt sich aus. Hat er genauso Angst vor den Erinnerungen hier wie ich?

„Und das macht dir nichts aus?“, fragt er nach.

„Nein, gar nicht.“ Das ist glatt gelogen. Es hat ein Jahr gedauert, ehe nicht jede Kleinigkeit in meiner Wohnung mich an ihn erinnert hat. Dafür gibt es Ikea und all die anderen Möbelhäuser, die es mir erlaubt haben, für wenig Geld viel Veränderung herbeizuzaubern. Danach wurde es besser. Auch wenn es nicht leicht sein wird, ihn wieder hier zu haben, hilft es mir. Hier wird er vielleicht leichter auftauen.

„Gut. Soll ich etwas mitbringen?“

„Nur dich. Für den Rest sorgt die Hotelküche und meine Kaffeemaschine.“ Er schmunzelt kurz, glaube ich.

„Wann soll ich bei dir sein?“

„So gegen halb sieben.“

Dann habe ich noch über eine Stunde Zeit, um zu

duschen, mich umzuziehen und mir einzureden, dass ich bereit dafür bin.

„Das … Das passt.“ Ich habe das Gefühl, er wollte eigentlich etwas anderes sagen.

„Bis dann.“

„Bis dann, Ella.“

Ich lege auf und wünsche mir, dass es mir nicht so durch und durch gehen würde, wenn er meinen Namen sagt. Niemand sagt meinen Namen so bewusst und auf diese spezielle Weise. Das hätte ich beinahe schon vergessen.

Bin ich denn verrückt, zu glauben, ich würde das durchziehen können, ohne zu scheitern? Oder schlimmer noch, ohne mich in ihn verlieben zu können?

Mir bleiben noch über zwölf Stunden, um mich auf den Abend mit Jan gefasst zu machen. Ich versuche mich daran zu erinnern, warum ich das tue, um den Mut nicht zu verlieren.

Doch tief in meinem Inneren weiß ich, warum ich das tue, und es hat sehr viel mit der Nacht zu tun, als Jan und ich das erste Mal miteinander geschlafen haben.

# Kapitel 4

## Ella - 2010

Ich könnte vor Nervosität zerspringen. Ich zittere, und ich glaube, er bemerkt es. Wieso kann ich nicht zu den selbstsicheren Frauen gehören, für die das hier ein Leichtes ist, die sich wohl in ihrer Haut fühlen und ihrer eigenen Weiblichkeit sicher sind?

Jan lässt mich keine Sekunde aus den Augen, seit wir zurück in meiner Wohnung sind. Im Restaurant hat mir sein Flirten noch einen Kick verschafft und mich locker gemacht. Seine Küsse vor meinem Wohnhaus waren ebenfalls sehr willkommen. Doch jetzt kriechen meine Schüchternheit und Nervosität aus jeder Ecke hervor und haben mich vollkommen im Griff. Die Vorstellung, gleich nackt zu sein, macht mich derart nervös, dass mir der Magen schmerzt. Wie soll ich auch ruhig bleiben, wenn seine blauen Augen mich so anstarren? Seit ein paar Minuten haben wir uns nicht mehr geküsst. Es ist viel leichter, sich selbst zu vergessen, wenn ich an seinen Lippen hänge und unsere Zungen leidenschaftlich miteinander beschäftigt sind. Nun bin ich mir meiner selbst viel zu bewusst. Ich denke an meine leichte, weiche Bauchwölbung und meine Schenkel, die nicht gerade an eine Gazelle erinnern, und an meinen Busen, der für meine Körpergröße viel zu üppig geraten ist. Aber vor allem denke ich an Jan, der mich anstarrt, während er sich ohne jede Scham vor mir auszieht. Verdammt, ich kann genau spüren, wie mir die Röte noch mehr ins Gesicht schießt. Meine Wangen stehen in Flammen. Jan hat nicht die geringste Scheu und enthüllt seinen athletischen Körper, der mich atemlos und befangen macht. Kurz grinst er in sich hinein, ehe er die Shorts nach unten schiebt. Und ich stehe hier in BH und Rock, halb angezogen vor dem Bett wie eine unerfahrene Idiotin. Als er aus der Beuge wieder hochkommt, sehe ich alles, besonders den erregten Teil von ihm, der steil nach oben ragt. Der Anblick macht mich noch feuchter, was mir peinlich ist, obwohl es das nicht sein sollte. Doch seine Erregung, die mir gelten muss, hilft mir auch etwas von meiner Unsicherheit zu verlieren. Immerhin bedeutet es, er will mich. Unsere Küsse und mein Anblick bewirken das bei ihm. Der Gedanke hilft mir, so dass ich fähig bin, mir die Strumpfhose auszuziehen und auch den Slip. Nur Rock und BH gelingen mir nicht. Ich musste mich bisher noch nie vor jemandem ausziehen. Meine wenigen, nicht besonders glorreichen sexuellen Erfahrungen – zwei an der Zahl – waren eher schnell vonstattengegangen. Kleidung war dabei nur im Weg und wurde verschoben oder hektisch vom Körper des anderen gerissen. Doch mit Jan ist es anders. Mit ihm ist einfach alles anders. Wir reden dabei nicht, was meine Nervosität verstärkt. Er lässt sich Zeit.

So wie er mich küsst, so vollkommen und leidenschaftlich genießend, genau so möchte er anscheinend mit mir schlafen. Es dauert eine kleine Ewigkeit, ehe er nackt auf mich zukommt. Ohne mich zu küssen, was mich wahnsinnig macht, streift er mir das Haar nach hinten und öffnet den BH in meinem Rücken, offenbar mühelos. Kein Herumnesteln, bis ich gezwungen bin, es selbst zu tun. Nein, bei Jan geschieht alles fließend. Er weiß genau, was er tut. Obwohl es mich anmacht, ist die Vorstellung, wie viele Frauen bereits in diesen Genuss gekommen sind, keine sehr schöne, wenn ich auch weiß, dass sie wohl der Realität entspricht. Daran gibt es leider kaum einen Zweifel.

Jan macht einen kleinen Schritt zurück, um die Brüste, die er schon so oft mit seinen Händen erspürt hat, nun vollkommen entblößt anzusehen. Verschmitzt lächelt er mich an, beginnt an meinem Hals zu knabbern und fährt mit den Händen unter meinen Rock, um meinen Po zu streicheln. Ihm scheint zu gefallen, was er fühlt, denn er presst seine Erektion gegen mich. Ich kann ihn heiß und hart auf meinem Bauch spüren. Ich keuche vor mich hin, fast schon wimmernd, weil er mich so langsam verführt und ich nicht weiß, wohin mit meiner Lust. Als ich sein sanftes Spiel kaum noch aushalte und nach ihm fassen will, etwas Eigeninitiative zeigen möchte, gleitet sein Mund von meinem Hals zu meinem Brustansatz. Ich halte die Luft an, ehe er seine Lippen um einen meiner Nippel schließt, die mittlerweile schmerzhaft hart geworden sind. So hat es sich noch nie für mich angefühlt. Jan saugt an ihnen und presst mich im Kreuz immer wieder rhythmisch an sich. Sein Glied reibt dabei zwischen uns auf und ab. Sein Atem beschleunigt sich, doch er lässt sich weiter Zeit, bearbeitet auch meinen anderen Nippel, ehe er meinen Busen mit seinen Händen streichelt.

„Leg dich hin!“, ist das Erste, was er zu mir sagt, seit wir die Wohnung betreten haben. Ich kann überhaupt nicht mehr sprechen, also lege ich mich auf das Bett und ziehe ihn mit mir. Mein fester Griff entlockt ihm ein schiefes Grinsen. Er weiß genau, wie sehr mich das hier erregt und wie verzweifelt ich ihn will. Kaum liege ich, spüre ich ihn auf mir, Haut an Haut. Herrlich, ist alles, was ich denken kann.

Er rutscht an meine Seite, küsst mich, bis mir schwindelig wird. Schnell und mühelos sind seine Finger in mir, sodass ich erschrocken aufstöhne. Tatsächlich bin ich mehr als feucht genug, dass er mit ihnen rein- und rausgleiten kann und mich damit um den Verstand bringt. Als seine Zunge in meinem Mund die verruchten Bewegungen, die er gleichzeitig in meinem Schoß macht, nachahmt, steht bereits mein ganzer Körper unter Strom. Er fühlt sich heiß an. Ich wünschte, ich hätte den Mumm, ihn genauso zu berühren, wie er mich gerade berührt. Doch ich küsse ihn nur und fahre seinen Rücken auf und ab, streichle seine Brust. Meine Angst, etwas nicht zu können oder falsch zu machen, lähmt mich. Doch dann verlangt er von mir: „Fass mich auch an!"

Und ich kann gar nicht anders, schließe meine Hand um seine Erektion. Die Bewegungen übernimmt er, worüber ich froh bin, denn es gibt zu viele Dinge, die ich nie getan habe. Bisher.

Mit Jan will ich sie alle erleben, dabei haben wir noch nicht einmal miteinander geschlafen. Jedenfalls noch nicht.

Nach einem Hochgefühl, das unser beinahe einstündiges Herummachen mir beschert hat, bin ich mehr als bereit.

Ich will ihn in mir spüren. Denn mein erstes Mal war wie bei den meisten nicht besonders gut gewesen und bei meinem anderen Mal hat es sich zwar schön angefühlt, aber es war nichts im Vergleich hiermit. Ich möchte endlich wissen, wie es sich anfühlen kann, wie es ist, mit Jan zu schlafen, ihn in mir zu spüren. Meine Lust wird schon beinahe verzweifelt. Also überwinde ich meine Scham, weil mir nichts anderes mehr übrigbleibt und ich keine Minute mehr dieses Vorspiels aushalte, ohne von ihm richtig genommen zu werden. So kenne ich mich gar nicht. Ich packe Jan bei den Hüften und drücke ihn gegen meinen Schoß, der nur noch zu brennen scheint und ausgefüllt werden möchte.

Natürlich versteht er und schiebt meine Beine weiter auseinander. Als er sich über mich stemmt, wage ich es nicht, ihm in die Augen zu sehen, aber ich fühle überdeutlich, wie er in mich eindringt. Ich halte so lange still, bis er mich vollkommen ausfüllt, dann blicke ich aus den Augenwinkeln in sein Gesicht. Ein Ausdruck angespannten Genusses überzieht seine schönen Gesichtszüge. Sein Blick zuckt zu mir und diese blauen Augen fordern etwas von mir. Als er mich wieder küsst, wild und fest, beginnt er sich zu bewegen. Ich kann jeden Zentimeter seines Geschlechts spüren, auch wenn er ein Kondom zum Schutz trägt, von dem ein Teil von mir wünscht, es wäre nicht zwischen uns. Er hat es irgendwann übergestreift, als klar wurde, dass es nicht beim Rummachen bleiben würde.

Seine Bewegungen bringen mir pure Ekstase. Er bestimmt den Rhythmus, und dieser ist genau richtig. Mit jedem weiteren Stoß bringt er mich der wachsenden Welle näher, die sich in mir aufbaut und die ich noch nie fühlen durfte.

Ich wusste es schon von dem Moment an, als er mich heute das erste Mal nackt berührt hat, dass er es sein würde, bei dem ich endlich einen Höhepunkt spüren werde. Jetzt, wo es so weit ist, bin ich dennoch überrascht, wie überwältigend die Empfindungen dabei sind. Kurz scheint es fast unangenehm, die Lust zu viel, ehe es droht, weniger zu werden und mein Körper erneut nach mehr verlangt. Ich spüre seine heiße, wundervolle Männerhaut unter meinen Fingern und habe sein wildes Keuchen im Ohr, das immer schneller wird. Doch erst als er meine Schenkel packt und sie sich um seine Hüften schlingt, dringt er noch ein kleines Stück tiefer und berührt einen Punkt in mir, der mich ohne Gegenwehr aufschreien lässt. Auch Jans Laute werden schneller, der Ton seiner Lustgeräusche wird tiefer. Wir können uns nicht mehr küssen, lieben uns viel zu heftig. Immer schneller stößt er dabei in mich. Die Reibung beim letzten Mal war zu viel für mich. Mein Unterleib krampft sich fest zusammen. Die Wellen dieser Lust breiten sich in meinem ganzen Körper aus, erfassen mich, außen wie innen, ehe ich explodiere und erstarrt und zitternd in Jans Armen komme. Kurz nach mir, den Nachklang meines Zitterns und meiner Enge spürend, erstarrt er zweimal schnell hintereinander, ehe zuerst ein gequälter und dann ein erlösender Ausdruck über seinem Gesicht erscheint. Auch er hat seinen Höhepunkt. Ich kann es sehen und fühlen, auch wenn das Kondom mir verwehrt, den physischen Genuss seiner Explosion in mir vollständig zu spüren. Seltsam. Bei meinen beiden anderen Malen war ich immer froh darüber, dass das Kondom da war, während ich bei Jan keine Scheu gehabt hätte, auch das von ihm zu spüren.

Als er auf mir zusammenbricht, genauso heiß und verschwitzt wie ich, hören all diese Gedanken auf und ich fühle mich nur wunderbar, befriedigt und glücklich. Wie eine verbesserte und auch weiblichere Version meiner selbst, die gerade geboren wurde.

Jan lacht und drückt dabei seinen Kopf an meine Schulter. Das Beben seines Körpers verschafft mir eine wohlige Gänsehaut.

„Was ist?“, frage ich und lache ebenfalls.

„Ich fürchte, Ella … nach dieser Nacht wirst du mich nur sehr schwer wieder los“, warnt er mich und macht es sich neben mir gemütlich. Seine blauen Augen blitzen erheitert auf.

„Das passt mir gut … nach heute Nacht …“

„Na, dann sind wir uns ja einig.“

„Sind wir“, bestätige ich schmunzelnd.

Wir küssen uns – ganz sanft. In Wahrheit will ich, dass er nie wieder geht, obwohl wir uns erst zwei Wochen kennen und gerade erst zum ersten Mal miteinander geschlafen haben.

# Kapitel 5

## Ella - 2014

„Du triffst dich mit wem?“, fragt Sascha mich aufgebracht. Als hätte er nicht genau verstanden, was ich erzählt habe. Er ist der Einzige meiner Freunde, außer Sonja, der meine Geschichte mit Jan kennt. Die anderen sehe ich seit meinem Abschluss kaum noch, abgesehen von ein paar Facebook-Kontaktversuchen.

„Du hast mich schon verstanden … Und jetzt rede etwas leiser, wir sind hier bei der Arbeit, und ich möchte nicht, dass irgendjemand außer dir das mitbekommt. Schon gar nicht Lena Meinhardt. Du weißt, dass sie nur auf eine Gelegenheit wartet, mich reinzureiten, seit Herr Peters mich befördert hat.“

Sascha, einer meiner besten Freunde, auf südländische Art unverschämt attraktiv und schwul bis zu den schwarzen Haarwurzeln, starrt mich immer noch fassungslos an.

„Natürlich werde ich schweigen wie ein Grab. Die Meinhardt bekommt von mir kein Futter für ihre Intrigen gegen dich, auch wenn ich dir nochmal sage, dass du dir keine Sorgen machen musst. Jeder hier, vom Personal bis zum Management, mag dich lieber als diese fiese Zicke. Aber jetzt mal zum Wichtigsten …“ Er schubst mich zur Seite, etwas abseits vom Hotelempfangstresen.

„Bist du vollkommen irre? Du willst dich mit Jan Herzog treffen, ausgerechnet mit ihm? Hat dir der letzte Schlag nicht gereicht? Willst du dir noch ein K. o. in der zweiten Runde holen?“

Ich hasse es, wenn er mir mit Box-Metaphern kommt, aber Sascha verbringt nun mal viel Zeit im Boxclub, wo er seinen Körper stählt und Frust über seine leider häufig wechselnden Partner abbaut. Für ihn funktioniert es, und ich bin froh darüber, denn ansonsten würde er vielleicht versuchen wollen, mich zum Sport zu überreden. Aber er weiß, dass ich fürs Boxen nichts übrig habe. Ich weigere mich standhaft, mir anzusehen, wie ihm ein anderer Kerl die hübsche Visage zerstört. Ich gehe lieber ins Kino mit ihm. Für uns funktioniert es. Wir haben beide eine Schwäche für Cocktails und haben uns vor etwa zwei Jahren angefreundet, als ich hier anfing. Sascha arbeitet als Concierge, daher haben wir beruflich viel miteinander zu tun. Es war auch jene Schwäche für Cocktails, die mich dazu brachte, ihm von Jan zu erzählen, was ich gerade zu bereuen beginne.

„Erstens …“, warne ich ihn. „… lass die Boxmetaphern und zweitens habe ich dir bereits erklärt, dass es besondere Umstände sind.“

„Die Unfallsache, schon klar …“ Sascha verdreht die Augen.

„Was soll das jetzt wieder heißen?“

„Das soll heißen, Fräulein Retterkomplex, dass sein erbärmlicher Zustand zusammen mit deinem ausgeprägten Helferkomplex und deinen verschütteten Gefühlen für diesen Kerl keine gute Kombination abgeben. Du handelst dir nur Ärger ein."

Als ich ertappt wegsehe, stöhnt er frustriert auf.

„Oh nein, das hast du schon, nicht wahr?"

„Noch nicht richtig."

„Mhm", murrt er. „Was hat das Fräulein für Dummheiten vor? Raus damit!"

„Nichts, was ich nicht im Griff habe", flunkere ich.

„Ella, du weißt, dass ich bewundere, wie gut du dein Leben meisterst, und ich bin der Letzte, der dir Ratschläge in Liebesdingen geben sollte. Immerhin ist meine letzte feste Beziehung beinahe drei Jahre her und seither geben sich die Kerle bei mir mehr oder weniger die Klinke in die Hand, dennoch gefällt es mir nicht, dass du diesen Jan wieder in dein Leben lässt. Ich habe deinen Gesichtsausdruck gesehen, als du mir damals das erste Mal von euch erzählt hast, und auch wenn du glaubst, dass du drüber weg bist und alles im Griff hast, hast du es bestimmt *nicht* im Griff."

Als ich protestieren will, unterbricht er mich wieder. Das kann er verdammt gut. „Und ja, ich weiß, du hast hier bei der Arbeit alles unter Kontrolle und lässt dich auch sonst nicht so leicht aus der Ruhe bringen, aber Ex-Liebhaber sind etwas anderes. Glaub mir." Ich atme durch und denke über seine Worte nach, während er die letzten Online-Zimmerreservierungen prüft.

„Na gut. Ich gebe zu, da ist was dran. Aber ich bin nicht mehr das völlig vernarrte, junge Ding von damals und ihm geht es wirklich dreckig. Du hättest ihn gestern sehen sollen, Sascha! Wie er ständig versucht hat, sein Gesicht zu verbergen, nur wegen dieser Narben, und wie sehr er sich für das Humpeln geschämt hat. Dabei ist es mir kaum aufgefallen."

Betroffen blicke ich auf den Tresen und bin froh, dass er nichts von meinen verrückten Absichten weiß.

„Was ich sehe, sind deine dunklen Augenringe und die Aufregung in deiner Stimme. Das ist es, was für mich zählt. Ich möchte nicht, dass dir jemand wehtut." Darum liebe ich ihn so, auch wenn er sein Liebesleben nicht im Griff hat, ist er der fürsorglichste, liebste Mensch, den ich kenne. Dankbar umarme ich ihn kurz und achte darauf, dass uns weder die Hotelgäste noch die Angestellten sehen. Mein professionelles Auftreten hier ist mir enorm wichtig.

„Danke für die Umarmung."

„Immer wieder gern. Ich muss jetzt den Saal für die Konferenz vorbereiten."

Ich schnappe mir meine Mappe und sehe, dass ich in den hinteren Bereich des riesigen Hotels gelange. Auf dem Weg dorthin komme ich zu der Überzeugung, dass ich Sascha vielleicht nichts über das heutige Treffen mit Jan hätte erzählen sollen. Doch irgendwie musste ich meine Aufregung darüber mit jemandem teilen. Und seine Sorge verschafft mir auch ein schönes Gefühl, auch wenn die Aufregung wegen heute Abend viel schwerer wiegt.

Das Essen ist vorbereitet, ich bin frisch geduscht und gut angezogen und habe schöne Unterwäsche gewählt, falls mein Plan irgendwie doch früher fruchtet als gedacht. Alles ist fertig, auch meine Nerven. Sascha hat Recht. Was denke ich mir dabei? Nur ist es bereits zu spät für mich. Wenn ich einmal einen Entschluss gefasst habe, dann bleibe ich dabei. Zumindest einen Versuch muss ich wagen, dann habe ich mir nichts vorzuwerfen. Was Versprechen angeht, halte ich auch jene, die ich mir selbst gebe. Und ich habe mir versprochen, Jan auf ähnliche Weise zu helfen, wie er mir damals. Er hat mich aufgeweckt, mich lebendiger gemacht und mir Selbstvertrauen geschenkt, das ich gut gebrauchen konnte. Vieles davon hat er mit dem Fehler, der zu unserem Ende geführt hat, wieder kaputtgemacht. Dennoch haben mir die Erfahrungen mit ihm geholfen, die zu werden, die ich heute bin, und diese Person mag ich eigentlich ganz gerne. Ich möchte für Jan dasselbe tun. Denn egal was er damals getan hat, niemand verdient es, so einen Unfall zu haben und mit diesen Folgen durchs Leben gehen zu müssen.

Es klingelt. Keine Flucht mehr möglich. Es ist so weit. Der erste Schritt meines Plans beginnt. Bevor ich ihm die Tür öffne, atme ich noch einmal tief durch und verbanne alle meine Unsicherheiten und Zweifel in die hinterste Ecke, um die zu sein, die Version meiner selbst, die ich heute Abend sein muss. Ich öffne ihm. Sofort sieht er zu mir hoch. Wieder trägt er dieses Basecap, was mich ärgert. Denn er benutzt es als Schutz, um nicht gesehen zu werden und die Menschen auf Abstand zu halten. Das kann ich für mein Vorhaben gar nicht gebrauchen. Außerdem stört mich der Gedanke daran. Ich muss mir deshalb was einfallen lassen.

„Komm doch rein", sage ich und trete dabei zur Seite. Er geht an mir vorbei und sein natürlich männlicher Geruch steigt mir in die Nase. Es ist ein sehr anziehender Geruch. Er weckt Begehren und sehr verführerische Erinnerungen daran, wie seine Haut schmeckt. Ich versuche hinter einem einladenden Lächeln zu verbergen, dass ich schlucken muss.

„Toll, was du aus der Wohnung gemacht hast."

„Danke."

Jan sieht sich weiter um, befühlt einige Möbel, die ich ausgetauscht habe oder an die er sich vielleicht nicht mehr erinnert, und lässt seinen Blick über meine kleine, aber innig geliebte Wohnung schweifen. Für meinen Geschmack habe ich eine ziemlich gute Mischung aus Klassisch und Modern getroffen, inspiriert von unserem Hotelkonzept. Vor allem war mir wichtig, dass es nicht zu feminin wirkt. Aber mir kommen Zweifel diesbezüglich, als er meine beige-rosa Schiebevorhänge betrachtet.

„Wohnst du allein hier?“, fragt er und erwischt mich damit kalt. Wieso fragt er? Aus Neugier oder will er es aus einem bestimmten Grund wissen?

„Ja. Noch immer mein kleines Reich, nur für mich“, antworte ich ein wenig ausweichend und bedeute ihm, Platz zu nehmen. Er setzt sich. Der runde Tisch ist relativ neu, den hatte ich damals nicht. Vielleicht starrt er ihn deshalb an.

„Ich wohne auch noch in derselben Wohnung … Na ja, seit ein paar Wochen wieder“, murmelt er, ohne mich dabei anzusehen, sagt aber weiter nichts dazu.

„Willst du etwas trinken?“ Mist, ich bin ziemlich nervös.

„Gern. Was hast du da?“ Er versucht höflich zu lächeln, aber es wirkt gezwungen und ist nicht das typische Jan-Lächeln mit dem Wow-Effekt, das ich zu gut kenne.

„Wein, Burgunder oder Riesling, Wasser oder Bier.“

„Besser keinen Alkohol. Ich nehme das Wasser.“

Ich hole uns beiden einen Krug kalten Wassers und stelle ihn zusammen mit zwei Gläsern auf den Tisch. Währenddessen fällt mir ein, wie Sascha Gäste, die seiner Ansicht nach das Niveau des Hotels bedrohen, dazu bringt, ihre Kappen oder peinlichen Hüte abzulegen, ohne unhöflich zu werden oder überhaupt etwas sagen zu müssen. Ich habe immer bewundert, wie er das meistert. Also versuche ich es. Ich schenke Jan sein Glas voll und sehe dabei die ganze Zeit auf seine Kappe, als würde sie mich ablenken. Selbst als ich mich setze, werfe ich immer einen langen Blick darauf. Es funktioniert. Irritiert kratzt er sich im Nacken, ehe er, ohne es zu merken, meinen Wunsch erfüllt und das Basecap ablegt. Na endlich. Jetzt kann ich sein Gesicht sehen und auch das dunkle Haar, das er nun länger und nicht mehr so akribisch gestylt trägt. Das steht ihm gut, gibt ihm einen entspannten Touch. Jetzt fällt mir auch auf, dass er mir ständig eine Seite seines

Gesichts mehr zuwendet als die andere. Natürlich ist es die Seite, die nicht von Narben gezeichnet ist. Wie anstrengend und beklemmend muss es für ihn sein, immer daran zu denken. Ein kleiner Stich fährt mir in die Brust. Ich hoffe, er sieht es mir nicht an.

„Und wo bist du vorher gewesen, wenn du nicht in der Wohnung gelebt hast?“, nehme ich das Gespräch von vorhin auf.

Jans Blick wird düster, und er zögert, ehe er antwortet.

„Bei meinen Eltern … Die Ärzte meinten, es wäre während der Physio und der Rekonvaleszenz-Phase nicht gut, alleine zu leben. Ich brauchte auch jemanden, der mich zu meinen Untersuchungen und Therapien fährt … Natürlich hat das letzten Endes ein Fahrdienst erledigt und nicht, wie der Arzt dachte, einer meiner stets beschäftigten Erzeuger.“ Verächtlich schnaubt er. Man sieht ihm deutlich an, dass diese Zeit alles andere als leicht und erholend für ihn war. Ich kann ihn verstehen.

„Passt zu ihnen, sich davor zu drücken“, sage ich rundheraus. Denn Jans Eltern stehen auf meiner Liste der Menschen, denen ich gerne die Meinung geigen würde, ganz oben. Sie gehören zum Typ „reiche, verantwortungslose Pseudo-Eltern“ und haben mir bei den einzigen beiden Gelegenheiten, die uns zusammenbrachten, sehr deutlich gemacht, was sie von einem Habenichts wie mir halten.

„Passt zu dir, die Sache mit ihnen auf den Punkt zu bringen“, lacht er düster.

„Wie lange ging das so?“, will ich wissen.

„Ein paar Monate.“ Er lässt mich nicht erkennen, wie schlimm es für ihn war, sagt es so, als wäre es nur ein Detail am Rande.

„In anderen Worten: die Hölle für dich.“

„In etwa“, bestätigt er trocken und nimmt einen kleinen Schluck. Wieder fährt er sich über den Mund.

Diese eigentümliche Geste scheint mit ihm verwachsen zu sein.

„Aber gegen die Schmerzen nach der OP war es gar nichts."

Verdammt noch mal. Dann muss es schlimm gewesen sein, denn für Jan ist ein Daueraufenthalt im Elternhaus immer das Grauenhafteste gewesen, was er sich vorstellen konnte, auch wenn er ihr Geld genommen und von ihren Beziehungen profitiert hatte. Ich glaube, er hat damit ihren Mangel an Liebe und Interesse ausgeglichen und es einfach akzeptiert. Etwas, mit dem ich mich nie abfinden konnte.

„Willst du mir nicht davon erzählen, von dem Unfall?", frage ich ihn so sanft und vorsichtig wie möglich.

„Nein", sagt er bestimmt und es liegt eine stille Drohung in seinen blauen Augen. Er ist noch nicht so weit. Ich darf ihn nicht drängen.

„Na gut, aber dann sag mir etwas anderes: Ist es schwer für dich, mich wiederzusehen, oder freust du dich darüber?" Ich muss das wissen. So viel hängt davon ab.

„Beides … Ella, die Sache mit uns hat kein gutes Ende genommen und dennoch waren wir sehr glücklich miteinander, und wie ich dir schon sagte, ist es schwer, dich anzusehen, zu wissen, wie du mich früher angesehen hast und wie du es jetzt nicht mehr kannst." Sein Kiefer tritt hervor und er sieht zornig und traurig zugleich aus.

„Das ist nicht wahr. Du bildest dir was ein. Ich sehe dich kein Stück anders an." Tue ich wirklich nicht.

„Ich bitte dich … Sieh an, was aus dir geworden ist! Wie schön du jetzt bist und wie anders ich aussehe mit diesen Narben … Und glaub mir, ich weiß todsicher, dass schöne Frauen nicht auf Kerle stehen, die krumm laufen." Abwehrend verschränkt er die Hände vor der Brust. Er glaubt, er hat alles gesagt, und starrt mich fest an. Ein Teil von mir jubiliert, weil er mich schön findet, nicht hübsch, sondern tatsächlich schön. Der andere Teil ist schockiert über seine Verbitterung. Wie viele Frauen, die vor seinem Unfall ihren rechten Arm gegeben hätten, um ihn ins Bett zu kriegen, haben ihn einfach abblitzen lassen oder ihn gar Krüppel genannt? Sollte es sie gegeben haben – und ich fürchte, das hat es –, würde ich gerne jeder von ihnen die Haare ausreißen.

Ich seufze, stehe auf und setze mich auf den Stuhl direkt neben ihm. Misstrauisch beobachtet er mich dabei.

„Du bist doch nicht blind, Jan“, fange ich an. „Ich habe dich, meinen Ex, hier zu mir eingeladen, in meine Wohnung. Ich trage ein schickes Kleid nach einem endlos langen Arbeitstag. Meine Beine sind glattrasiert, und ich lächle dich so oft an, wie ich kann oder wie du es zulässt.“ Das wird jetzt schwer. Eine direkte Anmache oder gar berechnendes Flirten habe ich normalerweise nicht in meinem Repertoire und trotzdem lege ich ihm jetzt meine Hand auf den Oberschenkel und sehe ihm dabei tief in die Augen. Das kann er doch unmöglich falsch verstehen.

„Was soll das, Ella?“, fragt er und blickt irritiert auf meine Hand, die auf seiner Jeans liegt, genauer gesagt auf seinem linken Bein, dem verletzten Bein.

„Es spielt keine Rolle für mich, Jan … deine Narben oder … das Bein“, deute ich an, nehme meine Hand von seinem Oberschenkel und lege sie ihm auf das dunkle Shirt. Sein Herz schlägt schnell und hart. Ich versuche mit beiden Händen nach seinem Gesicht zu fassen, doch er hält mich auf, ehe ich ihn anfassen kann. Jan packt meine Hände an den Handgelenken und lässt nicht zu, dass ich ihn weiter berühre, schon gar nicht im Gesicht.

„Du hast keine Ahnung, was du da sagst“, zischt er mich an.

„Vielleicht stimmt das … bestimmt sogar“, gebe ich zu. „Aber darum geht es hier nicht.“ Kokett ziehe ich eine Braue nach oben, auch wenn sein düsterer Blick mir die Kehle zuschnürt.

„Worum geht es denn deiner Ansicht nach?“, verlangt er zu wissen.

„Eher darum, wie du küsst. Ich erinnere mich sehr gut daran, Jan. Und ich möchte mich wieder wie damals fühlen, als du mich geküsst und berührt hast.“

„Ich glaube dir nicht.“ Er packt mit seinen Händen fester zu. „Du hast einfach Mitleid mit mir“, wirft er mir vor.

„Mitleid!“ Ich lasse das Wort lächerlich unpassend kleingen und keuche, als gäbe es in meiner Welt keinen Platz dafür. Dann schlage ich die Beine übereinander, bis mein Rocksaum gefährlich weit hochrutscht. Er starrt auf die Grenze zwischen meiner nackten Haut und dem feinen Stoff. Ich sehe, dass es ihn nicht kaltlässt. Das macht mir Mut, genug, um einen Schritt weiterzugehen.

„Wieso küsst du mich nicht einfach … berührst mich wie früher“, flüstere ich ihm verführerisch zu, „und du wirst sehen, dass es mir nicht um Mitleid geht.“

Er zögert, betrachtet mich abwägend, als versuche er, in mir zu lesen. Doch ich bin nicht länger das offene Buch für ihn, wie ich es früher allzu oft gewesen bin.

„Na los, Jan. Ich fordere dich heraus. Ein Kuss … und du wirst wissen, was ich von dir will.“

Provokativ halte ich den Blick seiner blauen Augen gefangen. Was tue ich hier? Wem spiele ich etwas vor? Mir schlägt doch selbst das Herz bis zum Hals.

„Merkwürdig … Du bist immer noch dieselbe und doch bist du so anders.“

„Schon komisch … Etwas Ähnliches wollte ich dir auch sagen.“

Ich rücke noch näher an ihn heran. Er lässt noch immer nicht meine Arme los.

„Was ist nun? … Küsst du mich endlich?“

Fest packt er meine Handgelenke und zieht sie auseinander, was unsere Gesichter nahe aneinanderbringt.

Ich fühle seinen Atem auf mir. Mein Herz schlägt schneller. Die Kontrolle über diese Situation droht mir zu entgleiten. Das gedimmte Licht lässt seine Narben blasser wirken, die mir erst jetzt wieder bewusst auffallen. Eigentlich konzentriere ich mich auf zwei andere Dinge: seine flackernden blauen Augen und seinen schönen Mund, viel zu sündig für einen Mann.

Je länger ich ihn anstarre und er mich, desto schneller wird sein Atem, genau wie meiner. Die Luft zwischen uns knistert. Los, küss mich doch endlich!

Dann, schließlich, tut er es wirklich, presst seine Lippen fest auf meine. Zuerst ist es vertraut und aufregend fremd zugleich, dann wird es intensiver. Sein Geschmack ist der Gleiche, doch sein Druck ist fester, nicht so perfekt dosiert wie einst. Das macht den Kuss sogar noch besser, echter, unkontrollierter. Sein Mund öffnet sich und wartet, überlässt die Entscheidung mir. Ich zögere nicht, lasse meine Zunge in seinen Mund gleiten und streife forschend über seine. Wie von selbst beginnen wir wild miteinander zu züngeln. Unsere beiden Körper haben nicht vergessen, erinnern sich an den anderen. Ich möchte mehr, dränge mich so gut ich kann an ihn. Doch er hält mich weiterhin auf Abstand. Als ich in seinen Mund stöhne, keucht er auf und zuckt zurück, bricht den Kuss damit ab.

Erstaunt sieht er mich an. Jetzt! Ich muss ihn jetzt überzeugen. Noch besitze ich einen Rest Kontrolle.

Genießerisch sauge ich meine Unterlippe ein und lecke seinen Geschmack, unseren Geschmack, ab und gebe dabei einen leisen Stöhnlaut von mir. Jan starrt mich daraufhin mit offenem Mund an, als sehe er mich zum ersten Mal wirklich, ehe er mich langsam loslässt.

„Und … schmeckt das für dich nach Mitleid?“, frage ich ihn herausfordernd.

Er schüttelt abwesend den Kopf.

„Nach dieser wunderbaren Unterbrechung …

Möchtest du noch etwas trinken?" Denn ich könnte etwas Ablenkung gebrauchen, um auszuflippen, ergänze ich in Gedanken. Ich habe keine Ahnung, woher dieses aufreizende Wesen in mir gekommen ist, das die Kontrolle übernommen hat, aber es gefällt mir.

„Nein, danke. Ich denke, ich sollte dann besser gehen."

„Wieso? Hast du Angst, ich werde mehr versuchen, jetzt, wo ich dich da habe, wo ich dich haben will?", scherze ich flirtend. Er darf noch nicht gehen. Jedenfalls nicht so.

„Und du würdest wirklich mehr wollen?"

Eindeutig deute ich mit der Hand auf seinen Schritt.

„Du doch auch."

„Unfassbar, wie direkt du geworden bist", sagt er.

Bin ich nicht, nicht so, nicht wirklich. Doch meine Schüchternheit bringt mich nicht weiter. Also muss der direkte Teil von mir ans Ruder, der Teil, der sonst nur ruhend in mir schlummert. Denn wenn ich eines weiß, dann das: Die alte Ella und der neue Jan, das würde nicht funktionieren, denn das wäre so, als würde ein Blinder einen Blinden führen. Und auch wenn es verrückt klingt, gefällt es mir, so zu sein, wie ich sein muss, wenn ich Jan verführen will, um ihm sein Selbstvertrauen zurückzugeben. Obwohl mir bereits dämmert, dass es mir in puncto Verführung auch einfach darum geht, ihn zu küssen und wieder spüren zu können. Erst seit diesem Kuss vorhin weiß ich, wie sehr er mir gefehlt hat, wie sehr ich ihn noch will. Der Hunger, er ist noch da.

„Ich hoffe, das stört dich nicht?", frage ich und lasse es so klingen, als wäre es mir auch egal, wenn es ihn stören würde.

„Wie du schon sagtest, die Beule in meiner Jeans stört es bestimmt nicht. Ich weiß nur nicht, was ich davon halten soll. Außerdem hast du keine Vorstellung, worauf du dich da einlässt."

„Du doch auch nicht“, kontere ich.

„Das ist nicht dasselbe, Ella. Ich rede von meinem Bein, das ich außer meinen Ärzten niemandem zeige und ein tödlich sicherer Stimmungskiller ist, wenn es um Sex geht.“

Ich schlucke kurz, da die Härte in seiner Stimme schwer zu überhören ist.

„Warum lässt du mich das nicht selbst entscheiden, wenn es so weit ist … wenn ich es in deine Jeans geschafft habe“, ziehe ich ihn auf.

Er will es nicht, doch seine Mundwinkel zucken leicht.

„Verrücktes Mädchen“, nennt er mich kopfschüttelnd und es gefällt mir, wie er es sagt. Vielleicht sogar zu sehr.

„Vorschlag: Wieso schlafen wir nicht eine Nacht darüber und ich komme morgen zu dir? Du bist sowieso dran.“

„Ich bin dran?“

„Natürlich. Heute warst du bei mir eingeladen. Und morgen ich bei dir. Es sei denn, du musst zu lange arbeiten.“

„Ich muss morgen nicht zur Arbeit. Genauer gesagt, muss ich nirgendwo hin … eine Weile lang. Ich habe mir unbezahlten Urlaub genommen nach dem Krankenstand.“

Jan ohne Arbeit, ohne Termin- und Erfolgsdruck kann ich mir kaum vorstellen.

„Na, dann hast du keine Ausrede. Ich komme morgen zu dir. Selbe Zeit?“ Er denkt lange nach, sieht sich um, sein Blick schweift über mein Bett, was mich fast rot werden lässt, ehe er mich wieder ansieht.

„Geht in Ordnung. Bei mir steht wenigstens nicht immer ein Bett im selben Raum mit dir herum. Das ist von Vorteil.“

Das kommt ganz auf den Betrachter an. Für mich und mein Ansinnen ist es eher von Nachteil. Aber ich werde ihn dazu bringen, mich zu berühren. Und ich werde sein

Gesicht berühren, das habe ich mir selbst versprochen und damit ist es besiegelt.

# Kapitel 6

## Ella - 2014

Ich kann mich noch genau an den Moment erinnern, als mir klar wurde, dass ich später einmal in einem Hotel arbeiten möchte. Meine Eltern hatten nicht besonders viel Geld und ein Sommerurlaub für zwei Kinder mit allem Drum und Dran stand nicht wirklich zur Diskussion. Gelegentlich fuhren wir an einen See oder zu Verwandten nach Salzburg aufs Land. Meistens blieben wir einfach zu Hause. Aber als ich zwölf Jahre alt war, gewann meine Familie einen Urlaub in Budapest inklusive Vier-Sterne-Hotel für die ganze Familie. Mir war der Ort damals nicht so wichtig, was wusste ich schon über Budapest? Doch als wir das Vier-Sterne-Hotel mit dem marmornen Empfang und der wunderschönen Bar betraten, fühlte ich mich wie eine Prinzessin, die endlich ihren Palast gefunden hatte. Jeder Mitarbeiter im Hotel war freundlich und wusste auf fast alle Fragen die richtigen Antworten. Obwohl wir in einem anderen Land waren, sprach so gut wie jeder unsere Sprache, fast ohne Akzent. Mein Papa unterhielt sich mit den Leuten auf Englisch. Das alles hatte mich tief beeindruckt. Und dann sah ich sie: eine der Managerinnen des Hotels. Sie war hübsch, blond, mit einer perfekten Hochsteckfrisur, wie sie bei uns zu Hause niemand trug. In ein schwarzes Kostüm gekleidet wurde sie von einer Schlange Männer und Frauen begleitet, die ihr überallhin folgten und alle zu ihr aufsahen und auf das hörten, was sie sagte. Sie zeigte mit ihrem Füller nach links und alle folgten ihrer Anweisung, kamen hinter ihr her, als hätte sie einen Zauberstab geschwungen. Jeden Tag, wenn ich sie beobachtete, kamen die anderen Hotelangestellten zu ihr. Mit einem Lächeln und dieser schwarzen Mappe mit der goldenen Schrift darauf konnte sie jedem, der an sie herantrat, helfen. Keine Ahnung, warum mich das als Kind so fasziniert hat. Aber seitdem wusste ich, ich will genau das werden, wenn ich groß bin, egal, was das für ein Job ist. Und beinahe habe ich es ja geschafft. Ich bin als Management-Angestellte des Hotel No.1 Wien verantwortlich für Events und Konferenzbetreuung, und ich liebe das, was ich tue. Dennoch gibt es einen Teil in mir, der sich sicher ist, dass ich noch nicht das erreicht habe, was ich immer sein wollte. Es fühlt sich nicht so an, als wäre ich bereits diese ungarische Hotelmanagerin, die ich mir in meiner Kindheit als Vorbild ausgesucht habe. Und der Grund, warum ich so empfinde, ist nicht schwer zu finden. Er hat sogar einen Namen: Lena Meinhardt. Sie *ist* eine der ihrer Meinung nach *richtigen* Hotelmanager, erkoren durch gutes altes Vitamin B. Ein sehr verbreitetes Vitamin in der gehobeneren Hotelszene Wiens. Vom ersten Tag meiner Beförderung an hat sie mich auf ihrem Radar und sucht nur nach einer Gelegenheit, einem winzigen Fehler, um mich in die Schranken zu weisen. Ich weiß, dass, solange sie hier ist, für mich eigentlich kein Managementposten in Frage kommt, und sie weiß, dass ich genau das möchte. Denn darauf habe ich hingearbeitet, und meine Kollegen versichern mir immer wieder, wie sehr ich es verdienen würde. Wenn sie und ich mal wieder unausweichlich aneinandergeraten, ist es vor allem Sascha, der sich mein ständiges Gejammer anhört und mir zur Seite steht. Er sagt mir immer wieder, dass ich meinen Traum nicht aufgeben darf nur wegen dieser Schnepfe.

Genau diese Worte gehen mir im Kopf herum, und ich versuche mich wirklich an sie zu klammern, als die Meinhardt in mein winziges Büro kommt, zusammen mit ihrem verkniffenen Gesicht. Die Lippen sind nur noch ein Strich. Ihr ganzes perfektes Gesicht strotzt vor Missachtung.

„Hättest du mal eine Minute?“, fragt sie mich in einem Ton, der schon klarmacht, dass diese Minute ohnehin nicht verhandelbar ist. Bleib ruhig, Ella.

„Klar, natürlich. Was gibt es denn?“

Kopfschüttelnd sieht sie mich an und ihre schrille Stimme, deren beklagender Tonfall meine Nerven reizt, erstickt mein kleines Büro förmlich.

„Wieso nur hast du die Kremer-Linz-Gruppe in den Kadettensaal gesteckt? Dort ist viel zu viel Technik! Diese kleinen Firmen vom Land kommen mit so viel modernem Zeugs bei Tagungen nicht klar.“

Wieder einmal steckt sie ihre Nase in meine Arbeit. Ich könnte kochen vor Wut, zwinge mich aber so ruhig wie möglich zu bleiben. Mein Ruf ist mir zu wichtig.

„Die Kremer-Linz-Gruppe ist ein Kollektiv, das unter anderem Apps entwickelt und vermarktet. Ich denke, die dürften keine Schwierigkeiten mit unserer Media-Anlage oder mit der Präsentationstechnik haben. Um genau zu sein, haben sie einen Praktikanten dabei, der sich nur um diese Dinge kümmert.“

Ich schwöre, ihre Lippen sind gerade noch schmaler geworden.

„Und woher soll ich das wissen?“, beklagt sie sich und

lässt mich gar nicht erst zu Wort kommen. „Ich möchte in Zukunft besser über die Leute informiert werden, die du betreust. Dann sind solche unnötigen Ungereimtheiten erst gar nicht nötig."

Diese Frau ist einfach unglaublich. Beim Erstgespräch mit dem Kollektiv kam sie wie üblich zwei Stunden später ins Hotel und war somit gar nicht erst zugegen. Anders als das gesamte Managementteam und ich informiert sie sich nie über unsere Gäste oder die Firmen, die bei uns veranstalten. Alleine diese Unprofessionalität ist für mich ein glattes Eigentor. Doch Lena schafft es, das Ganze so hinzustellen, als wäre es mein Job, nicht unsere Kunden und Gäste zufriedenzustellen, sondern ihren Geltungsdrang zu fördern. Ich kann es kaum erwarten, dass sie in ein paar Tagen Urlaub macht. Zumindest ein Gutes hat die Existenz von Lena Meinhardt: Ihretwegen habe ich mal ein paar Minuten nicht an Jan oder heute Abend gedacht.

„Ich führe eine Liste mit solchen Informationen. Du findest sie in dem Hotelordner für Event und Veranstaltung."

Schnell tippe ich den Ordner an und zeige mit dem Finger auf meinen Bildschirm. Auf ihren türkisen High Heels trabt sie zu mir und wirft einen kurzen Blick darauf.

„Gut. Dann wäre das ja erledigt." Sie schiebt eine Strähne ihres kohlenrabenschwarzen Haares zurück an ihren Platz. Ihr teurer Kurzhaarschnitt wird mit derart viel Gel in Reih und Glied gehalten, dass es aussieht, als wäre er unecht.

„Schön. Kann ich dir sonst noch bei etwas helfen?"

Dir zeigen, wie du deinen Job richtig machst zum Beispiel.

„Nein, im Moment nicht. Entschuldige mich, ich muss noch mit Michael die VIP-Listen der kommenden Woche durchgehen." Worauf sie mir ein selbstzufriedenes Lächeln zuwirft. Es ist ihr niemals zu peinlich, damit anzugeben, dass sie die VIPs betreut. Dass einige von ihnen bereits um eine andere Betreuung bei ihrem nächsten Aufenthalt gebeten haben, weiß sie nicht. Ich schon. Denn Herr Peters hat mir einige ihrer Klienten übergeben. Dennoch muss ich vor ihr die Untergebene mimen, denn mein Chef hat mir sehr deutlich klargemacht, dass er gegen Lenas Anwesenheit hier so gut wie machtlos ist. Eine verzwickte Situation, die mir dieses Hotel, meinen Traumarbeitsplatz, immer wieder aufs Neue zu vermiesen droht. Aber auch für dieses Problem habe ich einen Plan.

Doch vorerst bin ich vollauf mit meinen anderen Plänen beschäftigt.

„Lachstatar, Hummerravioli in Sahnesoße, Tafelspitz und Rhabarber-Beeren-Auflauf mit Crème fraîche“, zähle ich auf, als Jan mir die Tür aufmacht. Verdattert sieht er mich und die unzähligen Tüten mit dem Hotellogo, die an meiner Hand baumeln, an.

„Wir sind doch das letzte Mal nicht zum Essen gekommen. Also habe ich nochmals die Hotelküche geplündert. Keine Sorge …“, verspreche ich ihm zwinkernd, „ich darf das!“

Immer noch ein wenig vor den Kopf gestoßen, lässt er mich rein und nimmt mir ein paar der Tüten ab. Jede von ihnen verströmt köstliche Aromen. Als er vor mir den Flur entlanggeht, bemerke ich erleichtert, dass er keine Kappe trägt. In seinen Jeans und dem legeren Hemd sieht er sehr gut und entspannt aus.

Wieder hier zu sein, in seiner Wohnung, in der ich damals nicht wirklich viel Zeit verbracht habe, ist ein seltsames Gefühl. Heute wie damals wundere ich mich über die saubere, gut möblierte Männerwohnung. Doch der Eindruck verfliegt, als ich sein Wohnzimmer betrete, in dem stapelweise Zeitschriften, DVDs und Bücher herumliegen. Während Jan das Essen in die Küche trägt, sehe ich mich weiter irritiert um. Jan hat nie viel gelesen, abgesehen von Architekturbänden, und er hat sich auch nie viel aus Filmen oder Serien gemacht. Ihm war es wichtiger, das Leben zu leben und nicht darüber zu lesen oder es sich bloß anzusehen, wie andere Leute das tun. Genau das hatte er mir mal vor Jahren gesagt.

Man sieht es auf den ersten Blick. Er versteckt sich hier in seiner Wohnung. Damit ist mein nächster Schritt klar. Irgendwie muss ich ihn dazu kriegen, dass er mit mir ausgeht. Mein Blick schweift über die Sportmagazine im Müll. Jan muss ganz dringend raus und auf andere Gedanken kommen.

„Ich hoffe, das alles benötigt keine weitere Zubereitung, denn an meinen Kochküsten hat sich rein gar nichts verbessert“, gesteht er. Beinahe wirkt er fröhlich, als er unsere Teller auf den Glastisch stellt. Seine eigenen vier Wände wirken anscheinend ein wenig enthemmend auf ihn.

„Nein, glaub mir, das ist alles perfekt so, wie es ist.“

Lächelnd gibt er mir ein Glas Wasser, das ich annehme. Da er keinen Alkohol trinkt, ist es wohl besser, wenn ich auch darauf verzichte. Auch wenn ich ein Glas Wein ganz gut gebrauchen könnte.

„Es riecht zumindest so“, sagt Jan.

Wir setzen uns und beginnen zu essen, kosten von allem ein bisschen, völlig durcheinander. Beim Dessert angekommen, kann ich mir ein zufriedenes Brummen nicht verkneifen. Unsere Hotelküche ist einfach genial, besonders unser Patissier. Keuchend blickt Jan mich plötzlich an. Dank des Glastisches sehe ich, dass er eine Hand auf dem Schenkel zur Faust geballt hat. Offenbar bringt ihn mein wohliges Geräusch in Stimmung.

„Dir scheint es ja sehr zu schmecken“, merkt er streng an.

„Dir nicht?“

„Doch, es ist alles sehr köstlich. Danke.“

„Gerne geschehen. Ich kann den Gedanken nicht ertragen, dass sie dieses Essen wegwerfen. Da ist es doch bei uns viel besser aufgehoben“, scherze ich. Er ringt sich ein Lächeln ab. Für meinen Humor scheint er gerade nicht empfänglich.

„Warum erzählst du mir nicht, was du in den letzten Jahren so gemacht hast? Ich meine vor dem Unfall.“ Das Wort „Unfall“ spreche ich leise und behutsam aus. Misstrauisch hält er meinen Blick, wischt sich mit der Serviette den Mund ab, ehe er mir antwortet.

„Ich habe in dem Architekturbüro angefangen.“

„Bei Berns & Walter?“ Er nickt. „Es ist sehr gut gelaufen. Anfangs hat man mir nur kleine Aufträge gegeben, aber nach zwei Jahren haben sie mich dann auch Entwürfe für wichtigere Aufträge machen lassen. Zwei davon wurden sogar angenommen und umgesetzt.“

„Kenne ich welche davon?“ Er schüttelt den Kopf.

„Eher nicht. Mein erster sogenannter Erfolg war ein Designhaus für einen Metall-Industriellen. Der Bau steht in Baden. Mein zweites Projekt war für die Stadt. Sie wollten für den Uni-Campus eine gläserne Begegnungsstätte für Künstlerausstellungen, die in eine der Höfe integriert sein sollte. Mein Oktogon-Entwurf war anfangs umstritten, hat aber letztendlich den Zuschlag erhalten.“ Wenn er über seine Arbeit spricht, klingt er zufrieden, fast schon stolz. Unglaublich, dass er schon so viel erreicht hat.

„Diese Glaskonstruktion würde ich mir wahnsinnig gerne ansehen. Würdest du das mit mir irgendwann einmal machen?“

„Ja, wenn du das wirklich möchtest“, sagt er nach kurzem Zögern. „Gut, dann machen wir das bald mal.“

„Und was ist mit dir? Was hast du so getan die letzten Jahre?“ Ich wünsche mir, ich wäre eine richtig gute Lügnerin. Denn wieder einmal werde ich die Wahrheit erzählen, auch wenn mir das nicht gerade hilft.

„Ich habe ehrlich gesagt fast nur gearbeitet. Im Hotel."

„Dann ist dein Traum also wahr geworden. Du bist Hotelmanagerin in einem Vier-Sterne-Hotel." Er scheint nicht überrascht. Irgendwie hatte ich Zweifel erwartet.

„Fast", gebe ich zu. „Ich bin angestellt als Managerin für Events, Tagungen und kleinere Konferenzen."

„Und du liebst es", merkt er an und schmunzelt dabei, während er einen Schluck aus dem Wasserglas nimmt.

„Ja, fast alles daran."

„Wieso hast du keinen Freund?", will er wissen. Damit hat er mich kalt erwischt.

„Ich hatte keine Zeit für so etwas." Oh, ich kann ja doch lügen, wenn es sein muss.

„Und bei dir? Wie liefen deine Beziehungen?" Herausfordernd sehe ich ihn an. Jan verschränkt die Arme vor der Brust.

„Ganz gut, kurz und schnell hintereinander … Jedenfalls bis zum Unfall." Natürlich hatte er eine nach der anderen, als das mit uns vorbei war. Darüber habe ich mir nie Illusionen gemacht. Auch wenn der Gedanke daran nicht gerade schön ist, ist er erträglich. Solange es niemanden gab, der zählt.

„Keine davon war ernst?", hake ich nach.

„Nicht wirklich. Und wenn ja, dann spielt das doch jetzt keine Rolle mehr." Bitter verzieht er seinen schönen Mund und reibt immer wieder nervös über sein linkes Knie. Der Glastisch ist ihm dabei nicht bewusst. Mir dafür umso mehr.

„Ich kann nicht glauben, dass es bei dir nicht doch jemanden gegeben hat", lässt er mich wissen und mustert mich von Kopf bis Fuß, so lange, bis ich rot werde. Als wäre es mir egal, zucke ich mit den Schultern und unterziehe ihn der gleichen Musterung, die er nur mit abgewandter linker Gesichtshälfte über sich ergehen lässt. Das Spiel hat begonnen, und wenn es nach mir geht, trägt es den Namen „Verführung". Deshalb öffne ich auch die oberen drei Knöpfe meiner Seidenbluse, bis der Ansatz meiner Brüste mehr als deutlich zu sehen ist und auch ein wenig Spitze des teuren schwarzen Dessous-BHs aufblitzt, den ich mir extra hierfür heute Morgen angezogen habe. Jan schluckt und durch den gläsernen Tisch kann ich sehen, dass diese Geste alleine genügt, um eine kleine Beule in seiner Jeans entstehen zu lassen. Seine heftige körperliche Reaktion auf mich erregt mich. Ich kann fühlen, wie mir Hitze über den Brustkorb jagt und bis zu meinem Schoß hin ausstrahlt.

„Jetzt, genau jetzt bist du wieder diese andere Ella. Bei der ich nicht weiß, ob ich vor ihr knien oder vor ihr davonlaufen sollte", lässt Jan mich wissen, ehe seine Augen sich auf meinen Mund heften. Gott, ja, ich will ihn auch küssen.

„Wer sagt dir, dass ich nicht schon immer so gewesen bin?"

„Meine Erinnerung."

Ich lecke mir über die Lippen, weil ich die Spannung zwischen uns nicht länger aushalte. Als mein Bein sein Schienbein trifft, will ich es wegziehen, weil ich fürchte, ihn vielleicht am schlimmen Bein erwischt zu haben. Doch er packt meinen Fuß mit seiner Hand, die mir unglaublich heiß vorkommt. Zärtlich streichelt er meine Wade. Mehr erreicht er nicht. Der Tisch behindert ihn. Also mache ich den nächsten Schritt, strecke mein Bein aus und lege es auf seinen Schoß. Erstaunt keucht er auf, als ich mit dem Fuß auf seine Erektion drücke.

„Es ist nicht gerade fair, auf diese Weise mit mir zu spielen …", hält er mir vor, grinst schief und klingt fast wie der Liebhaber, an den ich mich so gut erinnern kann.

„… wenn du mich so gut erreichen kannst und ich dich kaum. Findest du nicht?"

Anstatt zu antworten, erhebe ich mich. Ich tue das, was

mir damals immer so schwer gefallen ist. Doch jetzt fällt es mir ganz leicht. Ich stelle mich mitten in den Raum und ziehe mich vor seinen Augen aus.

Mit raubtierhaftem Blick folgt er meinen Bewegungen. Zuerst die Bluse, dann der Bleistiftrock. Die Glut in seinen Augen verspricht Lust, wie ich sie nur allzu gut kenne. Seine Lust. Den BH lasse ich nur ganz langsam von meiner Haut gleiten, weil ich weiß, wie gerne er meine Brüste ansieht, von denen ich denke, dass sie ein wenig zu groß sind. Doch ich weiß, genau das gefällt ihm. Mit angehaltenem Atem streife ich auch den Spitzenslip ab. Ohne ein Wort zu sagen, drehe ich mich um und gehe in sein Schlafzimmer.

Auf Jan zu warten, in dieser Dunkelheit, nackt und bloß, jagt meinen Puls gefährlich in die Höhe. Ich habe mich auf sein Bett gelegt, so wie ich bin. Früher hätte ich mich unter die Decke gelegt und ihn alles fühlen, aber nicht immer alles sehen lassen. Es hat lange gedauert, bis er mir diese Schamhaftigkeit ausgetrieben hat, und ich möchte nicht wieder dort anfangen. Also liege ich hier, nervös und voller Angst, dass er mich doch nicht will oder mich zurückweist wegen seiner Verletzungen. Auch wenn es nur Minuten sind, habe ich das Gefühl, bereits eine Ewigkeit gewartet zu haben. Als das Licht angeht, unterdrücke ich ein erschrockenes Keuchen. Jan steht in der Tür, lehnt am Türrahmen und sieht mich und meine Nacktheit an.

„Wenn du wüsstest, was es für ein Gefühl ist, dich so anzusehen“, murmelt er. Seine Finger kehren zum Lichtschalter zurück. „Nein, lass es an!“, sage ich ihm.

Ohne auch nur ein Kleidungsstück auszuziehen, humpelt er langsam zu mir. Wenn er sehr langsam geht, fällt sein schiefer Gang viel weniger auf. Ich habe das Gefühl, als wolle er, dass ich vergesse, was mit seinem Bein nicht stimmt. Vor dem Bett stoppt er. Ich muss ihn zu mir locken. Er darf nicht über sein Bein oder seine verdammten Narben nachdenken. Ich nehme all meinen Mut zusammen und tue etwas, das ich noch nie vor einem anderen Menschen getan habe. Ich fasse mich selbst an und lasse ihn zusehen. Langsam und mit zitternden Nerven gleiten meine Hände von meinem Hals zu meiner Brust und umfassen sie. Zart streichle ich mich selbst, was mich überraschenderweise noch viel feuchter macht. Als meine Nippel davon härter werden, atmet Jan laut aus, als müsse er sich sehr beherrschen.

„Willst du mich nicht lieber berühren?“, flüstere ich ihm zu und lasse meine Hände ruhen.

Schneller als ich begreifen kann, werde ich von Jan auf das Bett gedrückt. Sein Mund findet meinen. Er küsst mich fordernd, verlangt sofort Einlass für seine Zunge. Stöhnend küssen wir uns. Unsere Zungen verschlingen sich gegenseitig. Sein Ständer drückt gegen meine Mitte. Verrucht fühlt es sich an, völlig nackt einen angezogenen Mann über sich zu haben. Dennoch will ich das Gefühl Haut an Haut genießen, will ihm näher sein. Noch viel näher als jetzt. Ich versuche ihm das Hemd auszuziehen. Fast wehrt er sich dagegen, lenkt mich ab, indem er meine Brüste streichelt, mit meinen Nippeln spielt, bis ich fast wahnsinnig werde. Als er meine Brust küsst und an meiner Brustwarze saugt, bäume ich mich unter ihm auf. Ich bin derart angeturnt, dass ich kaum noch ein oder aus weiß. Ich versuche mich daran zu erinnern, was ich wollte. Ihm das Hemd ausziehen. Ihn berühren. Das war es! Fest drücke ich ihn von mir, auch wenn ich den Gefühlen, die seine Zärtlichkeiten auslösen, kaum widerstehen kann. Er sinkt neben mir ins Kissen. Ich lege mich auf ihn, auf seinen Schoß, die Beine weit gespreizt, um seinem Bein keine Last zu sein. Als ich beginne, ihm das Hemd aufzuknöpfen, stößt er sein Becken und damit seine Erektion direkt auf meine feuchte offene Mitte. Ein Schrei entkommt mir. Ich bin so dermaßen erregt, dass ich aus der Haut fahren könnte. Doch ich darf jetzt nicht nachgeben. Genauso fest wie er drücke ich meine Scham auf seinen Schritt und lasse mein Becken kreisen. Mit geschlossenen Augen windet er sich unter mir und stöhnt. Seine Beule wird immer dicker. Diese Ablenkung nutze ich, um endlich sein Hemd zu öffnen. Wie berauscht von seiner warmen braunen Haut fahre ich über seine Brust. Sein Körper verströmt dabei einen männlich herbsüßen Duft, der mir die Sinne schwirren lässt. Meine Finger gehen auf Wanderschaft und treffen auf einen der Gründe für sein vorheriges Zögern: eine seitliche Narbe auf dem Bauch. Er umfasst meine Hand und platziert sie auf seinem Unterleib, weg von der Narbe. Kurz sehe ich in sein angespanntes Gesicht. Wieder sieht er mich mit der rechten Gesichtshälfte an, verdeckt die linke im Schatten. Ich wünschte, er würde das nicht tun, lasse ihn aber. Jans Wunsch ist seinen Augen abzulesen. Er will Lust und dabei nicht an seine Probleme erinnert werden. Er will vergessen. Für heute lasse ich es dabei bewenden. Denn ich will ihn ebenfalls. Ich will die Lust spüren und gebe ihr den Vorzug. Seiner vorgegebenen Richtung folgend, schiebe ich meine Hand unter den Bund seiner Jeans. Als ich kaum vorankomme, öffnet er die Knöpfe seiner Jeans für mich. Gierig fasse ich nach seinem Schwanz, der mir samtig und heiß entgegenpocht. Als ich sanft zudrücke, keucht er auf und zieht mich erneut zu einem Kuss hoch, der uns beide weiter anheizt. Rhythmisch bearbeite ich seine Erektion und keuche selbst laut auf, als er seine Finger gekonnt über meine Klitoris reibt. Schon allein dadurch könnte ich kommen. Doch Jan geht noch weiter, schiebt einen Finger, dann zwei in mich und beginnt im selben Rhythmus mit den Fingern in mich zu stoßen, wie ich seine Erektion bearbeite. Wir könnten beide explodieren. Ich kann es förmlich in der Luft schmecken.

„Ich liebe es, dich mit den Fingern zu ficken … wie du dich dabei anfühlst", keucht er mir abgehackt ins Ohr. Früher wäre ich bei solchen Worten schockiert gewesen, doch jetzt nicht mehr. Ich weiß, dass die Lust aus ihm spricht und ich es damals, am Anfang, nicht immer verstanden habe, warum er auf diese Weise dabei mit mir spricht. Doch irgendwann hat es angefangen, mir zu gefallen, mich sogar mehr zur erregen und bis zum Äußersten zu bringen. Doch nie habe ich mir selbst erlaubt, meine Lust und meinen Hunger ebenso freizügig in Worte zu fassen. Aber nun will ich es. Er soll sich genauso begehrt und angeturnt fühlen wie ich.

„Dein Schwanz fühlt sich in meiner Hand richtig gut an. So gut, dass ich ihn immer härter bearbeiten möchte."

„Du musst aufhören, so etwas zu sagen, Ella. Oder ich explodiere gleich", warnt er mich und sieht mich mit einer Mischung aus Schock und wilder Begierde an.

„Gut, dann tu es! Denn ich bin auch bald so weit."

Als er fester in mich stößt und dabei mit dem Daumen dazu noch meine geschwollene Klitoris reizt, bricht der Höhepunkt aus mir heraus. Wie eine Urgewalt reißt er mich in ein Beben, das meinen Körper fast zerreißt, nur genieße ich jede Sekunde davon. Doch Jan muss bei mir sein, muss ebenfalls kommen. Also drücke ich ihn fester und presse dabei meine Brüste fester an ihn, bis er sich zuerst windet und dann erstarrt. Nässe überzieht meine Hand. Immer wieder stößt er in meine Faust und kommt in flüssigen Wellen über meine Finger.

Schwer atmend liegen wir nebeneinander. Die Hände im Schoß des anderen vergraben. Dieser zufriedene Ausdruck in seinem Gesicht, überlagert von einem feinen Lächeln, verschafft mir ein Ziehen in der Brust. Seine Augen sind fest geschlossen.

Ich kann nicht anders. Meine freie Hand wandert – von ihm unbemerkt – zu seinem Gesicht und berührt seine

Wange, seine linke Wange. Augenblicklich erstarrt er. Seine Hand in meinem Schoß ist schlagartig eiskalt. Seine Lider zucken, bis mich seine eisigen blauen Augen scharf und anklagend ansehen. Kurz habe ich fast Angst vor ihm, doch ich lasse mich davon nicht abschrecken und streiche mit den Fingerknöcheln über seine Wange, während ich mit der anderen Hand seinen erschlafften Penis streichle. Ein zischender Laut entkommt ihm. Seine Eichel ist zu empfindlich, um meine Berührung ohne Schmerz ertragen zu können. Doch meine Finger auf seinen Narben im Gesicht lässt er zu, beobachtet mich dabei aber sehr vorsichtig. Als ich mich vorbeuge, um ihn zu küssen, merke ich, dass sein Herz wie verrückt schlägt. Nur ganz sanft streife ich mit meinen Lippen über seine.

„Das ist meine Art, dir zu sagen, ich will noch mehr", flüstere ich an seinen Lippen.

„Und was meinst du mit mehr?", fragt er mich noch immer angespannt und auf der Hut. Auch wenn er dabei wieder etwas hart wird.

„Ich möchte, dass du deine Hose ganz ausziehst und wir heute Nacht Sex haben. Ich will dich in mir spüren."

Fest packt er mein Handgelenk und unterbricht meine Streicheleinheiten, sowohl die in seinem Gesicht als auch die in seiner Jeans.

„Nein." Seine deutliche Zurückweisung verletzt mich mehr, als ich zugeben möchte. Dennoch versuche ich so zu tun, als wäre es mir gleich und ich würde nur an mehr Sex denken.

„Das hat sich aber in den letzten Minuten anders angefühlt."

Frustriert schnaubt er, lässt dabei aber nicht meine Hände los. Das Gefühl, von ihm abgehalten zu werden, ist schwer zu ertragen.

„Ich sage nicht, dass ich nicht dasselbe will … Aber ich kann nicht", zischt er mich an, als wäre ich ein störrisches

Mädchen, das nicht kapieren will, worum es geht.

„Du willst, aber du kannst nicht", wiederhole ich höhnisch.

„Exakt."

„Blödsinn!", fahre ich ihn an und befreie mich ruckartig aus seinem Klammergriff.

„Ich bin hier, nackt, heiß und willig. Und ich will von dir gevögelt werden! Ist das nicht genug, um aus einem Wollen ein Können zu machen, verdammt noch mal!", schreie ich ihn an.

Mist! Ich reagiere über. Aber von ihm zurückgewiesen zu werden, auch wenn es nur wegen des verdammten Beins ist, hat mich verletzt und schlechte Erinnerungen geweckt. Ich spüre den Stich im Magen, als ich mich von ihm löse, um aus dem Bett zu steigen. Meiner Nacktheit und Verletzlichkeit plötzlich sehr bewusst, schlinge ich die Decke um mich und verschwinde im Bad neben dem Schlafzimmer. Als die Tür hinter mir ins Schloss knallt, muss ich bereits um Fassung kämpfen. Um etwas zu tun und nicht vor Wut an die Decke zu gehen, wasche ich mir die klebrige Hand. Ich wünschte, ich könnte auch das Gefühl, nicht gut genug zu sein, ebenfalls abwaschen.

Jan klopft an die Tür. „Ella, es tut mir leid. Du weißt, dass es nicht an dir liegt. Du weißt, wie sehr ich mit dir schlafen will. Aber ich kann wirklich nicht … Ich kann nicht zulassen, dass du das Bein siehst … Glaub mir! Dir würde es bei dem Anblick vergehen. Und das will ich nicht mit ansehen."

Bei seinen Worten brennen meine Augen. Ich kann ihn trotzdem nicht verstehen. Ich fühle mich schuldig, weil ich so verständnislos reagiert habe. Natürlich schämt er sich für sein Bein, aber eine Zurückweisung ist immer hart. Besonders von ihm. Ich habe meine Gründe, überzureagieren, auch wenn ich sie vergessen will.

„Bitte, Ella. Komm da raus. Ich war ein Idiot. Aber ein Idiot, der gute Gründe hat … Du hast recht. Du warst nackt und … verdammt heiß … und ja, ich wollte dich. Ich konnte gar nicht mehr klar denken, so sehr wollte ich dich …“

Ich reiße die Tür auf, ehe er den Satz beenden kann. Ein entschuldigendes Lächeln schenkt er mir und versucht mich am Oberarm zu berühren. Ich wünschte, er wäre nicht so heiß und würde auf mich nicht diese wahnsinnige Anziehungskraft besitzen und diesen Hunger auslösen. Wenn er so vor mir steht, mit offener Jeans und unbekleidetem Oberkörper, der noch immer athletisch und muskulös ist, kämpfe ich auf verlorenem Posten und der letzte Rest meiner Wut verraucht.

„Schon gut. Ich habe nicht daran gedacht, dass dir die Sache mit dem Bein so zu schaffen macht, wenn wir … Um ehrlich zu sein, habe ich vorhin überhaupt nicht viel gedacht.“

Amüsiert lacht er. „Geht mir genauso. Du scheinst wunderbar meinen Verstand ausschalten zu können, bis …“

„… bis ich an deine Grenzen stoße!“, schlage ich vor.

„Ja, so in etwa.“ Unsicher reibt er sich über den Nacken.

„Und was machen wir jetzt? … Soll ich nach Hause gehen?“

Wenn er jetzt sagt, dass ich wirklich abhauen soll, dann kann er was erleben.

„Nein. Ich will nicht, dass du gehst. Schlaf hier und versuch zu vergessen, wie ich vorhin reagiert habe.“

Erleichtert über seine Antwort schlinge ich die Decke fest um mich und setze mich auf das Bett. Jan bleibt stehen.

„Na gut. Ich bleibe und vergesse, diese … Sache, aber dafür schuldest du mir etwas.“

„Okay." Jan setzt sich zu mir. „Was möchtest du?"

„Ich möchte ein Date. Ein richtiges Date. Wir gehen aus."

Sofort sehe ich den Widerwillen in seinem Gesicht und lasse ihn erst gar nicht zu Wort kommen, indem ich ihn küsse.

„Keine Widerrede. Du gehst mit mir am Freitagabend aus und ich bestimme wohin." Jan sieht kurz zu Boden und auf sein Knie, ehe er mich wieder anblickt.

„Ella, ich bin nicht besonders gut in Gesellschaft, jedenfalls war ich es in den letzten Monaten nicht. Vertrau mir dabei. Wir hätten keinen Spaß." Fest presst er die Lippen aufeinander.

„Vertrau mir! Ich sorge schon dafür, dass wir Spaß haben. Außerdem musst du selbst zugeben, dass wir seit unserem Wiedersehen ein paar Dinge ausgelassen haben." Jan macht ein verständnisloses Gesicht. Wenn er nicht derart sexy wäre, würde er dabei richtig komisch aussehen.

„Zuerst haben wir uns gestritten, dann geküsst und heute haben wir rumgemacht – na ja eigentlich mehr als das, aber wie auch immer. Normalerweise kommt davor oder irgendwann dazwischen eine Verabredung. Also schuldest du mir die. Und am Freitag holst du das nach." Amüsiert über meine Argumentation schüttelt er den Kopf.

„Du wirst in dieser Sache nicht nachgeben, oder?"

„Nein, keine Chance. Nicht die kleinste." Lange ausatmend, lässt er sich in die Kissen fallen.

„Na gut. Dann also ein Verabredung deiner Wahl … Aber sag hinterher nicht, ich hätte dich nicht gewarnt."

# Kapitel 7

Jan – 2014

Früher, wenn ich in einen Club wie diesen hier gegangen bin, konnte ich förmlich riechen, dass die Mädchen feuchte Höschen meinetwegen bekamen, wenn sie mich ansahen. Meist standen sie in einer Gruppe kichernd zusammen und sahen immer wieder zu mir. Jetzt sehen sie mich auch an, oder um genauer zu sein, starren sie mich an, nur um ganz schnell wieder wegzusehen.

Der Krüppel mit den Narben im Gesicht kommt in ihren feuchten Träumen nicht vor. Und genau der bin ich im Moment – und auch noch in Zukunft. Mir ist sofort klar, es war ein Fehler hierherzukommen. Und das Schlimmste ist, dass sie es sieht. Ich weiß auch, dass es ein Fehler war, sie neulich Nacht so nahe an mich herankommen zu lassen. Aber wie hätte ich widerstehen sollen? Immerhin scheint sie die einzige Frau zu sein, in deren erotischer Fantasie ein Mann wie ich vorkommt. Auch wenn das nicht den geringsten Sinn macht. Jemand wie Ella müsste sich nicht mit einem kaputten Kerl wie mir begnügen, besonders jetzt nicht, wo sie geradezu erblüht ist, noch schöner und stärker, als sie es ohnehin schon immer war. Aber warum auch immer, sie scheint mich zu wollen und ich kann ihr nicht widerstehen.

Ich sehe sie an, wie sie vor mir ihre Hüften auf der Tanzfläche des Volksgartens wiegt. Der schlanke und doch kurvige Körper lockt mich mit jeder Faser zu sich. Doch mit meinem linken Bein, das kaum etwas taugt, und dem fast völlig kaputten Knie kann ich mir den Wunsch zu ihr zu kommen, um mich mit ihr tanzend zu wiegen, nicht erfüllen. Stattdessen sitze ich hier auf einer erhöhten Plattform und sehe ihr zu, mit einem schmerzhaften Ständer in der Hose. Wie habe ich mich nur dazu überreden lassen? Ich kann die Blicke in meinem Rücken förmlich spüren. Blicke von Menschen, Männer und Frauen, die sich fragen, warum das heiße Mädchen in dem gelben Seidenkleid mit den anbetungswürdigen roten Lippen ausgerechnet diesen Kerl zum Tanzen auffordern will. Ich kann es ja verstehen. Mir geht es nicht anders. Damit komme ich noch klar. Am schlimmsten sind jene, die so tun, als würde ich gar nicht existieren, und erbleicht wegsehen, wenn ich sie dabei erwische, wie sie meine Narben im Gesicht anstarren. Doch Ella scheint das alles gar nicht zu merken. Sie lächelt mich verführerisch an, streift mit den Händen an ihrem Körper hinab, dieses erstaunliche, kurze gelbe Seidenkleid perfekt präsentierend, und lockt mit ihren Fingern und ihrem Gesichtsausdruck. Wieder schüttle ich den Kopf. Außerdem genügt es mir, ihr zuzusehen und dabei an meinem Bier zu nippen. Ella weiß es nicht, aber sie ist mit Abstand die heißeste Frau auf der Tanzfläche heute Nacht. Ja, wie immer gibt es hier genug dieser perfekten Barbies, einem Typ, dem ich zugegeben früher auch verfallen war, der aber für mich mittlerweile den Reiz verloren hat. Eine von denen würde mich nie so ansehen, wie Ella es tut. Ihr Blick ist es, ihr

Blick jetzt und neulich in der Nacht, als ich sie zum Höhepunkt gebracht habe, der mich immer wieder in den Bann zieht. Vieles hat sich verändert, aber diese Unschuld, gepaart mit Hingabe und Lust in den Augen, der ist noch derselbe. Er hat mich damals eingefangen und er tut es wieder. Aber ich mache mir keine Illusionen. Noch kennt Ella nicht das wahre Ausmaß meines Schadens, und wenn es nach mir geht, wird sie das auch nie zu Gesicht bekommen. Ich kann es ja selbst kaum ansehen, dieses kaputte Bein. Wenn ich mich umziehe oder unter der Dusche stehe, sehe ich kaum hin. Nur wenn es schmerzt oder ich meine zahlreichen Arztbesuche habe, bin ich gezwungen, mich damit auseinanderzusetzen, es wirklich anzusehen.

Der Anblick ist scheußlich und mir wird übel davon. Es ist kein Teil von mir. Jedenfalls fühlt es sich so an. Es sorgt dafür, dass ich mich immer anders fühle, dass ich nicht dazugehöre. Genau wie hier, heute Nacht.

Davor, bevor wir uns getrennt haben und ich den Unfall hatte, waren wir öfter hier und auch in anderen Clubs. Hier habe ich mich immer wohl gefühlt, hier habe ich hingehört, während Ella meist nur meinetwegen mitgegangen ist. Sie fühlte sich mit meinen damaligen Freunden, der Clique reicher verwöhnter Bonzenkinder, wie sie sie mehrmals im Streit genannt hat, nicht wohl. Doch heute macht sie einen ganz anderen Eindruck. Ella fühlt sich wohl in ihrer Haut. Sie bewegt ihren Körper im Rhythmus der Musik, wiegt ihre Hüften langsam und kreisend und erinnert mich damit an all die Dinge, die ich mit ihr anstellen möchte: davor, danach und währenddessen. Bei Gott, ich wünschte, ich wäre noch derselbe Kerl, der damals mit ihr zusammen war. Ich würde sie mir schnappen, sie schon auf der Tanzfläche derart anturnen, dass sie nicht wüsste, was lauter schlägt: der Beat des DJs oder das Pochen ihres erregten Herzens.

Dann würde ich sie in ein Taxi setzen, zu mir fahren und sie um den Verstand vögeln. Frustriert kippe ich den letzten Rest Bier hinunter und beobachte sie dabei, wie sie auf diesen verdammt scharfen roten Schuhen auf mich zukommt. An ihren roten Mund darf ich gar nicht erst denken. Mein Schwanz ist jetzt schon bretthart.

„Wenn du schon nicht mit mir tanzen kannst, kannst du ja wenigstens im Takt der Musik mit mir rumknutschen", haucht sie mir ins Ohr und presst dabei ihren Körper an meinen, ehe sie auf meinen Schoß klettert.

„Wie du bestimmt spürst, habe ich nichts dagegen", lasse ich sie wissen, bevor ich ihren Mund mit meinen Lippen verschließe. Sie schmeckt so verdammt gut. Seit der letzten Nacht mit ihr kann ich nicht aufhören daran zu denken, wie sie schmeckt, wie heiß und süß der Geschmack ihrer Erregung für mich wäre, wenn ich ihn endlich kosten könnte. Doch ich habe es versaut. Meine Angst, sie könnte mein Bein sehen oder ich würde ihr nicht alles geben können, wenn ich richtig Sex mit ihr gehabt hätte, hat an diesem Abend alles verdorben. Danach habe ich sie die halbe Nacht im Arm gehalten, was eine süße Qual war. So gut habe ich mich schon ewig nicht gefühlt. Seit ich ins Krankenhaus eingeliefert wurde, war es die erste Nacht, in der ich mich nicht einsam gefühlt und in der mein Bein keine Scherereien gemacht hat.

Und jetzt sind wir hier, knutschen wie zwei Teenager vor allen Leuten herum und wieder hat sie es geschafft, dass ich völlig vergesse, wie ich aussehe und was mit mir nicht stimmt. Ich kann nur an ihre Zunge denken, die ich streichle und drücke, genau wie sie es bei mir tut. Seit Langem hat sich nichts so gut angefühlt, wie Ella an mich zu drücken und ihr Lust zu bereiten.

Sie macht mich so scharf, dass ich nicht mehr lange weitermachen kann. Seufzend löst sie sich von mir und leckt sich wieder die Lippen, als wolle sie meinen

Geschmack behalten. Diese Frau bringt mich noch um.

„Wir sollten besser einen Gang runterschalten. Solche Orgien in der Menge sind normalerweise nicht mein Ding“, erinnert sie mich. Ihr verschämtes Lächeln taucht auf.

„Ich habe mich schon gewundert. Früher mochtest du es nicht besonders, wenn ich dich beim Ausgehen befummelt habe.“

„Ja, manche Dinge ändern sich und manche Dinge bleiben gleich. Ich habe nichts dagegen, dich zu küssen und ein bisschen mit dir zu fummeln“, gesteht sie mir und lacht. Dabei drückt sie ihr Gesicht an meine Schulter. Ich halte sie weiter im Arm. Das fühlt sich dermaßen gut an, dass ich einen heftigen Hitzeausbruch und ein Brennen im Magen davon bekomme. Selbst als ich merke, dass mein Bein steif wird durch die verkrampfte Haltung, möchte ich nicht, dass sie sich von mir löst.

„Ist alles okay mit dir? Du wirkst so weit weg.“

Ich versuche sie anzusehen, erhasche aber nur einen Blick auf ihre Haare, die in dem zuckenden Licht mehr haselnussbraun als dunkelblond aussehen.

„Ist schon okay. Ich versuche mich zu entspannen. Es ist nur nicht leicht, wenn man dauernd angestarrt wird.“ Irritiert von meinen Worten beginnt sie sich umzusehen und bemerkt das Starren mancher Leute erst jetzt. Sie wirft ihnen vernichtende Blicke zu. Ein junger Kerl mit einer winzigen dürren Dunkelhaarigen am Arm sieht sofort ertappt weg. Ellas Wut strömt förmlich aus ihr.

„Blöde Idioten! Lass dir von denen nicht den Abend verderben.“ Streng blickt sie mich an und sieht dabei eher süß aus, was ich ihr aber nicht sage.

„Keine Sorge. Solange du mich so küsst und ich dir beim Tanzen in dem Fummel zusehen darf, kann nichts diese Nacht ruinieren.“ Weil ich sie wieder lächeln sehen will, schenke ich ihr ein breites Grinsen.

Es funktioniert, sie errötet und erwidert mein Lächeln mit schüttelndem Kopf.

„Das freut mich zu hören. Ich habe das Kleid sehr gern für dich angezogen, obwohl ich es viel lieber für dich ausziehen würde“, säuselt sie mir mit tiefer Stimme ins Ohr. Ella macht es einem nicht gerade leicht, vernünftig zu sein. Dabei war sie immer eine der vernünftigsten Menschen, die ich kenne. Während ich auf Partys war und mein Leben in vollen Zügen genossen habe, hat sie sich mit einem Job ihre Ausbildung finanziert und die halbe Nacht lang für ihre Prüfungen gelernt. Irgendwie verrückt, dass gerade sie versucht, mich dazu zu bringen, Dummheiten zu machen. Doch ich gebe zu, es gefällt mir sehr. Ihre verführerische und fordernde Seite kennenzulernen, ist verdammt heiß und macht Lust auf viel mehr. Und trotz allem kann sie es nicht verhindern, zu erröten. Ein wenig von der unschuldigen Ella steckt schon noch in ihr, und das gefällt mir ebenso gut.

„Schamloses Mädchen“, necke ich sie. „Du kannst einen Krüppel doch nicht derart heiß machen. Das gehört sich nicht.“ Empört sieht sie mich an, stößt sich von mir ab und steht fuchsteufelswild mit verschränkten Armen vor mir.

„Wenn du dich noch einmal so nennst oder so etwas sagst, wenn ich dabei bin, dann gehe ich, Jan!“ Sie meint es ernst. Ich sehe es ihrer entschlossenen Miene an. Aber was daran macht sie wütend? Dass ich mich selbst Krüppel nenne oder der Gedanke, dass sie einen Krüppel als Liebhaber haben möchte und es sie doch stört? Genau diese Zweifel nagen an mir. Ständig. Dass sie verschwindet, will ich dennoch nicht.

„Hey, komm schon. Es war nur ein blöder Spruch.“

Ich packe ihre Hand, die warm und so viel kleiner als meine ist, und zwinge sie, mich wieder anzusehen. Ihre

Augen streifen über mein Gesicht, und ich bete, dass sie nicht nur die Narben sieht, sondern wirklich mich.

„Na gut. Ich bleibe. Aber lass diesen Mist", warnt sie mich und zieht mich hoch. Zum Glück schaffe ich es zu stehen und sie beruhigend anzulächeln. Doch als sie sich umdreht, um ein paar zuckenden Tänzern auszuweichen, sackt mir das Bein weg und ich taumle. Fast wäre ich vor ihr eingeknickt und zu Boden gegangen. Ich beiße die Zähne zusammen und strenge alles an Muskel an, was dort noch übrig ist, um aufrecht zu bleiben. Beim Teufel! Ich will nicht, dass sie mich je so sieht. Als Ella sich zu mir umdreht, grinse ich sie dämlich an, damit sie nichts merkt.

„Wollen wir gehen? Langsam wird es mir zu voll hier drin."

„Ja. Lass uns gehen." Ich umarme ihre Hüfte, zum Teil weil ich ihr nahe sein will und zum Teil weil ich ihren Körper als Stütze brauche, um es bis zum Ausgang zu schaffen. Gott, wie erbärmlich das ist. Ich hasse es! Jede Sekunde davon. Ella merkt zum Glück nichts. Sie schmiegt sich vertrauensvoll an mich und scheint meine Nähe zu genießen.

Vor dem Ausgang hat sich eine Traube gebildet, die unseren Abgang behindert. Wir kommen nur zentimeterweise voran. Auf der anderen Seite ist die Schlange mit den Leuten, die jetzt um Mitternacht reinwollen. Jemand in dieser Schlange ruft Ellas Namen. Verdammt! Ich will endlich in ein Taxi, damit ich nicht mehr stehen muss. Nur ein paar Minuten sitzen, dann geht es wieder. Eine Brünette mit Pferdeschwanz und silbernem Top kommt auf uns zu. Sie ist fast einen Kopf größer als Ella und kommt mir seltsam bekannt vor.

„Sonja?", ruft Ella überrascht. Natürlich, daher kenne ich sie. Sie ist eine von Ellas Freundinnen. Aber oft habe ich sie damals nicht zu Gesicht bekommen. Ehrlich gesagt, kann ich mich kaum an sie erinnern.

„Hey, Ella, was machst du hier?“, fragt Sonja perplex. „Und dann noch mit …“, kurz zuckt ihr Blick zu mir, „… Jan Herzog.“

Sie ist offensichtlich völlig überrascht Ella und mich zusammen zu sehen. Das wiederum kann ich ihr nicht verdenken. Wenigstens hat sie mich trotz der Narben erkannt.

„Ähm“, stottert Ella. „Wir wollten mal zusammen ausgehen.“

„Seid ihr wieder …?“, beginnt Sonja ihre Frage. Ein unangenehmes Schweigen entsteht inmitten dieser lärmenden Partyhölle, das mich fast mein krampfend schmerzendes Bein vergessen lässt. Aber ich werde den Teufel tun und antworten. Denn ich bin selbst gespannt, was Ella darauf zu sagen hat.

„Wir haben uns vor kurzem zufällig getroffen und uns ein paar Mal gesehen.“ Gesehen? Soso. Ich würde es anders nennen, wenn ich mit meiner Ex nach vier Jahren Sendepause rumgemacht hätte. Aber im Grunde stimmt es, was Ella sagt.

„Tja.“ Sonja wirkt verunsichert. „Das ist nett, sich mal wiederzusehen und den Kontakt aufzufrischen.“ Wie sie das Wort „Kontakt“ ausspricht, könnte man meinen, wir wären früher in derselben Laborgruppe gewesen und nicht, als hätten wir monatelang eine Beziehung gehabt.

Und dann passiert es. Ich sehe es kommen, als sie die Finger ausstreckt, um auf mein Gesicht zu zeigen.

„Was ist eigentlich mit deinem Gesicht passiert?“, fragt sie schockiert. Als Ella etwas sagen will, halte ich sie zurück.

„Ich hatte einen Autounfall. Der ging nicht spurlos an mir vorbei, wie man deutlich sieht.“ Meinen Tonfall scheint Sonja zu kapieren. Zumindest hält sie die Klappe und fragt nicht weiter nach.

„Na dann … Ich muss rein. Ich treffe mich mit ein paar Mädels von der Arbeit … Habt noch einen schönen Abend." Ich erkenne eine Flucht, wenn ich eine sehe. Jedenfalls wirkt Ella ebenso erleichtert wie ich, als Sonja weiterzieht. Doch ehe sie von der Menge verschluckt wird, ruft sie Ella noch etwas nach, das klingt wie „Lass uns telefonieren!". Ella nickt unbestimmt und geht weiter Richtung Ausgang.

Endlich an der frischen Luft warten wir auf das nächste Taxi in der Schlange. „Und, was wirst du ihr über uns sagen, wenn sie dich anruft?" Besser, ich weiß jetzt, woran ich bin.

„Keine Ahnung. Dass wir uns sehen und zwischen uns etwas läuft. Mehr geht sie nichts an. Ich bin ja niemandem Rechenschaft schuldig." Sie reibt sich über die bloßen Arme.

„Was erzählst du denn deinen Freunden über mich?"

„Welche Freunde?" Als hätten sich nicht so gut wie alle nach und nach aus dem Staub gemacht, als ich nicht länger der Goldjunge für sie sein konnte.

„Philip zum Beispiel", sagt sie unbeeindruckt von meinem Sarkasmus.

„Der denkt, ich sei verrückt, wenn ich nicht versuchen würde, dich in die Kiste zu bringen. Aber ich werde den Teufel tun und ihm von dir erzählen. Für meinen Geschmack findet er dich schon interessant genug." Ihr Lachen dringt laut an mein Ohr.

„Klingt, als wärst du eifersüchtig, Jan." Natürlich bin ich das. Philip mochte früher keine Bedrohung für mich gewesen sein, doch jetzt hat er Ella etwas zu bieten, das ich für immer verloren habe: Unversehrtheit. Einfachheit.

„Sagen wir es so: Jeder Typ, der mich zu sehr über dich ausfragt, bekommt nichts über dich von mir zu hören."

„Damit kann ich leben", lässt sie mich gut gelaunt wissen und steigt in das nächste Taxi.

„Was machen wir jetzt? Es ist noch nicht allzu spät."

Nachdenklich sieht sie aus dem Fenster des dunklen Wagens, der nach frischer Reinigung riecht.

„Wenn ich es mir aussuchen könnte, würde ich gerne zum Campus fahren und deine Glaskonstruktion ansehen", gesteht sie mir, ohne mich anzublicken. Meint sie das ernst?

„Jetzt? Mitten in der Nacht?" Ella nickt heftig. Ihre grüngrauen Augen leuchten. Sie möchte es unbedingt. Aber der Campus besteht aus insgesamt zehn Höfen und die gläserne Begegnungsstätte steht ausgerechnet in Hof neun, im Bereich für Kunstgeschichte. Ich weiß nicht, ob mein Bein bis dahin durchhält.

Ich gebe dem Taxifahrer das Geld und halte die Tür für Ella auf. Es ist kein gutes Zeichen, dass ich die Autotür als Stütze brauche. Aber langsam scheint die Schmerzpille, die ich während der Fahrt genommen habe, zu wirken. Nur das steife Gefühl in den Beinen will nicht weggehen. In einer Schonhaltung, die mich zwingt, stärker zu humpeln, gehen wir die ersten Schritte in das Campusgelände hinein.

„Ich kann nicht glauben, dass das früher mal das Gelände für das Allgemeine Krankenhaus gewesen ist", murmelt sie vor sich hin, als wir den ersten Hof betreten. Ihre Sandaletten klingen laut auf dem Schotter, doch mein Schlurfen übertönt ihre Geräusche mit Leichtigkeit. Ich könnte aufstöhnen vor Frustration.

„Ja. Nicht gerade sehr effizient, diese vielen Höfe und getrennten Einheiten. Heutzutage würde niemand ein Krankenhaus auf diese Weise planen oder gar umsetzen."

„Bestimmt nicht. Die armen Schwestern und Helfer haben sich hier sicher die Hacken abgelaufen."

Bestimmt sogar. Und auch für Menschen wie mich, für einen Krüppel, ist dieses weitläufige Gelände der blanke Horror.

Wieder beiße ich die Zähne zusammen und folge ihr, wobei ich es kaum ertrage, nicht derjenige zu sein, der sie in den richtigen Hof führt.

„Warst du schon mal hier?“, frage ich sie, um mich abzulenken vom dumpfen Schmerz und dem Taubwerden meines Verräters, des linken Beins.

„Ein Mal. Vor Weihnachten habe ich mir die Stände angesehen und ein paar Sachen gekauft. Für meine Familie.“

Ellas Familie, die ihr über alles geht, die sie jedes zweite Wochenende besucht hat, und mit ihrer Mutter und ihrer älteren Schwester telefonierte sie damals ständig. Ellas Verbindung zu ihrer Familie steht im krassen Gegensatz zu der Beziehung, die ich zu meinen Eltern pflege. Ich hätte alles getan, um nicht auf sie angewiesen zu sein nach dem Unfall. Zwischen uns gibt es einfach kein Band, außer vielleicht einem finanziellen. Ella hat sich nie wohlgefühlt mit meinen Eltern und dank ihrer ablehnenden Haltung ihr gegenüber konnte ich das gut verstehen. Ellas Familie hatte mich hingegen immer sehr herzlich behandelt und mir das Gefühl geben wollen, ich gehöre dazu. Zumindest bei den paar Malen, die Ella mich überreden konnte, mitzukommen. Aber ich fühlte mich nicht ganz wohl dabei. Diese Art der Zugehörigkeit ist nichts für mich. Damit habe ich keine Erfahrungen, und ich glaube wirklich nicht, dass ich dafür geschaffen bin. Bei meiner Herkunft kein Wunder. Inzwischen halten sie bestimmt so gut wie gar nichts mehr von mir.

„Ich habe das Gelände damals sehr gut kennengelernt“, führe ich die Unterhaltung weiter, während wir Hof um Hof vorankommen und mein Bein schlimmer wird. Ich kann förmlich fühlen, wie mein Knie anschwillt. Scheiße. Halt durch!

„Meine Mitbewerber haben alles versucht, einen kleineren Abklatsch der Gebäude rund um die Höfe ins

Zentrum zu integrieren oder eine Art Miniatur des Narrenturms, wie er am Ende des Geländes steht, nachzubilden. Ich wollte etwas anderes. Bevor wir uns zum ersten Mal getroffen haben, war ich ein paar Wochen auf Bildungsreise in Paris und war ganz fasziniert von der Glaspyramide des Louvre. Wie sie zugleich völlig fehl am Platz wirkt und dennoch das Tüpfelchen auf dem i ist, habe ich schon immer bewundert. Genau so etwas wollte ich für den Glaskasten hier. Außerdem passt er viel besser zu den modernen Zubauten, die ebenfalls sehr zeitgemäß und kantig aussehen und vorrangig aus Glas sind." Geduldig hört sie mir zu. Das hat sie früher schon immer getan, wenn ich über Architektur gesprochen habe. Wenn ich ehrlich bin, ist es – neben Frauen – die einzige Leidenschaft, die ich habe … die ich hatte.

„Du machst mich immer neugieriger", gesteht sie lächelnd. Ich kann nicht glauben, wie unglaublich sie aussieht. Hoffentlich bemerkt sie den Schweiß auf meiner Stirn nicht.

Wir betreten den letzten Hof mit dem langgezogenen Glasbau, in dem sich das Institut für Kunstgeschichte befindet. Auf dem Weg davor stehen zwei Bänke. Ich ziehe Ella zu einer davon und warte, bis sie sich setzt. Mit etwas Mühe und zu meiner Schande sehr unelegant lasse ich mich neben ihr nieder und strecke das Bein weit von mir. Erleichterung durchflutet mich. Dennoch … Ich hasse es. So sehr.

Ella schlägt die Augen nieder, als wisse sie genau, wie sehr es mich quält, dass sie mich so sieht. Dann räuspert sie sich und sucht nach dem kleinen Glasvorbau unweit des Eingangs. Dort steht er, genau wie ich ihn geplant habe und die Baufirma ihn, unter meiner Aufsicht, errichtet hat. Eine Stahlkonstruktion in Form eines Oktogons mit blaugrünen Glaselementen.

„In jedem Element ist ein Kunstwerk ausgestellt. Manchmal sind es Skulpturen und manchmal sind es Bilder oder Installationen. Sie wechseln alle zwei Monate und es gibt eine lange Bewerbungsfrist“, erkläre ich ihr, während ihre Augen über die einzelnen Glasbahnen wandern und sie die Konstruktion betrachtet. „Wir haben Spezialglas verwendet, das die Werke vor der Sonne schützt.“

„Es ist beeindruckend, Jan. Ich finde es einfach umwerfend.“

Stolz flammt in mir auf. Ich kann sie noch immer beeindrucken. Ich hatte Angst, das vollkommen verloren zu haben. Doch der Ausdruck auf ihrem Gesicht ist offen und ehrlich. Sanft schmiegt sie sich an mich und wie von selbst lege ich den Arm über ihre Schultern. Zum ersten Mal seit unserem Wiedersehen und seit ich sie geküsst habe, fühlt es sich nach viel mehr an. Als ginge es nicht bloß um Anziehung und Lust oder um unsere gemeinsame Vergangenheit. In diesem Moment habe ich wirklich das Gefühl, es geht Ella um mich. Auch wenn der Teufel in mir darüber lacht und mich fragt, ob ich sonst noch Wünsche hätte, wie den Sieg in einer Olympiade. So gut ich kann, verdränge ich diese gemeine Stimme. Ich möchte sie nicht hier haben. Nicht jetzt!

Als sie sich in meine Schulterbeuge schmiegt und mich mit diesem weidwunden Blick ansieht, ist sie wieder meine Ella, und mir ist egal, was passiert und wie schlimm das hier enden wird. Ich küsse sie, mit allem, was von mir als Mann noch übriggeblieben ist.

# Kapitel 8

## Ella - 2010

Ich kann nicht glauben, dass ich mit diesen Leuten hier bin und dass Jan mich dazu überredet hat. Ich kann sie nicht ausstehen, diese arroganten Möchtegerns, die sich aufführen, als gehöre ihnen die Welt und jeder existiere darin nur zu ihrer Unterhaltung oder zu ihrem Nutzen. Bonzenkinder.

Als er von einer Partynacht in dem tollen Club in der Walfischgasse, der wienerischen Nachempfindung des Moulin Rouge, sprach, habe ich mich wahnsinnig darauf gefreut. Die Location ist toll und die Cocktails sind einfach genial. Doch mit jeder Minute, die wir hier sind, geht der Abend mehr und mehr den Bach hinunter.

„Ach, komm schon, Niki, du gehst doch sonst auch mit.“ Charly, eines der wahnsinnig charmanten Bonzenarschlöcher – von dem ich wette, dass er eigentlich Karl heißt –, drängt sich zum mittlerweile fünften Mal an eine langbeinige Blondine heran, deren Rock nicht einmal als Gürtel durchgehen könnte. Nachdem ihn die gertenschlanke Gazelle, die mir am Klo erklärte, sie esse gerade keine feste Nahrung, mehrmals weggedrängt hat, beschwert er sich nun ständig lautstark darüber, dass sie ihn ranlassen soll, weil sie sonst ja auch keine Probleme damit habe. Inzwischen kommt mir der Fruchtcocktail hoch. Jan hat seit einer Stunde nicht mehr mit mir geredet, weil er ständig mit irgendwelchen modelligen Frauen beschäftigt ist, die ihn irgendwoher kennen und nur mal Hallo sagen wollen. Die wunderbaren Menschen, mit denen er mich auf den roten Couchen zurückgelassen hat, gehören zu seinen ehemaligen Schulfreunden. Unnötig zu erwähnen, dass es sich dabei um eine teure Privatschule gehandelt hat. Mein Versuch, mich mit den oberflächlichen Mädels zu unterhalten, endete nach fünfzehn langen Minuten, während die Jungs dieser Gruppe mich kaum wahrzunehmen scheinen. Wie auch? Ich habe weder eine Essstörung noch kaufe ich meine Klamotten in Designerläden, die Pornoschick in Kindergröße verkaufen. Ich bin fünf Minuten davon entfernt, einfach aufzustehen und zu gehen.

„Nicht gerade das, was du dir erwartet hast, hm?", höre ich eine leise Stimme fragen, die von dem Bass beinahe vollständig verschluckt wird.

„Könnte man so sagen." Philip, ein guter Freund von Jan und der einzige Mensch in dieser Runde, den ich schon kenne und nicht für einen völligen Idioten halte, lächelt mich aufmunternd an.

„Und jetzt stell dir vor, du müsstest vier Jahre Oberstufe mit denen verbringen." Bei diesem Gedanken erreichen die Cocktailreste erneut meine Speiseröhre und kratzen daran.

„Nein, danke. Das will ich mir lieber nicht vorstellen", flüstere ich zurück. „Wie hältst du das nur aus?"

Grinsend hebt er sein Bier hoch und nimmt einen großen Schluck. Damit bringt er mich zum Lachen.

„Wenn du mich fragst, kann ich Jan nicht verstehen, dass er immer noch so gerne mit ihnen rumhängt“, gesteht er mir, indem er sich verschwörerisch zu mir lehnt. „Ich meine, damals in der Schule waren sie noch die Kings und Queens, doch jetzt ist das Ganze nur noch traurig.“ Jetzt hat er meine volle Aufmerksamkeit.

„Wieso?“, frage ich ihn.

„Na ja, abgesehen vom Offensichtlichen.“ Er nimmt seine Flasche und deutet unauffällig mit dessen Hals auf die langbeinige Blonde.

„Niki war ein sehr leichtes und verwöhntes Mädchen in der Schule, das jeder haben wollte und nur die Jungs mit genug Kohle kriegen konnte. Sie wollte nur zwei Dinge: ihren Spaß und einen Modelvertrag. Doch auch der Einfluss ihres Daddys hat nicht geholfen, die Scouts davon zu überzeugen, dass sie hinter dem perfekten Äußeren mehr zu bieten hat. Ihre Fotos waren ausdruckslos. Schockierend für sie, aber ein perfekter Körper reicht nicht … Jetzt verbringt sie ihre Zeit damit, das Geld von Daddy auszugeben und diesen Volltrottel …“, er zeigt mit der Flasche auf Markus, einem blonden Typen mit ausgeprägten Muskeln, „… hin und wieder ranzulassen. Und um zu beweisen, dass sie zu gut für ihn ist, vögelt sie ab und zu auch mit ein paar anderen aus der Gruppe. Ein paar von denen studieren – soll heißen: sie machen Party und erscheinen ab und an auf der Uni, wenn es sich nicht vermeiden lässt, und der Rest arbeitet in Daddys Firma oder Daddy hat ihnen irgendeinen Job besorgt. Das Übliche eben.“ Sichtlich verbittert, verzieht Philip den Mund und leert sein Bier.

„Klingt so, als würdest du sie alle nicht mögen.“

„Stimmt“, bestätigt er knapp.

„Warum verbringst du dann Zeit mit ihnen?“

„Weil ich diesen verdammten Penner echt mag und das bedeutet, diese anderen Penner zwangsweise zu akzeptieren." Abwartend sieht er mich an. Ich weiß, dass er Jan meint. Philip will mir anscheinend klarmachen, dass diese Leute dazugehören und ich sie akzeptieren muss, wenn ich mit Jan zusammenbleiben will. Ganz ehrlich, ich habe keine Ahnung, ob ich das kann oder ob ich das überhaupt will. Sagt man nicht: Zeig mir die Freunde von jemandem und ich sage dir, wer er ist? Doch was ist dann mit Philip? Er ist eindeutig in Ordnung und hängt dennoch öfter mit diesem Pack rum.

„Drei Flaschen französischer Champagner und Gläser dazu", verkündet die hübsche Brünette, der man die späte Stunde und die lange Schicht ansieht. Ich weiß, wie sich das anfühlt. Ein Teil von mir möchte ihr sagen, dass ich nicht zu denen gehöre. Denn ich gehöre zu ihr, zu den Kellnerinnen.

Jan taucht unerwartet auf und setzt sich nahe zu mir. Er scheint bester Stimmung und das ärgert mich sogar noch mehr. Merkt er denn gar nicht, dass ich keinen Spaß habe?

„Jan", flüstere ich ihm zu, damit es die anderen nicht mitbekommen. „Ich kann mir diesen Champagner unmöglich leisten." Er lacht auf und schüttelt den Kopf. Etwas daran macht mich schier rasend.

„Jetzt sei nicht albern. Ich zahle für dich." In mir schnappt etwas zu. Ich presse die Handtasche in meiner Hand fest zusammen, um nicht etwas zu sagen, das ich bereuen könnte.

„Ich will aber vielleicht nicht, dass du alles für mich bezahlst", lasse ich ihn stattdessen wissen und werfe ihm einen Blick zu, der ihm klarmachen soll, dass das hier alles andere als ein Scherz für mich ist.

„Warum reagierst du so gereizt?" Verständnislos sieht er mich an und schenkt mir ein Glas von dem Prickelwasser ein.

„Weil die Hälfte deiner Freunde mich seit Stunden ignoriert und die andere Hälfte, die das nicht tut, kaum erträglich ist.“ Ich nehme einen verzweifelten Schluck, ehe ich hinzufüge: „Philip ausgenommen.“

„Ach, Philip also ausgenommen, hm.“ Er ist sauer, dabei bin ich es, die hier einen Ausbruch unterdrückt.

„Jetzt lass das! Wenn hier einer ein Recht hat, eifersüchtig zu werden, dann ja wohl ich. Schließlich hast du heute mit mehr Frauen geflirtet, als ich in meinem ganzen Leben überhaupt getroffen habe“, fahre ich ihn an. Diese dämliche Niki merkt, dass wir drauf und dran sind, uns zu fetzen, und lacht amüsiert darüber. Nur mit Müh und Not kann ich mich beherrschen. Ich werde dieser Ziege keine runterhauen. Niemals. Ich verliere nicht die Kontrolle vor all den Leuten hier. Sicher nicht!

Doch Jan verliert sie. Er packt mich am Oberarm und zerrt mich weg von den roten Sofas. Hinter einer Palme bleibt er stehen und zwingt mich ihn anzusehen.

„Was zur Hölle ist los mit dir, Ella?“

„Was zur Hölle ist los mit *dir*?“, drehe ich den Spieß um.

„Du führst dich unmöglich auf. So kenne ich dich gar nicht. Flirtest mit jeder, die dir auch nur Hallo sagt, schenkst mir kaum Beachtung, regst dich aber auf, wenn ich mit Philip rede, und dann schmeißt ihr hier mit dem Geld rum, als wäre es nur dafür da, ausgegeben zu werden. Und dennoch gibt nicht einer von euch Trinkgeld. Dabei weißt du genau, wie wichtig es ist, ein ordentliches Trinkgeld in der Tasche zu haben.“ Ich rede wie ein Wasserfall und ich habe auch noch diesen Oberlehrerton angeschlagen, den ich nur bekomme, wenn ich mich ungerecht behandelt fühle oder sehe, wie jemand schlecht wegkommt. Kein Wunder, dass er lieber mit den modelligen Frauen flirtet. Eines ist sicher: Die halten ihm keine Vorträge. Nur die kleine Ella, alias Cateringkellnerin, tut das. Die ja schon immer wusste, dass sie nicht zu Jan passt. Plötzlich ist meine Wut verraucht und mir schießen beinahe Tränen in die Augen.

„Worum geht es hier wirklich, Ella?“, will Jan von mir wissen und sieht mich dabei mit seinen blauen Augen an, wieder der Mann, den ich kenne und mit dem ich seit einiger Zeit zusammen bin.

„Keine Ahnung“, gestehe ich und lasse mich auf seine Brust fallen. Sofort umarmt er mich und streicht über mein Haar.

„Ich gebe ihr natürlich ein Trinkgeld … Du erinnerst mich ja immer daran, dass ich es manchmal vergesse. Und das ist gut so, weil ich jeden Arsch, der dir kein Trinkgeld gibt, die Pest an den Hals wünsche.“ Ungewollt bringt er mich zum Lachen. Mein Jan. Wenn mein Jan nur auch mit denen so wäre.

„Und ich weiß, meine alten Freunde können manchmal etwas oberflächlich sein …“ Dafür kassiert er ein Schnauben, das er bemerkt, ohne dass ich ihn ansehen muss.

„Sie sind der Inbegriff der Oberflächlichkeit, Jan.“

Er atmet lange aus und wirkt frustriert.

„Ella, du weißt, meine Leute waren nie viel da oder haben sich wirklich gekümmert. Alles, was ich auf der Schule hatte, waren meine Freunde. Und ja, wir haben vielleicht mehr über die Stränge geschlagen als andere, aber es sind meine Freunde. Ab und zu treffe ich mich mit ihnen, und es könnte zum Problem werden, wenn du sie gar nicht treffen möchtest.“

Da war es nun. Das Problem. Es taucht immer wieder auf. Wir sind zu unterschiedlich. Wir gehören einfach nicht zusammen, kommen aus zwei Welten und leben auf zwei verschiedenen Wegen, die auseinandergehen. Ich weiß es, dennoch will ich ihn nicht verlieren. Denn wenn wir alleine sind, verlieren all diese Dinge ihre Bedeutung und wir sind manchmal fast schon perfekt füreinander. Doch ein kleiner

Teil von mir weiß, dass ich mir etwas vormache.

„Dann werde ich wohl oder übel einen Weg finden müssen, mit ihnen klarzukommen.“ Jan sieht mich zweifelnd an.

„Sicher?“, fragt er. Nein, denke ich, nicke aber dennoch.

# Kapitel 9

## Ella - 2014

„Bitte sag mir, dass du nicht mit ihm geschlafen hast."
Sonjas Panik ist kaum zu überhören. Laut und deutlich tönt sie aus meinem Smartphone hervor.
„Nein, habe ich nicht." Das ist nicht gelogen. Immerhin bin ich mit Jan noch nicht so weit gekommen. Aber das erzähle ich ihr besser nicht.
„Gut", stöhnt sie erleichtert.
„Was zum Teufel, wenn wir gerade dabei sind, denkst du dir eigentlich dabei, wieder etwas mit Jan anzufangen? Muss ich dich wirklich an das tränenreiche Ende erinnern, das der letzte Versuch mit diesem Kerl dir beschert hat?"
„Nein, musst du nicht", unterbreche ich Sonja. Wenn ich es nicht tue, geht das hier noch mindestens eine halbe Stunde so weiter, und ich bekomme jetzt schon Kopfschmerzen, auch wenn ich sie verstehen kann. Schließlich musste sie miterleben, was damals zwischen uns passiert ist, und mich danach trösten.

„Dann sag mir wenigstens, dass das hier nicht das ist, was ich befürchte."
„Und das wäre?"
„Jan Herzog als deine ganz persönliche Ich-muss-diesen-Mann-retten-Fixierung." So ist es nicht, nicht ganz … nicht wirklich. Aber sogar, wenn ich es ihr erkläre, würde sie es nicht verstehen. Das tue ich ja selbst auch nicht, nicht zur Gänze jedenfalls.
„So ist es nicht. Es geht nicht um Mitleid!", stöhne ich genervt.
„Ella … Ich kenne dich doch. Seit dem verdammten Kindergarten. Und ich erinnere mich noch an den halbtoten Hund, den du mich gezwungen hast aus dem Bach zu ziehen, damit wir ihn nach Hause bringen und retten können."
„Du vergleichst Jan jetzt nicht wirklich mit diesem Hund", blaffe ich sie an. Manchmal ist sie unmöglich.
„Nein, nicht so ganz. Aber ich erinnere mich noch sehr genau daran, wie dich der Köter zum Dank für deinen Rettungsversuch gebissen hat und du mit fünf Stichen genäht werden musstest." Ich kann es nicht glauben. Sie hat Jan mit diesem Hund verglichen. Unfassbar.
„Was willst du mir damit sagen?"
„Ich will dir damit sagen, dass du vielleicht glaubst, was immer du gerade mit Jan am Laufen hast oder vorhast, unter Kontrolle zu haben. Aber du irrst dich, Ella! Denn genau wie mit dem Hund damals wird es dir früher oder später um die Ohren fliegen. Weil Gefühle im Spiel sind. Der Hund hatte zu viel Angst, um zu wissen, dass du ihm nur helfen wolltest … Pass bloß auf, dass das nicht auch für Jan gilt. Und was deine Gefühle für ihn angeht …" Sonja macht eine ihrer dramatisch langen Telefonpausen, die mich kirre machen sollen. Zugegeben, es ist sehr effektiv.
„… was immer du denkst, du irrst dich. Denn er mag

vielleicht anders sein oder eine schwere Zeit durchmachen, was auch immer … Aber Ella, ein Leopard verliert niemals seine Flecken. Genauso wenig wie ein Jan Herzog die Fähigkeit verliert, dir das Herz zu brechen. Vergiss das nicht!“ Sofort spüre ich einen Druck im Magen, an genau der Stelle, die mir immer sagt, dass ich vorsichtig sein soll. Denn ich weiß, Sonja hat recht. Aber es ist zu spät. Vielleicht hätte ich gestern noch umkehren können. Doch seit diesem Kuss auf der Bank, seit er mich mit diesen blauen Augen wieder so ansieht, wie er es früher getan hat, ist es mir klar: Ich will gar nicht umkehren. Ich will wissen, ob Jan mir genug vertraut, um mit mir zu schlafen. Und ich weiß auch genau, wieso ich nicht anders kann. Jeder Besessene kennt seine Obsession. Und ich kenne meine.

# Kapitel 10

## Ella - 2010

Die Hitze der Sonne kribbelt auf meiner Haut, und ich genieße die sanfte Brise im Gesicht, die mir der riesige Kirschbaum im Innenhof beschert. Auch wenn es unfassbar heiß für die Jahreszeit ist, liebe ich es hier auf meiner kleinen Terrasse im hinteren Bereich meiner Wohnung zu sitzen. Sie war neben der leistbaren Miete das überzeugendste Argument, die Wohnung zu nehmen. Im Grunde ist es nur ein befestigtes Podest aus wetterfestem Holz mit seitlichen Rankengittern, an denen Efeu hochwächst, als Sichtschutz. Ziemlich nutzlos. Denn alle Nachbarn mir direkt gegenüber können mich sehr gut auf meiner kleinen Terrasse beobachten, wenn sie möchten. Im Moment ist mir das aber herzlich egal, denn in der Wohnung ist es drückend warm und kaum auszuhalten. Selbst der kleine Ventilator muss sich gegen diese Hitze geschlagen geben. Also habe ich es mir auf einem Kissen sitzend bequem gemacht und lehne mit dem Kopf an die kleine Holzbank, die ich hier stehen habe. Für mehr ist ohnehin kein Platz. Die vergehenden Sommertage genießend döse ich fast ein, als ich höre, wie jemand einen Schlüssel ins Schloss steckt, um in die Wohnung zu kommen. Ich kann mir ein glückliches Schmunzeln nicht verkneifen, denn ich weiß genau, wer da in meine Wohnung kommt. Jan ist endlich vom Laufen zurück. Obwohl wir uns noch nicht sehr lange kennen, kann ich mir gar nicht mehr vorstellen, wie es wäre, ohne ihn zu sein. Wir haben nicht dieses alberne Tamtam über Wohnungsschlüssel aufgeführt. Ganz im Gegenteil. Alles fühlte sich wahnsinnig richtig und natürlich an. Er fragte mich irgendwann, ob ich ihm meinen Schlüssel geben würde, da wir ohnehin fast immer bei mir in der Wohnung sind, und ich habe ihm dann meinen Ersatzschlüssel gegeben. Warum kann es nicht immer so sein? Warum kann das Leben nicht immer so schön bleiben wie jetzt? Wo ich so verdammt glücklich bin, mit diesem umwerfenden Mann, der sich tatsächlich zu mir hingezogen fühlt und nicht müde wird, mir das auch zu beweisen.

„Du siehst nicht so aus, als würdest du jetzt mit mir unter die Dusche springen wollen“, sagt er. Selbst mit geschlossenen Augen weiß ich, dass er gerade über mir steht und mich anlächelt.

„Ich fürchte, im Moment hast du schlechte Karten. Seit du tatsächlich zum Laufen gegangen bist – wofür ich dich übrigens noch immer für verrückt halte –, weht zum ersten Mal ein winziges bisschen Wind. Wenn ich mich jetzt bewege, könnte es sein, dass es das war.“ Ich muss grinsen. „Das möchte ich lieber nicht riskieren“, flüstere ich blind.

„Kann ich gut verstehen. Nur ist es so …“ Langsam, sodass ich es fühlen und mich darauf vorbereiten kann, lässt er sich zu mir nieder. „… dass ich im Moment ziemlich auf Touren bin – die Hitze und die körperliche Anstrengung, du verstehst schon … –, und wenn ich dich noch so hier liegen sehe, in diesem Nichts von Baumwollshorts mit bis zur Brust hochgezogenem Shirt, bist du weder vor mir noch vor meinen niederen Gelüsten sicher.“ Am Brummen seines Körpers, der sich dicht neben mich schiebt, kann ich spüren, dass er anzüglich lacht.

„Dafür habe ich natürlich vollstes Verständnis“, lasse ich ihn wissen, ohne auch nur die kleinste Regung zu zeigen. Gerne würde ich mir jetzt auf die Lippen beißen, um mein glückliches Lachen zu verbergen, doch ich lasse es. Jan soll wissen, wie sehr ich das Zusammensein mit ihm genieße, diese Neckereien, die so neu und kostbar für mich sind.

„Du hast also Verständnis“, säuselt er mir ins Ohr. Sein Atem ist heiß und gepresst. Die Hitze seines Körpers löst ein Prickeln in meiner Brust und zwischen meinen Schenkeln aus. Früher fand ich verschwitzte Männer ziemlich ekelig, aber Jan möchte ich jede Schweißperle vom Körper lecken, was mich selbst schon erschreckt. Sein Geruch ist würzig, männlich und sehr erregend. Wie soll man dabei nicht an Hitze oder an Körper in Bewegung denken? Also an Sex.

Plötzlich spüre ich seine heißen Hände auf mir. Er umfasst meine entblößte Taille und dreht mich ein wenig, um mich an ihn zu ziehen. Jetzt spüre ich seinen Körper an meinem Rücken, was mir das Atmen nicht unbedingt leichter macht. Er benutzt eine Hand, um meinen Schoß und damit meinen Po fest an sein Becken zu drücken. Rhythmisch reibt er sich an mir, stößt ganz sanft mit seinem hart gewordenen Schwanz gegen meinen Hintern. Ich habe sein erregtes Keuchen im Nacken. Feuchtigkeit sammelt sich zwischen meinen Beinen und meine Brustwarzen werden hart. Nur weil ich immer noch die Augen geschlossen lasse, kann ich das hier zulassen. Denn so kann ich mir einreden, dass wir völlig alleine sind und es unmöglich ist, dass uns hier mitten am Tag jemand bei diesem schamlosen Benehmen sieht. Seine andere Hand drückt begierig meine Brust. Lächelnd murmelt er mir ins Ohr: „Großes C, richtig?"

Ich muss lachen über diesen dummen Jungenspruch. Aber es zerstört die Stimmung nicht. Im Gegenteil. Unser Lachen presst unsere Körper brummend aneinander und die sexuelle Spannung zwischen uns nährt sich davon. Jan lässt die Hand unter mein Shirt gleiten und streichelt jetzt sogar meine nackte Brust, was mich wahnsinnig macht. Ich winde mich. Die Härte in meinem Rücken wächst und zuckt. Jan nimmt seine Hand von meiner Hüfte und lässt sie in meinen Shorts verschwinden. Als er dort auf meine feuchte Hitze trifft, stöhnt er so laut auf, dass ich rot werde. Schnell jagt mein Herz gegen meinen Brustkorb. Er verliert keine Zeit, schiebt einen Finger in mich und lässt ihn vor und zurück gleiten. Ich könnte aus der Haut fahren, derart treibt es mich auf den Gipfel. Schon jetzt spüre ich, wie mein Schoß sich zusammenzieht und kommen möchte. So schnell ich kann, um dabei nicht alleine zu sein, fasse ich nach hinten, fasse in seine Sportshorts und treffe dort auf seinen heißen, samtigen Penis, der mir entgegenzuckt. Beim ersten Druck meiner Finger keucht er gequält auf und presst seinen Mund auf meine Schulter, um das Geräusch zu dämpfen.

„Deine Brüste treiben mich schon zum Wahnsinn, aber deine Finger bringen mich im Moment fast um … Wenn du nicht willst, dass ich gleich in meine Shorts komme, mach besser nicht weiter", warnt er mich. Doch ich mache weiter, lasse meine Finger vor und zurück gleiten, genauso wie er es in meinen Shorts gerade tut. Ich könnte zerspringen. Von meiner eigenen Lust abgelenkt, rutscht meine Faust von seinem inzwischen feucht gewordenen Schwanz. Sofort presst Jan seinen Unterleib hart gegen mich, so unkontrolliert, dass ich meine frei gewordene

Hand brauche, um mich auf dem Holzboden abzustützen. Immer schneller reibt er mit seinem Handballen gegen meine Klitoris, die elektrische Schockwellen über meinen Körper verteilt, während mein Schoß sich immer enger um seinen Finger zusammenzieht. Ich kann nicht länger warten. Ich fühle, wie diese drückende Explosion in mir nach außen drängt. Gegen die Holzdielen stöhnend, komme ich. Die letzten, herrlichen Zuckungen meines Orgasmus genießend, fühle ich, wie Jan mit aller Kraft seinen Schwanz in meine Pofalte drückt und starr wird, ehe er auf mir zusammensackt.

„Also eines kann ich dir versichern …", keucht er atemlos. „Es ist schon eine ganze Weile her, seit mich ein Mädchen dazu gebracht hat, in meine Shorts zu kommen." Jetzt erst öffne ich endlich die Augen und merke, wie obszön ich aussehen muss, gegen die Holzterrasse gedrückt, mit verrutschtem Shirt, einen keuchenden Mann auf mir. Und seltsamerweise ist es mir egal. Ich bin befriedigt und glücklich, ein Zustand, der für mich ebenso neu wie süchtig machend ist. Ich drücke mich vom Holzboden ab, was ihn von mir runter bringt, und drehe mich um. Strahlend blaue Augen sehen mich amüsiert an. Können strahlende Augen alleine schon glücklich machen? Wenn ja, dann machen es seine im Moment gerade mit mir.

„Ich kann nicht behaupten, dass es mir leidtut, dass wir uns gerade wie Teenager aufgeführt haben. Um ehrlich zu sein, habe ich das früher nie so richtig durchgezogen und deshalb genieße ich es jetzt umso mehr mit dir."

Seine Finger finden meine Haare und kämmen sie mir aus dem Gesicht, während er mich nachdenklich ansieht.

„Dann haben wir ja einiges nachzuholen", merkt er an und nickt mit in Falten gelegter Stirn. Amüsiert schüttele ich den Kopf. Der Kerl macht mich schwach.

Ich bin jetzt schon Hals über Kopf in ihn verliebt. Wo soll das noch hinführen?

„Hast du eigentlich kölnisch Wasser da?“ Irritiert blicke ich ihn an. „Ja, wieso? Möchtest du dich nach dem Duschen gegen die Hitze abreiben?“ Jan erwidert meine Frage mit einem dreckigen Grinsen.

„Nein, ich möchte dir zeigen, wie wohltuend Einreiben mit kölnisch Wasser bei dieser Hitze sein kann.“

„Du bist echt unmöglich.“ Lachend steht er auf und hilft mir hochzukommen. Meine Knie tragen mich nicht so richtig. Kein Wunder.

„Los, schöne Frau! Zuerst springen wir unter die Dusche.“ Nur zu gerne folge ich ihm, während er seine verschwitzten Sportsachen auf meinem Boden hinterlässt. Mir fällt es immer noch schwer, mich vor ihm wie selbstverständlich auszuziehen, und der Gedanke, mit ihm gleich Duschen zu gehen, macht mich nervös. Aber ich habe keine Zeit, mir deswegen allzu lange Sorgen zu machen. Jan streckt sein Gesicht aus der Badezimmertür und winkt mich mit lockendem Zeigefinger näher. Ich spiele mit und beuge mich vor, so als würde er mir ein Geheimnis mitteilen.

„Ella, nur damit du es weißt: Ob als Teenager oder nicht, so heftig bin ich noch bei keiner in meine Shorts gekommen.“

Ich spüre tiefrote Hitze auf meinen Wangen brennen, als er mich zu sich zieht und trotz seiner Worte sehr sanft küsst.

# Kapitel 11

## Ella - 2014

Seit einer halben Stunde ist Jan bereits in meiner Wohnung und endlich scheint er mir entspannt und offen zu sein. Aber mir gelingt es einfach nicht, das Telefongespräch mit Sonja aus dem Kopf zu bekommen. Wir sitzen auf meinem Sofa, er hält mich im Arm und schnuppert an meinem Hals. Ab und zu lässt er auch seine Lippen über meine Haut wandern, was mir eine Gänsehaut beschert. Nur so richtig fallen lassen kann ich mich nicht. Dabei habe ich noch gedacht, als er die SMS geschickt und gefragt hat, ob er heute noch vorbeikommen könnte, dass dies die perfekte Gelegenheit wäre, endlich miteinander zu schlafen. Verdammte Sonja! Wieso musste sie wieder diese ganzen Unsicherheiten und Zweifel hochkommen lassen und mich gleichzeitig daran erinnern, wie verliebt ich damals in Jan war? Das macht alles nur noch schwieriger. Eigentlich möchte ich mich auf das Hier und Jetzt konzentrieren. Seine Berührungen genießen und ja, endlich wieder Sex haben, mit Jan. Der scheint noch nicht ganz mitbekommen zu haben, dass ich nur halb mit von der Partie bin. Irgendwie gefällt es mir auch, dass ich Jan offenbar so anmache, dass er gar nicht mehr aufhören kann, ein wenig rumzumachen. Gerade wird er forscher und streichelt begehrlich meine bekleideten Brüste.

„Kleines C, aber immer noch ein C, richtig?“, will er wissen und klingt dabei so erregt und albern, dass ich sofort lachen muss. Er hält inne und sieht mich verdutzt an, ehe ich sehe, dass auch er sich erinnert. Er bricht in dunkles Gelächter aus und bohrt dabei sein Gesicht in meine Schulter. „Ich kann nicht glauben, dass ich das gerade gesagt habe“, gesteht er.

„*Ich* kann nicht glauben, dass du das je gesagt hast.“

Wir müssen heftiger lachen. Langsam gerät es außer Kontrolle. Fest drücke ich mir die Faust in den Bauch, weil ich Lachkrämpfe bekomme. Jan wird heftig geschüttelt, so sehr hat es ihn gepackt.

Schlagartig wird er ernst, richtet sich auf und blickt mich erstaunt an. Mit einem letzten Schnaufen vergeht auch mir das Lachen, wenn ich seine Miene sehe.

„Ich hätte nie gedacht, dass ich je wieder so lachen kann“, sagt er und ich habe kurz Angst, dass er wegsieht. Aber das tut er nicht. Er hält mich mit seinem Blick gefangen. Mir schlägt das Herz bis zum Hals. Flüchtig wischt er sich über den Mund, betrachtet meinen und öffnet den Mund. Kurz zögert er, doch dann spricht er aus, was ihn gerade beschäftigt, während er mein Gesicht studiert.

„Willst du noch immer mit mir schlafen?“ Was für eine Frage! Ich sollte nicht, aber ich will – und wie ich es will.

Heftig nicke ich, während ich mir fest auf die Lippe beiße. Ohne noch etwas zu sagen, nimmt er meine Hand und zieht mich ins Schlafzimmer.

Um Atem ringend komme ich zu mir. Wir haben die letzte Viertelstunde damit verbracht, derart heftig miteinander rumzumachen, dass es schon beinahe an Folter grenzt. Alles an mir fühlt sich wund an, und ich schwöre, unter der Decke hat es mindestens hundert Grad. Wir sind an einem Punkt angekommen, wo es kein Zurück mehr gibt. Ich dränge mich nahe an ihn, seine Haut verbrennt mich geradezu und ich genieße jede Sekunde davon. Seine Haut an mir zu spüren, ist unbeschreiblich schön.

„Ich habe keine Kondome dabei, ich Idiot", schimpft er. Also weiß auch er, wie es um uns steht, und möchte keinen Rückzieher machen. Erleichterung und gespannte Vorfreude durchfluten mich.

„Keine Sorge. Ich nehme immer noch die Pille und lasse mich bei meiner jährlichen Blutspende testen."

Eindringlich betrachtet er mich. „Ich habe letztes Jahr so ziemlich jeden Bluttest gemacht, den man üblicherweise machen kann, und seither gab es keine Möglichkeit …" Jan zögert. „Ich bin … Bei mir ist auch alles in Ordnung."

Wir starren uns an und beim Gedanken, ihn ohne eine Barriere zwischen uns spüren zu können, bleibt mir fast die Luft weg. Wir werden tatsächlich miteinander Sex haben. Sein Bein fällt mir ein. Vielleicht ist es besser, wenn ich oben bin. Ohne Zeit zu verlieren, lege ich mein linkes Bein um seine Hüfte. Langsam setze ich mich auf ihn, ohne direkten Druck auf seinen Unterleib auszuüben, um ihm Zeit zu geben. Denn wir sind beide schon dermaßen erregt, dass wir eine kurze, erregungsfreie Pause gebrauchen können.

„Ich könnte schon allein beim Gedanken an deine feuchte Möse auf meinem Schwanz kommen", gibt er zu und sieht dabei auf die Lücke, die unsere beiden Körper voneinander trennt. Jans Worte machen mich so scharf, dass ich glaube, siedendes Blut fließt durch meine Adern. Mir geht es genauso. Deutlich fühle ich die Hitze seiner Erektion nur Zentimeter unter mir. Mein Unterleib pocht und fleht mich an, ihm zu geben, was er braucht. Ich rutsche etwas tiefer, möchte mich gut positionieren, um ihn gleich in mich aufzunehmen, denn wir beide können kaum noch warten. Meine Nippel sind so hart, dass sie steil aufragen. Jan kann die Augen nicht von ihnen lassen. Um mich abzustützen, fasse ich mit der linken Hand instinktiv nach hinten an seinen Oberschenkel. Die rechte brauche ich, um Jans Schwanz in mich einzuführen, wonach ich verzweifelt lechze. Meine Finger berühren auf einmal glattes Narbengewebe. Sofort wird mir mein Fehler bewusst. Noch ehe ich die Hand zurückziehen kann, hat Jan mich von sich geschupst und hält meine Arme auf die Matratze gepresst zusammen. Um Entschuldigung bittend und gleichzeitig rasend vor Wut – oder ist es Frustration? –, starrt er mir in dieser erhellten Dunkelheit ins Gesicht.

„Es war keine Absicht“, murmele ich. Heftig schnaubend ist er über mir. Auf seiner Stirn glänzt Schweiß. Deutlich rieche ich seine Erregung und seine Angst. Sie füllen den ganzen Raum. Zwischen uns knistert und brodelt es förmlich. Mein Körper will immer noch nur noch eines: nämlich dass er mich nimmt. Jan ist hin- und hergerissen. Ein Teil von mir kann seine Angst, seine Verzweiflung ja verstehen, aber der andere Teil von mir muss ihn in sich spüren, will endlich wieder mit ihm verbunden sein. Es darf nicht zu Ende sein. Nicht jetzt!

„Was brauchst du?“, frage ich ihn. „Sag mir, was du brauchst, damit wir das hier tun können.“ Sein Kiefer mahlt.

„Die Sicherheit, dass du dabei weder mein Bein noch meine Narben anfassen kannst.“

„Dann fessle mich!“

Habe ich das gerade wirklich gesagt? Nicht mal gedacht habe ich es bewusst. Es kam einfach so aus meinem Mund, und ich bereue nicht mal, dass ich es vorgeschlagen habe. Was ist denn in mich gefahren? Im Moment erkenne ich die Frau, die nackt mit Jan im Bett liegt, kaum wieder.

„Ist das dein Ernst?“, fragt er mich mit aufgerissenen Augen. Sein Griff um meine Handgelenke lockert sich etwas. Ich höre mich sagen: „Nimm den Slip!“ Mit den Zehen stupse ich das dunkelblaue Spitzenhöschen an, das unten auf der Matratze liegt. Er nimmt ihn in die Hand. Obwohl er mich dabei loslässt, lasse ich beide Hände neben meinem Kopf. Nackt und ausgestreckt liege ich vor ihm und möchte ihm zeigen, dass ich bereit bin, ihm zu geben, was er braucht, damit wir miteinander schlafen können. Mit glühenden Augen sieht er mich an. Ich glaube, auf diese Weise hat er mich noch nie angesehen. Kalkulierend dreht er den Spitzenstoff in seiner Hand und muss den noch feuchten Steg dabei fühlen, was mich beschämt und gleichermaßen wahnsinnig erregt.

„Bist du dir wirklich sicher?“, will er von mir wissen. Ich kann es seinen Augen ablesen, dass er es möchte, und ich will das hier ebenso durchziehen, also nicke ich bloß.

Jan kriecht über mich. Sein herber, männlicher Geruch streift mich dabei. Er riecht köstlich, zum Anbeißen. Gleich werde ich ihn nicht mehr anfassen können. Ich kann spüren, dass er eine meiner Hände durch die Beinöffnung im Höschen schiebt, den Slip mehrmals verdreht und durch das Gitter meiner Messingverzierung am Bett fährt, um auch meine andere Hand in den enger gewordenen Ausschnitt des Spitzenhöschens zu zwängen. Jetzt, wo ich tatsächlich gefesselt bin, schlucke ich hart, weil doch Nervosität und Aufregung in mir hochkommen. Zu wissen, dass er mich gleich nimmt und dass ich ihm dermaßen ausgeliefert dabei bin, turnt mich an. Das hätte ich nie von mir gedacht, aber so ist es. Meine Arme sind nun leicht ausgestreckt über mir und meine Hände an das Kopfteil meines Bettes gefesselt. Mit angespanntem Gesicht sieht er sich an, wie ich daliege.

„Ich muss zugeben, dass es mich beruhigt, zu wissen, dass du mich nicht an den falschen Stellen anfassen kannst. Aber dein Anblick und der Gedanke, was ich alles so mit dir anstellen kann, ist vieles … aber nicht beruhigend.“

„Fass mich endlich an!“, flehe ich und zerre dabei ein wenig an meiner speziellen Fessel. Der Stoff ist nachgiebig genug, um nicht in meine Haut zu schneiden.

„Ich muss auch sagen, dass es mir gefällt, wie du dich windest und wie stark deine Erregung riecht … Ella, ich fürchte, ich muss dich vorher noch kosten, ehe ich dich vögeln werde.“ Überrascht sehe ich auf. Denn das ist der alte Jan. Der selbstbewusste Liebhaber, der es geschafft hat, dass sogar ein eher schüchternes junges Ding wie ich auf dem Balkon am helllichten Tag mit ihm rumgemacht hat. Doch ich bin nicht mehr schüchtern. Genau das werde ich ihm beweisen. Aber ich komme nicht dazu, denn sein Gesicht beugt sich über meine Scham. Jan zieht meine Beine auseinander und vergräbt seine Zunge tief zwischen meine Schamlippen. Ich schreie auf, bäume meinen Körper dieser Lust entgegen, die mich durchschüttelt. Er streicht durch meine gesamte Spalte, ehe er seine Zungenspitze über meine Klitoris kreisen lässt, was mir ein regelrechtes Beben beschert.

„Verdammt, Jan … Jetzt nimm mich endlich. Ich möchte erst wieder kommen, wenn ich deinen Schwanz tief in mir spüre.“ Noch ehe ich den Satz richtig beendet habe, ist seine harte Erektion schon an meiner Pforte. Er reibt sie auf und ab, quält mich und bringt uns damit beide zur Raserei. Hektisch atmend dreht er mich in eine seitliche Position. Er nimmt eines meiner Beine und schlingt es sich um die Hüfte. Dabei öffnet er mich weit. Jan rutscht etwas tiefer und drängt sich in meine Öffnung. Er weitet mich, dehnt mich und beginnt mich auszufüllen. Dieses Gefühl, ihn in mir zu haben, ist herrlich. Kurz hält er inne. Ich spüre, wie ich mich für ihn weite und wie er in mir wächst und zuckt.

Lange werden wir es nicht durchstehen.

Ist mir egal. Hauptsache, er fängt endlich an, sich zu bewegen. Wippend schaukelt er meine Hüfte vor und zurück und stößt dabei leicht zu. Das fühlt sich unglaublich an. Schon jetzt baut sich alles in mir auf, um den Höhepunkt zu erklimmen. Meine Wände schließen sich fest um ihn, als wollten sie ihn festhalten.

„Gott, Ella, wie gut du dich anfühlst … wie fest du meinen Schwanz hältst … Das wird nicht lange dauern“, stöhnt er auf dem Kopfkissen neben mir. Ich will ihn küssen. Bevor ich komme, muss ich ihn noch einmal küssen. Er scheint mein Verlangen danach zu spüren und bringt seine Lippen ganz nahe an meine. Es wird kein sanfter Kuss. Mit unseren Zungen verschlingen wir uns, ahmen die Bewegungen unserer verschlungenen Unterleiber nach. Unser Hunger ist groß.

„Du bist so heiß, so feucht“, haucht er an meinen Lippen.

„Küss mich noch mal“, verlange ich. Noch während unsere Lippen saugen und küssen, presst sich meine Scham heftig zusammen und wir stöhnen gemeinsam auf, in den Mund des anderen. Ebenso gemeinsam erreichen wir den Höhepunkt. Ich beginne zu zittern, während Jan ein letztes Mal heftig in mich stößt und dann erstarrt. Ich kann fühlen, wie er zuckt und sich dabei in kleinen Stoßwellen in mich ergießt. Er hält mich dabei so fest, dass es ein wenig wehtut und sich vielleicht gerade deswegen sogar noch besser anfühlt. Erst als er fertig ist, lässt auch mein Beben nach. Verschwitzt und schwer atmend liegen wir dicht nebeneinander. Ich habe kurz ganz vergessen, dass ich gefesselt bin, doch jetzt deute ich mit zerrenden Bewegungen nach oben. Jan versteht sofort und macht mich los, dabei murmelt er etwas in mein Ohr. „Nie wieder möchte ich dich anders spüren als so.“

Ein heftiges Ziehen breitet sich in meiner Brust aus, das mir Angst macht. Ich bin schon viel zu weit mit ihm gegangen. Ich habe wieder einmal zu viele Gefühle investiert. Aber ich kann nicht anders. Nicht, wenn es so ist wie jetzt.

# Kapitel 12

Jan - 2010

Aus den Lautsprechern tönt laute Musik mit satten Beats. Die derzeit angesagten Charts laufen als Danceversionen auf und ab. Ich kann jeden meiner Muskeln spüren und liebe dieses Gefühl, meinem Körper alles abverlangt zu haben. Philip und ich sind, nachdem die anderen wieder einmal eingeknickt waren, den ganzen Nachmittag die Pisten runtergebrettert. Die neuen Carvingski sind der Wahnsinn. Seit Jahren bin ich nicht mehr so schnell Ski gelaufen. Den ganzen Tag lang habe ich nicht ein Mal an sie gedacht. Doch jetzt, hier beim Après-Ski mit meinen Freunden, die zugegeben immer die gleichen Witze und dieselben Anekdoten erzählen, muss ich an sie denken. An Ella, die mich wahnsinnig macht, auf die beste und die schlimmste Art, und die sich geweigert hat, auf ein verlängertes Ski-Wochenende mit meinen Freunden mitzukommen. Nicht einmal die verlockende Aussicht auf Kitzbühel konnte sie überzeugen. Was ich auch aufgefahren habe, sie wollte nicht mitkommen. Wieso muss sie nur so stur sein und kann nicht von ihrem hohen Ross runterkommen? Wenigstens mir zuliebe. Nur ein verdammtes Wochenende lang. Am Ende haben wir uns gestritten und ich habe, in meiner männlichen Ehre beleidigt, darauf bestanden, als Ausgleich für ihre Nichtanwesenheit hier vom Weihnachtsessen mit ihrer Familie in zwei Wochen am Christtag entbunden zu werden. Das Ganze hat so gut funktioniert, dass ich selbst jetzt noch eine Stinkwut im Bauch habe. Am meisten nehme ich es ihr übel, dass ich sie vermisse und abseits der Piste nicht den Spaß haben kann, den ich haben sollte, den ich vor Ella immer hatte. Doch dafür gibt es ein Mittel. Es heißt Alkohol und wird hier in rauen Mengen reichlich verteilt. Die Volksdroge Nummer eins genießend, befinde ich mich in bester Gesellschaft. Noch vor ein paar Minuten habe ich gedacht, dass Ella vielleicht recht haben könnte und meine Freunde wirklich alle Idioten sind, als ich ihrem dämlichen Gelaber zugehört habe. Inzwischen, ein paar Liter irgendwas später, finde ich sie richtig witzig. Mit ihnen habe ich den Spaß meines Lebens. Philip hat eine heiße Blondine an der Bar kennengelernt und fällt für heute, was das Thema jugendfreien Spaß betrifft, demnach aus. Vielleicht bilde ich es mir ja nur ein, kann ja sein, aber irgendwie hat die Blondine Ähnlichkeit mit Ella.

Wenn Philip je eine Hand an Ella legt, reiße ich ihm den Arsch auf.

„Was hast du gesagt?“, kreischt Nicole und eine reichliche Menge ihres Drinks landet dabei auf dem Boden. Habe ich etwas gesagt? Meine Freunde brechen in schallendes Gelächter aus.

„Was ist?“, frage ich nach und lache. Wieso weiß ich nicht.

„Du hast gerade gesagt, dass du Philip den Arsch aufreißen wirst. Einfach so … Alter, Philip ist gar nicht hier.“

Außer sich vor hysterischem Lachen klatscht Patrick sich die Oberschenkel ab. Arschloch! Ups, da habe ich wohl etwas mehr gesagt als gedacht oder so. Gerade geht mir unsere Clique mächtig auf den Sack, und weil ich gerade so schön breit bin, verkünde ich das auch gleich.

„Ihr geht mir alle auf den Sack, ihr Luschen. Ich werde jetzt auf die Tanzfläche gehen und euch zeigen, wie man Spaß hat. Wartet nicht auf mich! Zieht weiter. Ich weiß schon, wie man die Bude hier so richtig auf Touren bringt."

Könnte es sein, dass ich mich gerade richtig wie ein Arsch benommen habe? Was soll's! Vielleicht habe ich es ja diesmal nur gedacht und nicht gesagt. Der Gedanke lässt mich beinahe kichern.

Moment! Wie bin ich eigentlich auf die Treppen gekommen? Ich war doch gerade noch mit meiner Meute bei den Separees. Reiß dich zusammen, Jan! Einen Fuß auf den anderen … äh … vor den anderen. Ich hole mir noch ein Bier von der Bar und dann gehe ich ins Hotelzimmer. Für heute ist es besser, ich verschwinde von der Partyfläche.

Kleine feste Brüste drücken sich an mich. Eine Tussi sieht mich mit stark getuschten Wimpern und aus schwarz umrandeten Augen an. Sie sieht mich an, als wäre ich eine Antilope am Wasserloch und sie der Löwe, der seit zwei Tagen nichts zwischen die Zähne bekommen hat. Nein, warte … Das lief neulich im National Geographic Sender. Gott, so hackedicht war ich lange nicht mehr. Während sie sich an mir reibt, reibe ich mir übers Gesicht und versuche alles auf die Reihe zu bringen. Soweit ich sehe, bin ich noch in der riesigen Inn-Disco. Von meinen Freunden weit und breit nichts zu sehen. Ich kann ja kaum was erkennen bei dem zuckenden Licht und der beschissenen Musik. „Was hast du gesagt?", brüllt sie mir fragend entgegen.

„Ich sagte, die Musik ist beschissen!“ Der Alkohol in meinem Magen brennt gefährlich.

„Ja, der Sound ist richtig geil“, meint sie nur und packt meine Hüfte, als wäre ich ihr Deckhengst. Gerade als ich der Kleinen sagen will, dass sie jetzt besser abziehen soll, schmiegt sich ein anderer eindeutig weiblicher Körper gegen mich. Fahrig drehe ich mich um und schaffe es tatsächlich, nicht dabei umzufallen. Nur mein Magen ist noch nicht angekommen.

Die ist doch schon eher mein Fall. Groß, irre lange Beine, in einem sehr kurzen Kleid. Sehr gut geschminkt und ein ordentlicher Vorbau. Sie hat rotgefärbtes Haar und sieht irre gut aus, fast schon wie ein Model.

„Hi“, haucht sie mir ins Ohr. „Hi“, hauche ich zurück. Mal ehrlich, hier braucht es auch nicht mehr. Jeder Zweite kommt doch nur in diese Clubs, um flachgelegt zu werden. Und das beginnt allzu oft mit einem Hallo oder einem schlichten Hi wie diesem hier.

Meine Hände reiben über einen knackigen kleinen Po. Wo zur Hölle bin ich? Mit kreisendem Kopf und verschwommener Sicht sehe ich mich um. Irgendein Hotelzimmer. Ihres vermutlich. Ich kann mich kaum an etwas erinnern. Wir haben noch getanzt, glaube ich zumindest. Nun stehen wir hier vor ihrem Bett, wie immer sie auch heißt, und sie macht sich an meinen Klamotten zu schaffen, während ich ihren Arsch befummle. Ich hoffe, ich habe sie nicht geküsst. Seltsamerweise macht mir dieser eine Gedanke zu schaffen, was denkbar seltsam ist. Schließlich massiert sie mir gerade den Schwanz, von dem ich jetzt erst feststelle, dass er wie eine Eins steht. Lange fackelt sie nicht, zieht sich komplett vor mir aus und klettert auf allen vieren aufs Bett. Ihren nackten Hintern und alles weitere, was sie so zu bieten hat, streckt sie mir entgegen. Scheiße, ich bin ein Mann und dementsprechend reagiere ich. Meine Hoden ziehen sich zusammen und verlangen, dass ich mir schnappe, was mir an willigem Fleisch angeboten wird. Seltsamerweise wird mir beim Gedanken daran schlecht. Was ist nur los mit mir?

Was mache ich hier?

Ella. Plötzlich ist ihr Name da, als hätte ich ihre bloße Existenz beinahe völlig vergessen. Etwas, das ich bisher gar nicht kannte, brennt in mir: Scham. Das fühlt sich alles gar nicht gut an. Die Tussi vor mir dreht sich um und murmelt etwas von: „Na, wenn ich es so nicht will, dann eben anders“, und legt sich auf den Rücken. Sie ist scharf und sie weiß es. Mit ihrer Sorte war ich oft im Bett, vielleicht zu oft. Wie von selbst gehe ich auf das Bett zu und lege mich auf sie. Ein Teil von mir drängt mich, sie schnell zu ficken und dann zu verschwinden. Der andere Teil schimpft mich Arschloch und beantragt gerade die Scheidung von mir. Hölle, bin ich durcheinander. Bevor ich noch etwas sortieren kann, hat die Rothaarige meine Eier in der Hand und drückt zu. Mir bleibt die Luft weg. Mit wackeligem Blick starre ich auf ihre großen Brüste. Ich fasse sie instinktiv an. Sie fühlen sich völlig falsch an, hart und gar nicht weich. Einfach völlig falsch. Der Geruch ihrer Erregung wirkt eher abstoßend auf mich, was mir eigentlich noch nie passiert ist, und als sie sagt, dass sie von mir gefickt werden will, will der ganze Alkohol in mir nach oben kommen. Doch mein Magen hält ihn weiter fest. Ich schließe die Augen, aber es hilft nichts. Diese Frau riecht falsch, fühlt sich falsch an und ich kann nicht mit ihr vögeln.

„Sorry. Aber ich muss gehen“, murmele ich.

„Hey, sag mal spinnst du!“, fährt sie mich an und baut sich nackt vor mir auf, als hätte kein Mann der Welt das Recht, zu ihr Nein zu sagen. So schnell ich kann, ziehe ich mir meine Sachen wieder an und verschwinde.

Auf dem Flur wird mir vage bewusst, dass ich zum Glück im selben Hotel bin. Erschrocken fahre ich mir über die Jeans und finde meine Brieftasche. Erleichtert atme ich aus und falle dabei gegen die Wand im Gang. Ich muss ohne Jacke mit ihr gegangen sein. Mir fällt ein, dass ich mein Handy im Zimmer gelassen habe. In meiner Gesäßtasche steckt noch die Zimmerkarte. Als zwei kichernde Teenager an mir vorbeigehen und nur Augen für meinen Schritt haben, sehe ich nach unten und bemerke meine offene Jeans, die ich sofort zuknöpfe.

Nach fünf qualvollen Minuten habe ich unser Zimmer gefunden. Diese verdammten Gänge sehen ja alle gleich aus. Zufrieden stelle ich fest, dass Philip nicht da ist. Offenbar konnte er bei der Blonden landen. Ich ziehe mich ungelenk aus und stelle mich unter die Dusche. Als das kalte Wasser über mich fließt, wird mir klar, dass ich nur haarscharf davongekommen bin. Heute Nacht hätte ich alles zwischen Ella und mir versauen können. Alleine der Gedanke daran macht mich nüchtern und fühlt sich wie die Hölle an. Nie werde ich ihr davon erzählen. Ich bin ja so ein Vollidiot. Arschloch!

So etwas darf niemals wieder vorkommen. Wenn ich Ella verliere, bin ich im Arsch. Sie ist das Beste, was mir jemals passiert ist.

# Kapitel 13

### Ella - 2014

Entspannt liege ich auf Jans breiter Brust und bin mir bewusst, dass mein Schlafzimmer nach Sex riecht, nach ihm und mir. Amüsiert stelle ich fest, dass mein bis zur Unkenntlichkeit verdrehter Slip zwischen Jans Füßen liegt, was absurd aussieht und mich wahnsinnig glücklich macht. Ich bin unglaublich froh darüber, dass er nicht wieder vor mir davongelaufen ist, sondern mir gezeigt hat, dass noch sehr viel Kraft und Leidenschaft in ihm steckt. Zugegeben, kaum war ich gefesselt, hat er es mir so richtig gegeben und ich habe jede Minute davon genossen. Ich denke, wir beide haben das. Seit ein paar Minuten kämmt er mir durchs Haar und wir schweigen gemeinsam. Manchmal sind genau das die wichtigsten Momente mit einem anderen Menschen, wenn man behaglich miteinander schweigen kann und sich wohl dabei fühlt. Irgendwann allerdings sagt jemand etwas, und wie ich mich kenne, bin das ich.

„Wie schlimm sind die Schmerzen, die du wegen dem Bein hast?“ Lange sagt er nichts, unterbricht seine Streicheleinheiten in meinem Haar, ehe er sie fortsetzt.

„Manchmal mehr, manchmal weniger. Kommt darauf an. Solange ich mich nicht überanstrenge, geht es.“ Ich weiß sofort, dass er lügt. Die Schmerzen müssen manchmal kaum auszuhalten sein. Schließlich hat Jan es immer genossen, über mir zu sein und mich mit kräftigen Stößen zu nehmen. Jetzt, wo eines seiner Knie schlimm verletzt wurde, kann das kaum möglich sein. Seine vage Antwort sagt mir auch, dass er nicht darüber reden möchte. Vielleicht ist es wirklich noch zu früh dafür. Immerhin liege ich nackt auf der Decke, während sein Unterleib und damit auch seine Beine völlig davon verhüllt sind. Also wechsle ich das Thema.

„Hast du Lust, mich morgen nach der Arbeit vom Hotel abzuholen? Wir könnten essen gehen.“ Jan lacht leise, sein Brustkorb brummt.

„Fleisch und ein paar andere Proteine klingen im Moment sehr gut. Aber gern. Ich hole dich morgen ab.“

„Thank you for your attention.“

Vier sehr gepflegte, japanische Geschäftsmänner verbeugen sich respektvoll vor mir. Ich erwidere die Geste, wie man es mich gelehrt hat, und bin sehr froh, dass ich ihretwegen auf meine hohen Schuhe verzichten kann. Nach dieser langen Stunde bin ich ziemlich sicher, dass sie ihre Meetings in unserem Hotel No.1 buchen werden. Immerhin bittet man nicht zwei Mal darum, die Media-Anlage erklärt zu bekommen, wenn man nicht wirklich interessiert ist. Mister Takeshis Begeisterung für unser Komfort- und Freizeitangebot lässt ebenfalls auf einen Zuschlag hoffen. Ich bin zufrieden mit mir selbst. Ein gutes Gefühl. Was man nicht alles schaffen kann, wenn eine gewisse Meinhardt nicht im Hotel ist.

Doch jetzt kann ich es kaum erwarten, den japanischen Geschäftsführer und seine Entourage loszuwerden, denn bald wird Jan mich zum Essen abholen. Mitten in der Verabschiedung piept mein Handy. Jan.

*Ich werde mich etwas verspäten. Sorry!*

Ich mache eine unauffällige Kopfbewegung und einer der Floormanager versteht sofort und begleitet die Japaner höflich und zügig zum Ausgang. Hastig tippe ich zurück:

*Kein Problem. Ich warte vor dem Hotel.*

„Was ist? Du siehst aus, als würdest du gleich eine Karte für die Schokoladenfabrik bekommen.“ Gut gelaunt stupst Sascha mich mit der Schulter an. Er hat um dieselbe Zeit Feierabend wie ich und trägt bereits seine Sportklamotten. Weil ich wusste, dass der letzte Termin länger dauern könnte, habe ich meine Handtasche schon bei der Rezeption hinterlegt. Lässig von seinem kräftigen Finger baumelnd, übergibt er sie mir.

„Sagen wir so, ich treffe mich mit Jan zum Essen und ja, es wird Schokolade zum Nachtisch geben, wenn es nach mir geht.“ Süffisant lächle ich ihn an. Er versteht sofort.

„Also habt ihr es getan. Du bist mit ihm ins Bett gehüpft. Kleines, auch wenn ich mir Sorgen um dich mache, bin ich froh, dich mal so strahlen zu sehen.“

„Schlimm mit mir, ich weiß. Ich kann einfach nicht aufhören, zu grinsen“, gebe ich zu. Mein Zustand ist für andere sicher schwer auszuhalten. Zum ersten Mal seit Jahren fühle ich mich blendend glücklich. Während wir durch die beeindruckende Lobby schlendern, einem gelungenen Mix aus Moderne und Tradition, schnappe ich mir Saschas Arm und hake mich bei ihm unter. Meine Laune könnte Berge versetzen. Kopfschüttelnd grinst er zurück. Draußen empfängt uns eine frische Brise, die meinen kurzen, dünnen Mantel flattern lässt. Sascha umarmt mich daraufhin und wir gehen dicht aneinandergedrängt weiter. Sofort wird mir wärmer.

„Na los, ich bringe dich noch zur Straßenbahn. Jan verspätet sich wohl etwas.“ Wir spazieren weiter die Straße hinunter zur Straßenbahnstation, wo zwei Jugendliche zusammen mit uns warten.

„Verspätung scheint gerade in“, sagt Sascha und deutet auf die Anzeigentafel, die eben noch den nächsten ankommenden Zug angezeigt hat und jetzt völlig erloschen ist.

„Kannst es wohl kaum erwarten, mit deinen Muskeln einen anderen Kerl zu Brei zu schlagen“, necke ich ihn und umfasse gespielt beeindruckt seinen Bizeps, auf den er ja ach so stolz ist, seit er zum Boxen geht. Plötzlich sehe ich Jan, der am unteren Ende der Straße steht und uns erstarrt ansieht. Zugegeben, Sascha und ich geben kein gutes Bild ab. Gerade als ich ihn zu uns winken will, merke ich, wie er sich wie ein Stier in Bewegung setzt. Sein Hinken scheint ihm im Moment völlig egal zu sein, denn er schnellt die Straße hoch, den Blick fest auf mich geheftet. Er sieht eindeutig angepisst aus.

„Was zur Hölle soll das?“, höre ich ihn brüllen. Die zwei Wartenden neben uns drehen sich augenrollend weg.

„Ist das sein Ernst?“, fragt Sascha mich gleichzeitig und flüstert mir dabei vertraut ins Ohr. Die ganze Situation ist schreiend komisch und ich fühle ein hysterisches Lachen im Hals stecken. Jan Herzog ist eifersüchtig, weil ich, Ella Vogel, mit meinem schwulen besten Freund herumalbere. Wenn das nicht zum Schießen ist. Ich kann nicht mehr. Mir entkommt ein Lachen, es schüttelt mich so heftig, dass Sascha davon angesteckt wird. Wir halten uns gegenseitig fest, während auf Jans Gesicht pure Wut zu erkennen ist.

„Nimm sofort deine Hände von ihr, Muskelprotz“, warnt Jan Sascha.

Im Moment würde ich ihm sogar zutrauen, dass er sich mit ihm prügelt.

„Muskelprotz?", fragt Sascha feixend. „Im Ernst jetzt?"

„Halt die Klappe und lass Ella los!" Jan schnappt sich meinen Unterarm und zerrt daran. „Und hört verdammt noch mal auf zu lachen!" Die Hitze seines Zorns brennt zwischen uns, als er mich so nah an sich heranzieht, dass sich unsere Nasen fast berühren.

„Was willst du von diesem Muskelprotz, Ella? Was soll das alles? Gestern schläfst du mit mir und heute lässt du dich von dem da betatschen!" Er ist außer sich und macht eine Szene. Langsam ist es nicht mehr komisch. Nur Sascha kann der Situation noch etwas abgewinnen. Ich möchte ihn erwürgen, als er zufrieden von sich gibt: „Da sag noch einer, das Boxtraining zahle sich nicht aus."

Jan starrt ihn an, als hätte Sascha den Verstand verloren, stößt mich von sich und kehrt um. Schneller als ich es ihm zugetraut hätte, läuft er die Straße hinab. Ich habe Mühe ihn einzuholen und höre dabei, wie Sascha mir nachruft: „Wenn er wütend ist, ist er wirklich heiß, Kleines."

Notiz an mich selbst: schwulen besten Freund bei nächster Gelegenheit das Knie in die Weichteile rammen.

Keuchend gelingt es mir, Jan einzuholen, dessen Gang immer mehr nach rechts abdriftet, was ihm gar nicht bewusst ist.

„Hey." Ich zerre an seinem Shirt. „Bleib endlich stehen."

„Wozu denn, damit du und dein Was-auch-immer noch mehr über mich lachen könnt!", schreit er mich an.

„Glaubst du das wirklich? Nach gestern Nacht?" Unglaublich, dass er kein Vertrauen zu mir hat. Als würde ich, kurz nachdem wir Sex hatten, gleich mit einem anderen flirten. Unfassbar, dass er das wirklich denkt. Jetzt bin ich es, die wütend zurückbrüllt. „Na los, sag schon!

Glaubst du das wirklich?“ Jan sieht nach unten, entlastet sein linkes Bein und weicht meinem Blick dabei aus.

„Was soll ich denn denken, wenn ich dich sehe, wie du mit einem, der so aussieht, redest und dich von ihm anfassen lässt.“ Verletzt verschränkt er die Arme vor der Brust und wirft mir einen anklagenden Blick aus blauen Augen zu.

„Du solltest denken, dass ich so etwas nie tun würde. Du solltest mich gut genug kennen, um zu wissen, dass ich dir so etwas nie antun könnte … Dass gerade *ich* das nie jemandem antun würde.“ Jan presst die Lippen fest aufeinander. Ich wusste, dass er darauf nichts erwidern würde. Und nur deshalb lasse ich ihn noch nicht vom Haken und führe den Blödsinn, den wir hier veranstalten, noch etwas weiter.

„Aber ehrlich gesagt, Jan, muss ich zugeben, dass Sascha und ich sehr vieles gemeinsam haben.“ Auf meine Worte hin schnaubt er abfällig und sieht mich finster an, als hätte ich ihn getreten. „Wir reden offen miteinander, sehen gerne alte Filme … und wir gehen beide nur mit Männern ins Bett.“

„Möchte ich wetten“, klagt Jan bitter. Irgendetwas sagt mir, dass er mir nicht wirklich zugehört hat. Neuer Versuch.

„Du solltest außerdem wissen, dass ich einen schwulen besten Freund habe, mit dem ich herumalbere und der mich dabei auch gelegentlich berührt, wie Freunde das eben so machen.“ Breit lächelnd gehe ich auf ihn zu.

„Du hast was?“, fragt er mich völlig vor den Kopf gestoßen.

„Ich habe einen schwulen besten Freund, der besessen vom Boxen ist, was seinen immensen Bizeps erklärt, der mit mir Frauenfilme ansieht und gern mit Männern ins Bett geht.“ Verwirrt reibt er sich den Nacken. In der Sekunde, in der ihm das volle Ausmaß dieses dummen

Missverständnisses klar wird, presst er die Augen fest zusammen.

„Verdammter Mist!“

„Ja, so könnte man es auch nennen.“ Ich lache und schmiege mich an ihn. Sofort öffnet er die Augen und sieht auf mich herab. „Gott, ich habe mich benommen wie der letzte Neandertaler.“ Heftig nicke ich. „Kommt ungefähr hin.“ Kopfschüttelnd drückt er mich an sich.

„Hey, tut mir leid. Das war total daneben.“

„War es“, lasse ich ihn wissen. Ich verdiene sein Misstrauen nicht, nicht wenn es um diese Dinge geht. Treue ist ein absolutes Muss für mich, immer schon gewesen. Das sollte er wissen.

„Möchtest du vielleicht in den Stadtpark eine Runde drehen und danach könnten wir in der Nähe essen gehen.“

„Klingt gut“, sage ich, aber meine blendende Laune ist mir vergangen. Dabei weiß ich nicht, ob es die Tatsache ist, dass Jan glaubt, ich würde so leicht mit einem anderen etwas anfangen, oder die Tatsache, dass ich nicht ganz ehrlich zu ihm bin. Aber darüber will ich nicht nachdenken, noch nicht. Wir haben gerade erst den ersten großen Schritt aufeinander zu gemacht und seine übertriebene Reaktion auf Sascha macht deutlich, dass er noch immer überzeugt ist, nicht genug für mich zu sein, und noch weit davon entfernt ist, wirklich mit sich klarzukommen.

# Kapitel 14

## Ella - 2014

„Alles in Ordnung?“, frage ich. Jan drückt sein Gesicht in meine Halsbeuge. Irgendetwas stimmt nicht, das weiß ich, aber er will es mir nicht sagen.

„Wie könnte nicht alles in Ordnung sein? Ich liege mit dir im Bett.“ Scherzend küsst er dabei meinen Hals. Aber die übliche Hitze dahinter fehlt. Die Geste wirkt aufgesetzt. Ich hasse es, wenn er versucht, mir etwas vorzumachen.

Allzu deutlich fühle ich den feinen Schweißfilm auf seiner Stirn an meiner Haut, aber er tut noch immer so, als wären wir dabei, vergnügt miteinander rumzumachen.

„Jan … Lass das!“, warne ich ihn. In mir breitet sich ein flaues Gefühl aus.

„Was soll ich lassen? … Das hier?“ Wieder küsst er meinen Hals und züngelt federleicht über die zarte Haut dort. Jetzt bin ich es, der der Schweiß ausbricht. Im selben Augenblick verkrampft sich seine Hand an meiner Hüfte. Doch nicht aus Leidenschaft, wie mir mein Instinkt zuflüstert. Hinter der Geste steckt etwas anderes. Etwas, das den Gedanken an Schmerz aufkommen lässt. Noch ehe ich ihn darauf ansprechen kann, löst er sich von mir.

„Ich gehe noch schnell unter die Dusche, okay?"

Ich bin so verblüfft von seiner unerwarteten Ansage, dass ich ein „Okay" murmle, bevor ich mir dessen richtig bewusst bin. Was zur Hölle war das denn eben? Gerade ist er noch dabei, mich in seinem Bett zu verführen, und nun kann er gar nicht schnell genug verschwinden. Duschen? Wozu? In einer Stunde sind wir sowieso wieder verschwitzt.

Mit meinen Zweifeln im Kopf liege ich in Jans Bett und mache es mir auf den großen Kissen bequem. Zumindest versuche ich es. Nur will sich partout keine Entspannung einstellen. Mein Bauchgefühl sagt mir, dass etwas im Busch ist. Und ich glaube nicht, dass es an der blöden Aktion mit Sascha vorhin lag. Denn seit dem Essen hat keiner von uns den Vorfall noch einmal angesprochen. Er kann doch unmöglich deshalb eifersüchtig sein? Das glaube ich einfach nicht. Plötzlich wird mir klar, dass ich nur das Geräusch meiner eigenen Atmung höre – sonst nichts. Etwas daran ist seltsam. Die Wohnung kommt mir zu ruhig vor, als würde da etwas fehlen. Als mir einfällt, was es ist, schieße ich hoch.

Auf der Matratze sitzend höre ich genauer hin. Ich weiß, was fehlt. Ich höre kein Wasser. Jan hat weder die Dusche angestellt noch läuft der Wasserhahn, obwohl er schon seit einer Viertelstunde im Bad ist. Normalerweise braucht ein Mann – und Jan ist da keine Ausnahme – keine zehn Minuten zum Duschen. Das gefällt mir nicht. Ganz und gar nicht. Aber was, wenn ich einfach überreagiere?

„Ist alles in Ordnung bei dir?", frage ich in die Wohnung hinein und hoffe, dass mein Herz ganz umsonst schneller schlägt.

Ich bekomme keine Antwort. Die Kälte des Parketts auf meinen Füßen erschreckt mich fast, als ich aus dem Bett steige. Langsam verlasse ich das Schlafzimmer und gehe durch die große Wohnung, die mir leer und gar nicht einladend vorkommt, bis ich zur Tür zum Bad komme. Da ich bloß nicht überreagieren möchte, klopfe ich erstmal und warte ab.

„Jan?" Die Stille, die folgt, bereitet mir Magenschmerzen.

„Ich komme jetzt rein."

Vorsichtig drücke ich die Klinke nach unten und bin froh, dass er nicht abgeschlossen hat. Bei seinem Anblick überzieht sofort eine deutliche Gänsehaut meinen Körper. Jan sitzt auf dem Klodeckel und hat den Kopf in den Nacken gelegt. Sein Gesicht ist schmerzverzerrt und Schweiß glänzt auf seiner Haut. Da er nur Boxershorts trägt, sehe ich mehr als genug. Ich starre ihn an. Seine Brust hebt und senkt sich heftig durch die Stoßatmung, die er nicht verbergen kann. Sein rechtes Bein gräbt sich förmlich in die Fliesen hinein, in dem sinnlosen Versuch, den Schmerz, den er allzu deutlich empfinden muss, loszuwerden. Sein linkes Bein ist der Grund, warum ich nicht verhindern kann, zu starren. Die Muskeln seines Oberschenkels und seiner Wade krampfen so stark, dass ich es mit freiem Auge sehen kann. Sein Knie ist geschwollen, leicht gerötet und von zahlreichen Narben überzogen, die von seinen Operationen stammen müssen. Auf seinem Oberschenkel, eine Handbreit über dem Knie, fehlt außen ein kleines Stück Muskelmasse. Die von einer rosa Narbe umgebene Hautfläche ist leicht eingedellt und lässt sein Bein im Vergleich zum anderen ein wenig unförmig aussehen. Er hat zusätzlich ein paar Zentimeter unter dem Knie noch eine längere, sehr gut verheilte Narbe auf dem Schienbein. Das alles sehe ich im Bruchteil weniger Sekunden. Ein Teil von mir kann verstehen, wieso er nicht will, dass jemand diese Verletzungen an ihm sieht und wieso gerade er sie nicht akzeptieren kann. Viel zu gut kann ich mich an den beinahe makellosen Jan von vor ein paar Jahren erinnern, dessen gutes Aussehen und dessen sportlicher Körper einfach zu ihm gehörten. Es muss sehr schwer für ihn sein, sich selbst noch so sehen zu können, wie er einmal war. Aber je länger ich es mir ansehe, desto mehr verschwindet der Schock des ersten Eindrucks und ich finde, so schlimm sieht es gar nicht aus, mal abgesehen von der Schwellung des Knies.

Vorsichtig komme ich näher, denn ich bin mir nicht einmal sicher, ob er mein Anwesenheit bemerkt hat. Als ich seine Schulter berühre, schlägt er entsetzt die Augen auf.

„Was machst du hier?“ Anklagend starrt er mich an. Sein Atem geht noch immer schnell und seine Stimme klingt gepresst.

„Du hast so lange gebraucht, dass ich mir Sorgen gemacht habe … Offenbar hast du Schmerzen. Was kann ich tun?“

Ich fühle mich so verdammt hilflos. Ein Gefühl, mit dem ich nur schlecht umgehen kann und das ich hasse.

„Verschwinde einfach … Geh weg!“, blafft er mich an. Kraftlos sinkt sein Kopf wieder zurück gegen die geflieste Wand.

„Hast du sie nicht mehr alle! Ich lass dich doch nicht so allein. Das kannst du gleich abhaken. Sag mir lieber, was ich machen soll.“

Streng blicke ich ihn an. Wenn Jan mich nur halb so gut kennt, wie ich glaube, dann weiß er, dass dieser Blick keinen Widerspruch duldet. Er sieht mir kurz ins Gesicht, ehe er wieder wegsieht. Abwägend rollt er den Kopf hin und her.

„Du könntest mir meine Tabletten holen. Sie liegen auf dem Couchtisch“, flüstert er angestrengt.

Mit geschlossenen Augen schnaubt er weiter vor sich hin.

Seine Schmerztabletten. Natürlich! Da hätte ich auch selbst darauf kommen können. Schnell setze ich mich in Bewegung und laufe zurück ins Wohnzimmer, schnappe mir die Pillenpackung, die aufgerissen auf einer Zeitung liegt. Offenbar hat er vor kurzem schon einmal welche gebraucht. Mein Magen krampft. Endlich wieder im Bad halte ich ihm den Tablettenstreifen entgegen. Er schnappt ihn sich und drückt drei Pillen davon auf seine Handfläche. Jan braucht Wasser zum Runterspülen. Also suche ich nach einem Becher und finde ein zweites, unbenutztes Zahnputzglas, das ich mit kaltem Wasser fülle. Gierig nimmt er es entgegen und spült damit die Pillen hinunter.

„Wie lange dauert es, bis sie wirken?“, frage ich ihn, weil die Stille mich wahnsinnig macht und ich hören will, dass diese Tabletten ihm schnell die Schmerzen nehmen werden. Noch immer mit diesem Misstrauen in den Augen sieht er mich an.

„Normalerweise nicht länger als eine Viertelstunde, wenn ich Glück habe. Manchmal kann es auch eine halbe Stunde dauern. Ich habe noch nicht herausgefunden, wovon das abhängt.“

Ich nicke mit dem Kopf, weil ich nicht weiß, was ich dazu sagen soll. Dann fällt mir etwas ein.

„Hilft es auch gegen die Krämpfe?“ Mit leicht zitternden Fingern deute ich auf seinen Oberschenkel und seine verkrampfte Beinhaltung.

„Gegen die Schmerzen, ja. Nur das taube, verkrampfte Gefühl geht davon nicht weg.“ Jan wirkt wütend. Er spuckt mir diese Informationen beinahe hin. Er ist sichtlich angepisst, weil er Schmerzen hat und ich das hier mitkriege.

„Es tut mir leid, dass ich vorhin auf dein Bein gestarrt habe.“ Die Entschuldigung klingt selbst in meinen Ohren lahm, und ich wünschte, ich hätte besser gar nichts gesagt.

„Was soll ich darauf bloß sagen … Es tut mir leid, dass es dir leidtut?" Genervt reibt er mit seiner Hand über den linken Oberschenkel, als wolle er den Schmerz und die Scham abwischen. Dasselbe tut er auch mit seinem Mund, wenn er sich der Narben auf seiner Wange bewusst wird.

„Du musst gar nichts dazu sagen", lasse ich ihn wissen. Wäre es umgekehrt, würde ich bestimmt genauso wenig damit klarkommen wie er. Ich weiß nicht, ob ich ihn je wieder an mich ranlassen könnte, wenn ich so verletzt worden wäre. Dennoch möchte ich, dass er mich an sich ranlässt. Verrückt – aber so ist es.

In meinem Kopf formt sich eine Idee. Ich schnappe mir ein Handtuch von der Stange und halte es in der Hand. „Hilft es dir, wenn man den Schmerz und die Verkrampfung wegmassiert?"

„Wieso fragst du?"

Überrascht sieht er mir dabei zu, wie ich das Handtuch auf den Boden werfe und mich darauf niederlasse. Kniend sitze ich vor ihm, beinahe auf Augenhöhe. Mit Angst und etwas, das ich nicht benennen kann, sieht er mich an.

„Was machst du da? Was hast du vor?"

Ich ignoriere die Panik in seiner Stimme und versuche ihm ein Lächeln zu schenken. Im Moment bleibt er misstrauisch. Das kann ich verstehen. Behutsam führe ich meine Hände zu seinem linken Oberschenkel, ohne ihn zu berühren. Jan soll ahnen, was ich vorhabe. So gebe ich ihm die Möglichkeit, sich darauf vorzubereiten. Er schüttelt den Kopf, während ich ermutigend nicke. Für das hier brauche ich keine Worte und er offenbar auch nicht. Wenn er zulässt, dass ich ihn berühre, macht er damit einen Schritt, einen wichtigen Schritt, das weiß er. Und ich glaube, er will ihn machen, auch wenn er Angst davor hat. Zärtlich lasse ich meine Hand auf seine Haut sinken, bis ich die Wärme und den getrockneten Schweiß darauf fühlen kann. Sein bleicher Gesichtsausdruck sagt mir, dass er spürt, wie ich ihn berühre. Habe ich vorhin noch gedacht, zu frösteln, bemerke ich jetzt überdeutlich, wie warm es in dem beheizten Bad tatsächlich ist. Nun scheint es auch egal, dass ich nur ein T-Shirt und einen Slip trage. Früher, vor vier Jahren, hätte ich mich in einer ähnlichen Situation gefragt, wie meine Schenkel in dem winzigen Höschen wohl aussehen und wie in dieser Sitzposition alles an mir zu groß oder unförmig erscheint. Aber hier und jetzt verschwende ich keinen Gedanken daran, weil alles, worauf ich mich konzentriere und was wirklich zählt, vor mir sitzt. Jans Pillen scheinen ihm den schlimmsten Schmerz zu nehmen, denn seine Stirn liegt nicht mehr in so vielen Falten wie zuvor, als ich ihn fand. Seine Atmung ist weiterhin unregelmäßig, doch das könnte auch an mir liegen und an der Tatsache, dass ich zum ersten Mal sein verletztes Bein anfasse. Mit Erstaunen in den Augen sieht er auf meine Hand, die auf seinem Schenkel liegt, bevor seine unwiderstehlich blauen Augen sich auf mich und mein Gesicht konzentrieren. Ohne etwas zu sagen, beginne ich mit langsamen Bewegungen seinen Oberschenkel zu massieren. Das vernarbte Hautareal lasse ich vorerst noch aus, um Jan Zeit zu geben, sich darauf vorzubereiten. Dann bricht Jan die angespannte Stille zwischen uns.

„Woher kannst du das?“, fragt er mich.

„Wir bekommen im Hotel Rabatt auf die Massagen. Wenn ich ein paar stressige Arbeitstage oder Überstunden hinter mir habe, gönne ich sie mir ab und zu. Und wenn man den Masseur gut kennt, weil man dort arbeitet, gibt er einem dabei ein paar Tipps, wenn man möchte.“ Während ich ihm das erzähle, drücke ich mit den Fingern kräftiger in seine Haut, um die Muskeln zu lockern und die Verspannungen zu lösen. Nach einer Weile spüre ich, wie die Muskelstränge sich entspannen und nicht länger verkrampfen. Hoffentlich mache ich alles richtig. Ich möchte ihm auf keinen Fall schaden.

„Versteh mich nicht falsch“, beginnt er, „der Gedanke, dass dich einer auf diese Weise überall anfasst, gefällt mir nicht gerade, eigentlich überhaupt nicht … Aber im Moment bin ich dankbar dafür, denn du machst das richtig gut.“ Stöhnend legt er den Kopf zurück und auch sein Oberkörper entspannt sich zusehends. Ich hätte nie gedacht, dass ich meine begrenzten Massagekenntnisse je auf einer Toilette anwenden würde, schon gar nicht zusammen auf einer Toilette mit Jan, vor dem ich knie und mit den Händen über sein Bein reibe. Das Ganze auch noch spärlich bekleidet. Nach ein paar Minuten lasse ich vorsichtig meine Finger über das vernarbte Gewebe gleiten. Offenbar bemerkt es Jan, denn seine Hand zuckt kurz, als wolle sie mich instinktiv davon abhalten. Doch er hält sie zurück und legt sie stattdessen auf meine Schulter, als wolle er mich ermutigen, weiterzumachen, was ich auch tue. Die leicht eingesunkene Stelle benötigt weniger Druck, doch der Schmerz scheint von ihr auszugehen. Als ich auch hier die Verspannung behutsam wegmassiert habe, wirkt Jans Schmerz beinahe verschwunden. Die Tabletten dürften endlich voll angeschlagen haben. Dennoch massiere ich weiter, einfach weil ich das Gefühl liebe, ihn zu berühren, Narben hin oder her, und sein Vertrauen nicht wieder verlieren will. Ich kann es mir selbst nicht genau erklären, wieso mir das so viel bedeutet, wenn man bedenkt, dass wir als Paar von Anfang an schlechte Karten hatten und wohl auch weiterhin haben werden. Doch darüber will ich nicht nachdenken, nicht jetzt. Ich verbanne all diese Gedanken, während ich mich seiner Wade widme, das schlimme Knie lasse ich sorgsam aus. Nach ein paar Minuten kehre ich zu den Oberschenkeln zurück und bemerke, dass mich die intensive Berührung der Massage nicht kaltgelassen hat. Meine hart gewordenen

Brustwarzen drücken sich durch das Shirt und eine heiße Feuchte brennt in meinem Schoß, die immer schwerer zu ignorieren ist. Davon angetrieben, reibe ich fest über Jans Innenschenkel. Meine Fingerspitzen berühren wie von selbst seinen Penis, der daraufhin zuckt, als hätte ich ihn geweckt. Während ich weitermassiere, bemerke ich die wachsende Erektion in Jans Schritt. Als ich ihn nochmals mit den Fingerspitzen in der Nähe seiner Hoden berühre, keucht Jan auf und packt meine Hand.

„Was machst du da? Was hast du vor?“ Atemlos starrt er mich an. Ohne ihm die geforderte Antwort zu geben, entziehe ich ihm meine Hand und lege sie auf seine pralle Erektion. Geschockt und gleichzeitig voller Lust sieht er mich an. Ich verspüre den gleichen Hunger in mir. Deshalb ziehe ich an seiner Boxershorts, um ihn zu befreien. Seine wundervolle Männlichkeit zuckt weiteren Berührungen von mir entgegen. Jan ist wahnsinnig hart. Die Eichel hat sich hervorgeschält und ein Tropfen Lust sammelt sich darauf. Ich möchte ihn schmecken, ich möchte ihm zeigen, dass sein Bein an meinem Hunger nach ihm nicht das Geringste ändert. Gemächlich senke ich meinen Kopf auf seinen Schoß. Fast schon zischend atmet er aus, als ich mit der Zungenspitze seine empfindliche Eichel berühre.

„Du musst das nicht tun“, lässt er mich wissen. Doch die Art, wie er mich und das, was in seiner Körpermitte passiert, ansieht, straft seine Worte Lügen.

„Ich muss vielleicht nicht, aber ich will“, lasse ich ihn wissen und senke meine Lippen auf seinen Schwanz hinab. Jan bäumt sich unter mir auf, als mein Mund ihn gänzlich umfängt. Sein Geschmack ist herrlich, männlich und würzig. Bevor ich ihn um den Wahnsinn bringe, lasse ich ihn noch einmal aus meinem Mund gleiten und lecke ihn ab.

„Oh Gott. Das ist … Du bist … Hör nicht auf!“, fleht er.

Ich denke nicht daran. Mit leichten Saugbewegungen lasse ich ihn in meinem Mund rein- und rausgleiten. Ich spüre, wie viel Vergnügen es ihm bereitet und mir auch. Jan ist etwas zu gut gebaut, als dass ich ihn gänzlich nur mit dem Mund verwöhnen kann. Also reibe ich zusätzlich seine Wurzel und abwechselnd auch seine Hoden mit der Hand. Inzwischen habe ich ihn so weit, dass er mit seinem Becken nach oben stößt, weil er sich nicht länger beherrschen kann. Er warnt mich.

„Wenn du so weitermachst, komme ich jeden Moment.“ Anstatt aufzuhören, sauge ich fester an ihm.

Jan

Ich brülle auf, als hätte ich keinerlei Selbstbeherrschung mehr. Ich verliere völlig die Kontrolle. Wie sollte ich auch nicht? Ella kniet vor mir und lässt ihren heißen, feuchten Mund über meinen Schwanz gleiten und saugt daran, als wolle sie mich verzehren. Der Anblick alleine lässt mich beinahe kommen. Meine Arme schießen hervor, meine Finger krallen sich in ihrem Haar fest. Ich brauche sie. Ich brauche das hier. Mein Orgasmus kommt jeden Augenblick. Er soll kommen. Er muss – sonst zerspringe ich. Meine Hoden ziehen sich fest zusammen. Ella presst ihre Zungenspitze gegen das kleine Loch in meiner Eichel. Das ist zu viel, viel zu viel. Ich explodiere, ergieße mich auf ihrer Zunge, fülle ihren Mund mit meinem Sperma und fühle, wie sie alles, was mein zuckender Schwanz ihr geben will, schluckt. Ich kann nicht glauben, dass das hier passiert. Ich halte mich zurück, so gut ich kann. Aber die Tatsache, dass sie das hier zu wollen scheint, fast genauso sehr wie ich, macht mich fertig. Als mein Orgasmus nachlässt, gleitet mein Schwanz aus ihrem Mund. Ella wischt sich verstohlen kurz über den Mund, ehe sie mich ansieht. Eine zarte Röte überzieht ihr Gesicht und ihre Lippen glänzen von dem, was sie gerade mit mir gemacht hat. Vor Minuten noch war alles, woran ich denken konnte, der Schmerz und sein klammernder Griff, in dem ich gefangen war. Und jetzt sitze ich auf einem Toilettendeckel in meinem Bad und versuche meine Atmung und meinen Herzschlag in den Griff zu bekommen, weil Ella mir zuerst den Schmerz aus dem Bein massiert und mir danach einen heftigen Höhepunkt geschenkt hat. Wie zur Hölle ist das nur passiert?

Vorhin, als sie mich gefunden und mein Bein angestarrt hat, war ich mir sicher, den schlimmsten Moment meines Lebens – seit dem Unfall – zu erleben. Doch irgendwie hat sie der furchtbare Anblick meines Beins nicht in die Flucht geschlagen. Wie konnte sie es mir nur mit dem Mund machen, kurz nachdem sie meine Narben angefasst hat? Wie nur?

Ella lässt ihr Gesicht erschöpft auf mein Bein sinken. Sie scheint völlig immun gegen die abstoßende Wirkung meiner Verkrüppelungen zu sein. Scheiße, selbst ich fasse mein Bein so wenig wie möglich an, weil ich es scheußlich finde.

„Was hast du?“, fragt sie mich sanft. Ist das ihr Ernst?

„Ich versuche zu kapieren, was gerade passiert ist und wieso.“ Ich spüre, wie sie lacht. Ihr heißer Atem kitzelt die Behaarung an meinem Oberschenkel. Gott, allein davon könnte ich wieder hart werden. Sie setzt sich auf ihre Unterschenkel und sieht mich verschämt lächelnd an.

„Ich weiß aus Erfahrung, dass du sehr genau weißt, was da gerade geschehen ist. Und fragst du mich wirklich, warum?“

Ich nicke. Sie sieht mich fast schon enttäuscht an, als hätte ich eine Prüfung verhauen, bei der sie dachte, ich würde sie endlich bestehen. Ich will sie nicht enttäuschen.

„Ella … Macht dir denn das Bein wirklich nichts aus?"

Ich muss das wissen. Ich muss sicher sein, dass sie mir nichts vormacht. Wenn ich herausfinde, dass sie diese Dinge nur mir zuliebe tut oder aus Mitleid, werde ich das nicht akzeptieren, egal wie sehr ich sie will. Sie soll mich aus den richtigen Gründen wollen. Vielleicht waren mir diese Dinge früher egal, aber jetzt sind sie mir wichtig. Ella steht auf und geht zum Waschtisch. Erschöpft lehnt sie sich dagegen. „Nein, dein Bein macht mir nichts aus. Aber es macht dir etwas aus, und das ist ein Problem." Unzufrieden reibt sie über ihren Nacken. Der Ton in ihrer Stimme gefällt mir nicht, genauso wenig wie die Tatsache, dass sie so weit weg ist und ich sie nicht spüren kann. Sie erwartet doch nicht von mir, dass ich begeistert darüber bin, wie ich jetzt aussehe? Das ist doch absurd. Jeder Kerl würde dieses Bein abstoßend finden und nicht so aussehen wollen wie ich, wenn er in den Spiegel sieht. Die Narben auf meinem Gesicht gehören dort nicht hin. So empfinde ich nun mal.

Als ich sie ansehe, fällt mir wieder auf, dass ihre Beine nackt sind und Ella unter dem T-Shirt keinen BH trägt. Ich kann mich nicht konzentrieren, wenn sie so aussieht, und ich weiß, dass sie feucht ist und noch unbefriedigt, aber erregt. Als ich nichts auf ihre Worte erwidere, dreht sie sich von mir weg und blickt in den Spiegel. Mist. Ich weiß einfach nicht, was ich ihr sagen soll, wie ich ihr das begreiflich machen kann.

Plötzlich sehe ich aus den Augenwinkeln, dass sie ihr T-Shirt über den Kopf zieht.

„Du willst wissen, wieso ich das vorhin getan habe, warum mir dein Bein nichts ausmacht?", sagt sie und starrt dabei in den Spiegel. Ihr nackter Rücken und ihr runder Po sind wunderschön. Sie ist verdammt heiß. Und echt.

„Komm zu mir, wenn du kannst, und ich zeige es dir."

Sie lockt mich. Ella weiß, dass ich sie will. Weiß, dass

ich sie dort, wo ich sitze, nicht sehen kann. Ella ist so gut wie nackt und will, dass ich zu ihr komme. Sofort schnellt mein Puls in die Höhe, das Blut rauscht in meinen Ohren und mein Schwanz wird wieder steif, als hätte er noch gar nichts bekommen, jedenfalls nicht das, was er eigentlich wollte: Ella. Ich muss sie haben, in ihr sein.

Mit jeder Faser hoffe ich, dass die Pillen stark genug waren. Sie wartet auf mich, während ich mich an der Wand abstützen muss, um hochzukommen. Dank der Schmerzmittel und Ellas Beinmassage ist das Schlimmste vorüber und es gelingt mir ohne jeden Schmerz ein paar Schritte zu gehen. Als ich den kurzen Weg zu ihr zurücklege, fühle ich keine Schmerzen mehr. Ich kann nicht einmal sagen, ob ich humple oder nicht. Alles, was ich sehe, ist Ellas nackte Kehrseite und die verheißungsvolle Vorderansicht ihres Körpers, der langsam im Spiegel vor mir erscheint, je näher ich komme. Mir bleibt die Luft weg, als ich hinter ihr stehe und sehe, dass sie mich ansieht, wie ich sie ansehe.

„Gefällt dir, was du siehst?“, fragt sie mich. Sie ist dabei weder kess noch verführerisch, sondern ehrlich und ernst. Ich schlucke, ehe ich ihr antworte.

„Mir gefällt jeder Quadratzentimeter. Glaub mir.“

Um ihr zu verdeutlichen, wie sehr sie mich anmacht, drücke ich meine Erektion gegen ihren Hintern. Kurz schließt sie die Augen und genießt dieses Gefühl. Als Ella ihre Augen wieder öffnet, bohrt sich ihr Blick förmlich in mich. Wir sehen einander in diesem Spiegel an. Ich widerstehe dem Drang, meine vernarbte Gesichtshälfte wegzudrehen, weil ich Ella dann nicht so gut ansehen könnte, und im Moment ist mir das wichtiger als alles andere. Ihre großen Brüste sind im Zentrum des Spiegels. Für mich sieht ihre Haut geradezu göttlich aus, als wäre sie wie für Berührungen gemacht – *meine* Berührungen. Ihre Nippel sind dunkelrosa und hart wie kleine Perlen. Bei dem Anblick läuft mir das Wasser im Mund zusammen. Ich liebe ihren Mund, der so verbotene Dinge mit mir getan hat. Er ist wunderschön, wie ihr ganzes Gesicht. Wie konnte ich früher nur denken, sie sei ziemlich hübsch? Habe ich denn wirklich nicht gesehen, wie unglaublich schön und besonders Ella ist? Im Augenblick scheint mir das unbegreiflich. Ich will sie anfassen, mich in ihr vergraben, bis auch sie zum Höhepunkt kommt, nur durch mich und all die Dinge, die ich mit ihr tun werde.

„Was denkst du?“, fragt sie mich und blickt nach hinten. Sichtlich erregt, beschleunigt sich ihre Atmung.

„Ich denke, dass du schön bist. Schön und besonders, Ella.“ Jetzt bin ich es, der ihr in die Augen sieht. Aber nicht im Spiegel. Und da ist wieder dieses Gefühl, dieser Blick in ihrem Gesicht, der mich dazu bringt, mich wie ein ganz anderer Mann zu fühlen, der mich dazu bringt, sie küssen zu wollen, sie festzuhalten und nicht loszulassen. Das Gefühl, das mir Angst macht, das mich vor vier Jahren dazu gebracht hat, den schlimmsten Fehler meines Lebens zu begehen. Weil ich nicht mehr daran denken will, presse ich mich fest gegen sie.

„Ich will dich. Jetzt sofort.“

„Dann nimm mich. Du kannst mich haben, so oft und wie du willst, aber du musst mir versprechen, dass wir es hier tun, vor dem Spiegel … und du musst dich dabei genauso ansehen und beobachten wie mich.“

Panik bricht aus. Ich sehe dunkle Flecken vor den Augen. Das kann ich nicht tun. Ich möchte nicht sehen, wie mein kaputtes Ich sie vor einem Spiegel vögelt. Ich möchte die Augen schließen und mir vorstellen, dass ich dabei genauso aussehe wie früher. Das kann sie nicht verlangen. Alles, nur nicht das.

Als ich meine Hand von ihrer Hüfte nehme und einen Schritt zurückmache, sehe ich mit harten Herzschlägen in der Brust, wie Ella ihren Slip auszieht und sich wieder vor dem Spiegel hinstellt. Mein Mund wird trocken. Das tut sie für mich. Ich kenne sie gut genug, um zu wissen, dass ihr das hier auch nicht leicht fällt. Immerhin hat sie damals lange gebraucht, um sich nackt mit mir wohlzufühlen und sich ohne Scham zu geben. Ganz ist es ihr nie gelungen. Doch jetzt scheint sie diesen Punkt erreicht zu haben, und ich werde sie hängen lassen, denn ich weiß nicht, ob ich das kann. Mit einem stummen Flehen sieht mich ihr Spiegelbild an. Ich presse die Lippen aufeinander, will es tun, für sie, aber ich kann nicht. Meine Füße bewegen sich keinen Zentimeter.

„Willst du wissen, was ich sehe?“, fragt sie mich stattdessen, erwartet aber keine Antwort, denn sie spricht weiter. Ich kann ihrer Stimme anhören, dass sie nervös ist.

„Ich sehe mich, meine Arme, meine Brüste, meinen Bauch und einen Teil meiner Scham. Und ich sehe dich, leider nur einen Teil von dir. Ich kann deine breiten Schultern sehen und deine Arme, die sich so stark anfühlen, wenn du sie um mich schlingst. Sie fühlen sich noch genauso an wie früher. Ich sehe dein Gesicht, das ich unter Tausenden erkennen würde, mit den Narben oder ohne. Ja, und ich sehe auch die Narben auf deiner Wange, versteckt hinter den Bartstoppeln, die ich so gerne auf bestimmten Stellen meiner Haut oder meines Körpers fühle.“ Während sie das sagt, wandern ihre Finger suchend über die Hügel ihrer Brüste und kreisen dann über ihre Innenschenkel. War meine Erektion zuvor deutlich abgeflaut, schwillt sie jetzt wieder an. Ich kann mich kaum noch davon abhalten, über sie herzufallen. Sie weiß es. Genau das will sie. Mir bleibt die Luft weg, als sie mit den Fingerspitzen über ihre äußeren, geschlossenen Schamlippen streift. Ich weiß genau, wie sie sich dort anfühlt und wie sich ihr heißes, feuchtes Inneres auf meinen Fingern und meinem Schwanz anfühlt.

„Der Spiegel zeigt mir auch eine Reflektion deines Beins. Der Anblick tut mir weh und die Narben und Verletzungen darauf sind ein Teil davon, aber wenn ich daran denke, wie du auf diesen Beinen hinter mir stehst, wie du sie, trotz Verletzungen, dafür nutzt, um mich zu halten und im Stehen zu nehmen, kann ich nicht anders, als deine Beine dafür zu lieben, egal wie sie jetzt aussehen … Jan, bitte nimm mich! Nimm mich, hier und jetzt, im Stehen und sieh dich dabei an." Um mich weiter anzuheizen, reibt ihr Finger über ihre Klitoris. Mir bricht der Schweiß aus. Alleine ihre Worte reichen aus, dass ich nichts anderes will, als sie um den Verstand zu vögeln, auch wenn ich dabei zusammenbreche. Ich kann mich nicht länger von ihr fernhalten. Fest presse ich mich an sie, drehe ihren Kopf zurück und nehme mir mit Mund und Zunge alles, was ich will. Unsere Zungen wickeln sich umeinander und aus dem Augenwinkel sehe ich dabei zu, wie meine Hände ihre Brust drücken und ihre Nippel reizen. Sie keucht in meinen Mund. Der Anblick meiner Hände auf ihren Brüsten ist atemberaubend schön. Ihre rosige Haut rötet sich immer weiter, je mehr und je länger ich sie berühre. Der Anblick macht süchtig. Mir ist sogar egal, dass ich im Spiegel meine vernarbte Wange sehe. Ellas weiblicher Körper treibt mich in den Wahnsinn. Das hier wird nicht allzu lange dauern. Von einer heftigen Begierde erfasst, drücke ich sie nach vorne, damit ich endlich in sie eindringen kann. Willig gibt sie nach, drückt sich vom Waschbecken ab und reibt ihren Arsch an meinem Schoß, was mich zum Keuchen bringt. Ich bringe mich in Position. Ella ist so feucht und bereit, dass ich mühelos in ihre enge Feuchte eindringe. Dieser Moment ist herrlich. Ohne zu warten, stoße ich zu. Ihr feiner Aufschrei spornt mich an. Sie sieht sich selbst im Spiegel, wie ihre Brüste durch meine Stöße in Bewegung geraten. Ihre Wangen und ihr Dekolleté sind von einer Rötung überzogen. Scham und Erregung zeichnen sich gleichermaßen auf ihrem Gesicht ab. Der Spiegel lässt nicht zu, dass sie es vor mir verbergen kann, und im Moment gefällt es mir, denn es bedeutet, dass sie fühlt, dass sie nervös ist und aufgeregt, meinetwegen. Und genau so will ich sie haben. Ich stoße fester in sie, genieße ihre Enge, die mit nichts anderem vergleichbar ist. „Du fühlst dich so gut an, Ella. So unbeschreiblich gut“, lasse ich sie wissen, weil es die Wahrheit ist.

„Du dich auch. Du fühlst dich an wie für mich gemacht.“ Genießerisch stöhnt sie auf und bewegt ihre Hüften, drückt ihren Rücken durch, bis ich noch tiefer in sie gelange. Gleichzeitig stöhnen wir deswegen. Ich möchte, dass sie kommt. Sie soll kommen und ich will sie dabei beobachten.

„Nur, wenn du dich auch dabei ansiehst“, sagt sie, als hätte sie meine Gedanken gelesen. Vielleicht habe ich auch etwas gemurmelt. Im Moment bin ich nicht ganz Herr meiner Sinne. Ella zu nehmen, ist zu überwältigend, fühlt sich zu gut an. Deshalb höre ich mich auch rufen: „Ja, ja. Weil du alles für mich bist, Ella. Alles … nur für dich.“

Ihre heißen Wände drücken meinen Schwanz immer mehr zusammen. Ihr Höhepunkt ist greifbar nahe und meiner auch. Beim Gedanken daran, mich endlich wieder in ihr zu ergießen, wäre ich beinahe schon gekommen. Aber ich möchte, dass wir zusammen kommen. Also stoße ich sie schneller und reibe dabei über ihre Klitoris, bis sie sich in meiner Umarmung windet. Ihr Hintern tanzt förmlich auf meinem Schoß, meine Erektion tief in ihr vergraben. Ella reißt die Augen auf, als ein Schrei ihren Höhepunkt ankündigt. Während ihre Vagina an meinem Schwanz saugt, als wolle sie ihn für immer festhalten, starrt sie mich mit verzerrtem Gesicht aus dem Spiegel an. Ihren Höhepunkt auf diese Weise zu sehen, diese bittersüße Qual der Lust, ist aufregend und unglaublich befriedigend.

Ihr Mund öffnet sich wieder, diesmal stumm, und eine zweite Erschütterung folgt, die mich mit sich zieht. Mein Schwanz zuckt und entlädt sich in heftigen Stößen in ihr, die mir fast die Beine wegsacken lassen. Ich drücke ihren Körper fest an mich und bade in all ihrer Wärme und Lust. Fest packt sie meine Hand und drückt zu, bis ich sie wieder ansehe, während der Orgasmus in mir tobt. Total berauscht, sehe ich im Spiegel, dass auch mein Gesicht rot wird und ich meine Lippen saugend gegen ihren Hals drücke, als wolle ich sie küssend verzehren. Meine Schenkelmuskeln sind angespannt und rahmen ihre Gestalt ein, ich halte und nehme sie, während meine Männlichkeit in ihr zuckt. Ich muss zugeben, dass der Anblick schön ist. Ein Mann, der eine Frau hält, während er sie befriedigt und durch sie Erlösung in ihrem Körper findet. Ich sehe männlich aus, auch mit den Narben. Selbst das kaputte Knie zerstört den Eindruck nicht. Unsere beiden Gesichter zeigen tiefe Entspannung, das Glück des Augenblicks. Erstaunt betrachte ich Ella, aber vor allem mich, denn ich sehe glücklich aus. Ich sehe, zumindest im Spiegel, wie ein junger, glücklicher Mann aus. Unfassbar.

Fest drücke ich Ella an mich und übersehe ihren Rücken mit federleichten Küssen. Diese Frau schmeckt wie der Himmel und bei Gott, sie fühlt sich auch so an. Als ihr feines Lachen an mein Ohr dringt, brennt es stechend in meiner Brust. Ich küsse ihren Hals und flüstere ihr ins Ohr:

„Ella, du bist erstaunlich."

# Kapitel 15

Jan - 2010

„Ella, du bist unmöglich."

Das Baby schreit. Wieder einmal. Dieses nervtötende Geräusch geht mir durch und durch.

„Wie konntest du deiner Schwester nur versprechen, dass wir auf das Baby aufpassen würden?", werfe ich ihr vor. Kopfschüttelnd lasse ich mich auf das Sofa fallen und werde mit einem hohen Quietschen bestraft. Ich habe mich auf eines der Gummispielzeuge gesetzt. Mit meiner Geduld fast am Ende ziehe ich die Gummiente unter meinem Arsch hervor und kann mich gerade noch so davon abhalten, das Ding gegen die Wand zu pfeffern.

„Das Baby hat einen Namen", sagt sie stattdessen und prüft die Temperatur der Milch in dem Fläschchen an ihrem Handgelenk, als hätte sie das schon dutzendmal gemacht. Treibt sie dieses Höllengeräusch denn nicht zum Wahnsinn?

„Ich kenne seinen Namen. Nur kann ich mich schwer daran erinnern, wenn er drei Stunden lang schreit und weint.“ Genervt werfe ich ihr einen Blick zu. Ich weiß, sie kann nichts dafür, aber ich könnte sie im Moment erwürgen. Wieso musste sie Lizzy versprechen, dass wir eine Nacht lang auf das Baby – sorry, Sebastian! – aufpassen? Das ist irre. Ich dachte immer, dass wir beide keine Ahnung von Babys hätten, aber anscheinend gilt das nur für mich.

„Er zahnt im Moment. Auch wenn es schwer vorzustellen ist, für ihn ist es schlimmer als für uns.“ Ella versucht mich zu beruhigen. Den ganzen Abend hat sie schon diese Engelsgeduld in der Stimme, die meine Gereiztheit nur noch mehr steigert.

„Das bezweifle ich“, brumme ich. Das hier ist nicht das Wochenende, das ich mir vorgestellt habe. Wir sind nun schon seit Monaten zusammen, und es war an der Zeit, ihre Eltern kennenzulernen. Damit komme ich klar. Sie sind nette Leute. Ellas Schwester und ihr Mann, Lizzy und Paul, waren auch wahnsinnig nett zu mir. Sie alle versuchen, mich in der Familie willkommen zu heißen. Aber ich habe, seit wir aus dem Auto gestiegen sind, ein Gefühl der Enge in der Brust, das ich nicht loswerde. Und als Ella angeboten hat, dass wir das Baby für eine Nacht hüten würden, hat sich ein Gefühl der Panik hinzugesellt.

So sollte dieser Besuch nicht ablaufen. Ich wollte mich von meiner besten Seite zeigen, sehen, wo Ella aufgewachsen ist, und es dann abhaken und weitermachen, wo wir aufgehört haben. Nun entwickelt sich dieser Trip langsam, aber sicher zum Familienalptraum samt Babysitting. Absolut nicht mein Fall. Zu meinem Grauen scheint Ella nicht nur die geborene Tante zu sein, sondern auch eine ziemlich gute Kandidatin für die Mutterrolle. Der Gedanke bereitet mir Magenschmerzen.

„Komm“, sagt sie und zieht mir den Arm vom Gesicht, mit dem ich alles auszublenden versuche. „Wir müssen ihn füttern. Vielleicht schläft er dann endlich ein wenig.“

Sofort springe ich auf. „Ich würde alles tun, wenn der Hosenscheißer endlich mal ein paar Minuten ruhig ist."

„Jan!"

„Was denn? Ich meine, sei mal ehrlich. Das hält doch kein Mensch aus. Wie kann ein dermaßen winziger Mensch derart laut schreien?" Irritiert wirft sie einen Blick zurück zu mir und schüttelt den Kopf. Soll sie nur. Ich werde nicht zurücknehmen, was ich gesagt habe. Ist doch wahr! Das Baby, *Sebastian*, hat eine kaum erwähnenswerte Größe und schafft es, stundenlang zu heulen und zu schreien. Woher nimmt er bloß die Kraft und die Energie dafür?

Kaum haben wir die Treppe nach oben erreicht, legt er wieder los. Lauter und mit hektischen Atemschluchzern unterlegt brüllt er das ganze Haus nieder.

„Nein. Nicht schon wieder", stöhne ich, während Ella wie von der Tarantel gestochen die Stufen hochläuft und in sein Zimmer stürmt. Widerwillig folge ich ihr, obwohl ich überall lieber wäre als in diesem Kinderzimmer. Paul und Lizzy haben die Wände des kleinen Raums mit Bärensticker und Star-Wars-Wandtattoos vollgeklebt. Gott, wollen die den kleinen Kerl zum Prügelknaben erziehen, oder was? Dabei wirkten sie locker und lustig, als ich sie gestern kennengelernt habe. Star Wars? Mal ehrlich. Vielleicht sollte ich ihnen zu Weihnachten das DVD-Paket zu Fast & Furious schenken. Bestimmt gibt es hier irgendwo einen Elektroladen.

„Hey, hörst du mir überhaupt zu?" Ella stupst mich an, das Baby fest im Arm. Erst jetzt merke ich, dass er ganz ruhig ist und wie verrückt an dem Fläschchen nuckelt. Gott sei Dank!

„Entschuldige. Was hast du gesagt?" Sie lächelt mich an und tief in mir drinnen weiß ich, dass die meisten Kerle beim Anblick ihrer hübschen, tollen Freundin mit einem ruhigen, gut duftenden Baby auf dem Arm auf dumme

Gedanken kommen. Bei mir löst es allerdings nicht diesen Effekt aus.

„Ich wollte wissen, ob es auch wirklich okay für dich ist, wenn wir erst am Sechsundzwanzigsten zu deiner Familie fahren." Ehrlich gesagt, wäre es auch okay für mich, wenn wir die restlichen Weihnachtsfeiertage alleine in ihrer Wohnung verbringen, aber das sage ich ihr lieber nicht.

„Na klar. Meine Eltern machen sich nicht so viel daraus. Solange ich am Stefanitag zur großen Party meiner Mutter da bin, ist alles in Ordnung." Ella schaukelt Sebastian.

„Ist das dein Ernst?" Irritiert zieht sie die Augenbrauen zusammen und lässt mich nicht aus den Augen.

„Ja, natürlich. Meine Mutter möchte all ihren Freunden bloß zeigen, dass wir eine tolle Familie sind, und das genügt ihr. Weihnachten ist bei uns nicht das, was es bei euch ist." Kaum habe ich es gesagt, wirft sie mir diesen traurigen Blick zu, als hätte ich vor dem Baby behauptet, es gebe keinen Weihnachtsmann. In Ellas Familie ist Weihnachten eine große Sache. Sie hat mich die letzten Wochen immer wieder bearbeitet, dass ich mit ihr über die Feiertage hierher fahre, denn sonst hätten wir Weihnachten getrennt verbringen müssen, und das wollte sie nicht. Ich ehrlich gesagt auch nicht. Mir hätte es nichts ausgemacht, meine Leute gar nicht zu sehen. Wir stehen uns ohnehin nicht besonders nahe. Nicht so wie Ella ihrem Papa und ihrer Mama nahe steht. Nicht einmal annähernd. Ich kann mich nicht erinnern, je so von meiner Mutter umsorgt und verköstigt worden zu sein. Ellas Mama Franziska, die ich Franzi nennen darf, hat mich umarmt und mit Essen vollgestopft, seit wir am Heiligabend angekommen sind. Sie sieht Ella nicht besonders ähnlich, aber sie hat diese natürliche Herzlichkeit, die auch Ella ausstrahlt. Ein Teil von mir findet das Leben in ihrer Familie schön und freut sich über die familiäre Aufmerksamkeit, die ich für ein paar Tage genießen darf, als gehöre ich fast schon dazu. Doch ein anderer Teil von mir fühlt sich dadurch unter Druck gesetzt und weiß sehr genau, dass ich für dieses Leben nicht gemacht bin. Ellas Papa, Konrad, scheint das zu ahnen, denn ich ertappte ihn dabei, wie er mich trotz aller Freundlichkeit besorgt beobachtete.

„Es macht mich wahnsinnig, wenn ich höre, mit welcher Bitterkeit du von ihnen sprichst“, flüstert sie mir zu, um das Baby nicht zu wecken. Irgendwann in seinem Durstrausch sind ihm die Augen zugefallen. Mit offenem Mund schläft er auf Ellas Arm. So still und ruhig könnte er mir fast sympathisch werden. Aber ich habe heute gesehen, was er absondert und in welchen Mengen, deshalb lasse ich mich von diesem Anblick nicht täuschen. Der Kleine ist eine tickende Zeitbombe. Ich kann mir nicht vorstellen, mit einem zufriedenen Gesichtsausdruck durchs Leben zu gehen, während mir Milchkotze auf dem Hemd klebt, so wie Paul. Leider stelle ich schon den ganzen langen Tag fest, dass Ella und ich wohl sehr unterschiedliche Ansichten darüber haben. Denn sie hat ihren Schwager voller Bewunderung dabei beobachtet, wie er das Baby zum Aufstoßen gebracht und mit dümmlichem Grinsen reagiert hat, als das Baby ihn vollgekotzt hat. Wir haben also ein viel größeres Problem als meine Familie.

„Ich kann nicht ändern, wie sie sind. Ich habe das schon vor langer Zeit akzeptiert. Ich lebe mein Leben und sie ihres. Sie wollen, dass ich ab und zu vorbeischaue, um ihre Vorstellung von einem Sohn zu erfüllen und den Schein zu wahren, und dafür bekomme ich genug Geld, um die Wohnung und das Auto zu finanzieren. Nur deshalb kann ich das tun, was ich gerne tue. Wenn ich ihr Geld nicht gehabt hätte, hätte ich nicht all die Reisen und

Studien machen können. Ich mache mir nichts vor, Ella. Ohne ihr Geld wäre ich nicht so jung so erfolgreich, schon gar nicht als Architekt."

„Klingt, als hättest du fehlende Liebe durch finanzielle Sicherheit ersetzt", flüstert sie vorsichtig.

„Vielleicht habe ich das. Aber von Geld und Sicherheit verstehen sie zumindest etwas. Der Rest liegt ihnen nicht besonders", gebe ich zu und hasse es, dass ich dabei einen Stich im Magen verspüre.

„Der Rest …", murmelt sie ungläubig und riecht am Kopf des Babys. Das macht sie schon die ganze Zeit. Keine Ahnung wieso.

„Du hast den kleinen Kerl echt gern."

„Ja. Wie könnte ich nicht … Auch wenn er gerade zahnt und etwas anstrengend ist."

„Ha! Du gibst es also zu", ziehe ich sie auf.

„Na ja … Natürlich ist er eine Herausforderung. Aber eine, auf die ich mich irgendwann freue." Warm lächelt sie mich an, während mir ein eiskalter Schauer über den Rücken läuft. Ella will ein Baby. Irgendwann. Und ich … nicht.

„Ella, hör mal. Was Kinder angeht …" Ich weiß nicht, was ich sagen soll. Was, wenn Kinder für sie ein Grund sind, das mit uns hinzuschmeißen? Das will ich nicht. Auf keinen Fall. Aber sie soll wissen, wie es um mich steht. Alles andere würde nur in einer Katastrophe enden.

„Was ist damit?" Ich sehe ihr an, wie viel Angst sie vor der Antwort hat. Fest drückt sie Sebastian an ihre Brust.

„Ehrlich gesagt, ich möchte keine, und ich denke nicht, dass ich meine Ansicht dazu je ändern werde", sage ich so ruhig ich kann.

„Du … Du möchtest keine Kinder … Nie?" Mehr als ein Nicken bringe ich nicht zusammen. Ich kann die bittere Enttäuschung in ihren Augen sehen.

„Aber vielleicht irgendwann einmal, wenn …"

Noch bevor sie weiterreden kann, schüttele ich merklich den Kopf. Sie muss wissen, dass sie sich in dieser Sache nichts vormachen darf.

„Also haben wir ein Problem“, stellt sie mit erzwungener Ruhe fest.

Ja, das haben wir.

# Kapitel 16

## Ella - 2014

„Wie hast du mich nur dazu gebracht, einem Abendessen mit deinen Eltern zuzustimmen?“ Wütend auf mich selbst, schüttele ich den Kopf. Jan zuckt entschuldigend mit den Achseln und nimmt die nächste Autobahnabfahrt.

„Glaub mir, ich habe ihren Anruf so oft ignoriert, wie ich konnte. Aber wenn meine Mutter anfängt zu reden, hat man irgendwann keine Chance. Leider gingen mir langsam auch die Ausreden aus. Und ich wollte dort nicht alleine hin. Außerdem wollte ich auf jeden Fall verhindern, dass sie vielleicht irgendwann bei mir auftaucht.“ Er fährt einen Automatik, weil der leichter mit seinem Bein zu bedienen ist. Ich kann noch immer nicht glauben, dass es ihm nichts ausmacht, wieder in einem Auto zu sitzen. Jan redet immer noch nicht über den Unfall oder seine Zeit im Krankenhaus. Ich möchte ihn nicht zwingen. Ein Teil von mir hat nach unserer Nacht im Badezimmer gehofft, dass er danach offener mit mir darüber reden würde. Aber das ist nicht geschehen. Natürlich möchte ich ihn nicht drängen, aber mir läuft die Zeit davon. Doch daran möchte ich nicht denken, obwohl ich Ablenkung gebrauchen könnte. Denn Jans Eltern wiederzusehen ist nichts, worauf ich mich besonders freue. Ganz im Gegenteil. Die beiden Male, wo ich sie zu Gesicht bekommen habe, bei der Stefani-Weihnachtsfeier seiner Mutter und bei einem Arbeitsessen seines Vaters, zu dem er mich mitgeschleift hat, waren sie mir gegenüber kühl und herablassend. Keiner von beiden war mir sympathisch, auch wenn sein Vater große Sympathie für mein Kleid und dessen Ausschnitt gezeigt hat, was ich absolut widerlich fand. Er hatte nicht einmal den Anstand, sein Interesse an meinem Dekolleté vor seinem Sohn zu verbergen. Damals konnte ich Jans Wut darüber förmlich in der Luft schmecken. Seinetwegen haben wir uns gestritten, auch wenn Jan mehr wütend auf seinen Vater war, habe *ich* das Meiste davon abgekriegt. Als wir uns kennenlernten, dachte ich, Jan übertreibt, was die mangelnde Fürsorge und Qualitäten seiner Eltern angeht, doch nach dem ersten Mal, als ich das Missvergnügen hatte, sie kennenzulernen, weiß ich, dass er sogar untertrieben hat. Deshalb ist es mir unbegreiflich, warum er sich überreden hat lassen, auf eines ihrer steifen Familienessen zu kommen, und mich auch noch mitnimmt. Jan weiß doch, dass seine Mutter mich hasst. Sie hat nicht einmal versucht, es zu verbergen. So viel zum Thema „Anstand bei den Bürgerlichen".

„Ein kurzer Anstandsbesuch und dann gehen wir wieder", beruhigt er mich.

„Ich hoffe nur, dein Vater starrt mir nicht wieder auf den Busen."

„Gott, das hoffe ich auch", gibt er elend zu. Anscheinend kam das im Laufe von Jans Dating-Karriere des Öfteren vor.

„Hätte ich vielleicht ein anderes Kleid anziehen

sollen?", kommt es mir, als ich an mir herabsehe und den deutlichen Ausschnitt betrachte.

„Nein. Auf keinen Fall. Du siehst toll aus in diesem Kleid, und wenn dieser Arsch seine Augen nicht bei sich behalten kann, dann ist das sein Problem und nicht deins!", zischt er. Seine Finger drücken fest zu, als wollten sie das Lenkrad erwürgen. Eigentlich sollte ich mir nicht wünschen, dass Jan seinen Vater bedroht, aber ehrlich gesagt beruhigt es mich, dass er ihn von mir fernhalten würde und mich so sein lässt, wie ich bin, und nicht von mir verlangt, ein anderes Kleid zu tragen. Jan hat vor Jahren angedeutet, dass sein Vater mal immer wieder Affären mit jungen Mädchen hat, die er in der Stadt trifft, und für manche von ihnen sogar Wohnungen unterhält. Seine Mutter tut angeblich so, als wüsste sie von nichts, und wenn es nach Jan geht, interessiert es sie nicht besonders, solange Jans Vater, Johann, mit seinen Geschäften weiterhin die Bankkonten füllt. Ich kann mir gar nicht vorstellen, wie es sein muss, in so einem Haus aufzuwachsen. Jan hat etwas Besseres verdient und viele seiner Probleme haben mit seinen Eltern zu tun. Wieder etwas, worüber er nur ungern spricht und das er noch weniger gern zugibt. Mein Magen verwandelt sich immer mehr in einen Knoten, je näher wir ihrem Haus kommen. Wobei Haus nicht die angemessene Bezeichnung ist. Nicht viele können sich einen so großen Grund in Neustadt leisten. Jans Eltern können es, und das zeigen sie auch. Das Haus hat zwei Stockwerke und einen riesigen Garten, um den sich eine Firma kümmert. Jan war ausgezogen, als er achtzehn geworden war. All der Platz und der Komfort haben nicht gereicht, um ihn hier zu halten. Ich kann ihn gut verstehen. Mir ist das Haus unheimlich. War es schon immer. Der blassblaue Anstrich ist genauso kühl wie die gediegene Einrichtung, an die ich mich noch gut erinnere.

„Wir können jederzeit wieder umdrehen“, verspricht er mit einem gequälten Lächeln auf den Lippen.

„Zu spät. Da kommen sie schon.“ Missmutig sehe ich dabei zu, wie Johann und Jolanda die Treppe des Eingangs runterschreiten. Wären wir jetzt bei mir, würde meine Mutter zu uns kommen, uns umarmen und nach etwas Köstlichem duften, das seit Stunden für uns auf dem Herd steht. Hier allerdings kommt mir eine Frau mit blondierten Haaren entgegen, in einem schicken Kostüm und mit einem aufgesetzten, harten Lächeln. Mal abgesehen von ihrem blaustichig roten Lippenstift erinnert sie mich an Camilla Parker Bowles. Johann hingegen hat so gar nichts von Prinz Charles, weder ist er groß noch königlich. Er sieht seinem Sohn überhaupt nicht ähnlich. Der eher kleine Mann wirkt nicht gerade wie ein erfolgreicher Banker. Sein Anzug sitzt jedoch tadellos, was für seine Manieren leider nicht gilt. Hinter der randlosen Brille und den abrasierten Haaren steckt ein Lüstling, wie ich leider weiß. Kaum vorzustellen, dass Mädchen in meinem Alter oder sogar noch jünger sich mit ihm einlassen. Erleichtert stelle ich fest, dass er dieses Mal kein Interesse an meinem Dekolleté zeigt. Jan wirft mir einen Blick zu, als wolle er sagen: „Tut mir leid. Ich habe sie mir nicht ausgesucht.“

Ich umrunde das Auto und stelle mich an Jans Seite. Johann macht einen Schritt auf Jan zu und klopft ihm auf die Schulter, als wäre er ein Praktikant und nicht, als stünde sein einziger Sohn vor ihm.

„Und wer ist das hübsche Mädchen, das du uns da mitgebracht hast, Junge?“ Keine Ahnung, was mich mehr überrascht, seine blendende Laune oder die Tatsache, dass er vollkommen vergessen hat, dass er mich bereits kennt. Selbst mein Busen hat wohl nicht verhindern können, dass Johann mich völlig aus seinem Gedächtnis streicht. Peinlich berührt sieht Jan zu Boden.

„Ähm. Eigentlich kennst du sie schon. Das ist Ella.“

Auf Jolandas Gesicht zieht ein kaltes, sehr zufriedenes Lächeln auf. Der Fauxpas ihres Mannes scheint ihr großes Vergnügen zu bereiten. Ich kann diese Leute nicht ausstehen.

„Ella?“, fragt Johann ahnungslos nach. Auf seinem Gesicht zeichnet sich keinerlei Wiedererkennen ab. Ich reiche ihm die Hand und schüttele sie, um der unangenehmen Situation ein Ende zu bereiten.

„Kein Wunder, dass Sie sich nicht erinnern. Es ist immerhin über vier Jahre her.“ Als Sie mir damals auf die Brüste gestarrt haben, während Ihr Sohn meine Hand hielt, ergänze ich in Gedanken. Dankbar lächelt er mich an und drückt mir die Hand, die ich ihm schnell wieder entziehe. Jolanda tritt an Johanns Seite, um mich von oben bis unten zu mustern. Bisher hat sie noch kein Wort gesagt.

„Du bist zu spät, Jan.“ Nun hat sie etwas gesagt. Hallo hätte auch gereicht.

„Johann, wie kannst du dich nicht an Ella Vogel erinnern? Jan hat sie doch mitgebracht, zu Weihnachten. Als all unsere Freunde und Verwandten da waren.“ Der leise Vorwurf darüber ist ihrer Stimme so deutlich anzuhören, dass mir ungewollt Hitze in die Wangen steigt. Aus dem Mund dieser Frau klingt es, als hätte er eine mittellose Stripperin zu einer exklusiven Veranstaltung mitgebracht und nicht, als hätte Jan mich als seine Freundin vorgestellt. Offenbar haben wir beide nicht denselben Abend erlebt.

„Es freut mich besonders, Sie wiederzusehen“, lässt sie mich wissen und schenkt mir ein breites, falsches Lächeln, das mir Gänsehaut verschafft.

„Freut mich auch.“

Ich hasse es, dass in ihrer Anwesenheit meine Stimme klingt, als wäre ich fünf Jahre alt und hätte gerade erst gelernt, wie man sich gegenüber Erwachsenen verhält. Zugegeben, sie schüchtert mich ein, diese Hexe.

„Wieso kommt ihr nicht endlich rein. Ich hasse es, in der Auffahrt zu stehen." Ohne Jan überhaupt richtig begrüßt zu haben, dreht sie sich um und geht ins Haus zurück. Wir folgen ihr, genau wie sie es will. Ich hasse das. Egal wie kindisch es ist, ich kann nicht aus meiner Haut, und schon jetzt habe ich das Gefühl, dass Jan auf Autopilot ist. Früher war es auch so, wenn er in der Anwesenheit seiner Eltern gewesen ist, schaltet etwas in ihm ab, als wäre jede Mühe vergebens und man lässt den Sturm einfach nur vorüberziehen.

„Wie war die Fahrt?", fragt Johann seinen Sohn.

„Gut."

„Bist du auch nicht zu schnell gefahren?" Ich mag mich verhört haben, aber es klang vorwurfsvoll. Jan neben mir atmet zischend ein.

„Ich bin nicht zu schnell gefahren. Es war nicht meine Schuld." Die Kälte, die von ihm ausgeht und auf seinen Vater gerichtet ist, lässt mich frösteln.

„Das habe ich nicht gesagt. Nur nach allem, was passiert ist, sollte man auf seine Geschwindigkeit achten. Mehr sage ich nicht."

„*Man* sollte das oder ich?", will Jan gereizt wissen. Sein Vater starrt wütend zurück. Ich spüre, dass gerade eine heftige Diskussion bevorsteht.

„Johann, lass das! Das ist kein geeignetes Konversationsthema. Wir haben einen Gast." Schneidend sieht Jolanda zwischen Jan und Johann hin und her. Aus ihrem Mund klingt das Wort Gast, als wäre ich ein Eindringling, den man nur mit der Kneifzange anfasst, ehe man unauffällig die Polizei verständigt.

Nach einem kurzen Moment unangenehmer Stille setzen wir unseren Weg durch den riesigen Flur fort und gehen direkt ins Esszimmer, wo ein gedeckter Tisch bereits wartet. Unfassbar. Hier hat sich nichts geändert. Die Einrichtung ist noch immer bürgerlich und teuer, aber ohne Gemütlichkeit oder Wärme auszustrahlen. Die schweren, alten Luster hängen tief herab und tauchen alles in dämmriges Licht. Die Wände sind zu dick und die Fenster mit dem Buntglas lassen nicht genug Licht rein, um den Eindruck von Helligkeit entstehen zu lassen. Die schweren Vorhänge helfen dabei auch nicht. Ich finde dieses Haus erdrückend und überladen. Überall steht nutzloser, kostspieliger Kram herum. Der Salon, der mit dem Esszimmer verbunden ist, ist förmlich übersät mit Swarovski-Figuren und Glasvasen. Wie irgendjemand für diese kitschigen Figuren dermaßen viel Geld verschwenden kann, bleibt mir ein Rätsel.

„Setzen Sie sich doch!", weist sie mich an. „Gleich wird das Essen serviert." Ah ja, wir sind ja zu spät. Wir halten das Personal auf. Wie furchtbar!

Jan rückt mir den Stuhl zurecht. Gerade noch so gelingt es mir, das Augenrollen zu unterlassen. Als er sich neben mich setzt, sehe ich, dass er sich über den Schenkel reibt. Hoffentlich hat er keine Schmerzen. Gerade will ich ihn danach fragen und beuge mich zum Flüstern zu ihm, da stoppt mich Jolandas durchdringende Stimme.

„Was machen Sie nun, Ella? Ich meine, mich erinnern zu können, dass Sie irgendeine Art Ausbildung im Gastgewerbe gemacht haben." Sie nimmt einen Schluck von dem Wein, den sie sich anscheinend schon eingeschenkt hatte, als sie auf uns warten musste.

„Sie war auf einer Hotelhochschule, Jolanda. Einer sehr guten", verteidigt Jan mich und die Tatsache, dass er sie beim Vornamen anspricht, zeigt mir, wie sehr es ihm missfällt, was sie gesagt hat. Das ist mir schon damals aufgefallen, dass er seine Eltern ab und an beim Vornamen anspricht und es niemanden überrascht hat – außer mich.

„Ich arbeite als Eventmanagerin in einem Hotel."

Mir gefällt es nicht, wenn andere meine Schlachten schlagen. Das kann ich schon selbst. Jan braucht mich nicht in ein besseres Licht zu rücken. Schon gar nicht vor ihr.

„Schön. Gut, dass sich die Ausbildung rentiert hat. Es hat Ihrer Familie sicher viel gekostet."

„Eigentlich nicht. Schließlich habe ich den Großteil der Kosten selbst übernommen." Mitleidig sieht sie mich an. Ich lasse mich von dieser Schnepfe nicht zum Sozialfall stempeln.

„Ich bin sicher, Ella hat sich eine sehr gute Grundlage für ihr Leben geschaffen, nicht?", springt Johann in die Bresche. Überrascht sehe ich ihn an, wie er mich flehentlich anstarrt. Offenbar will er einen Streit verhindern.

„Ich komme gut zurecht."

„Mehr als gut. Ella ist innerhalb von nicht einmal drei Jahren von einer einfachen Hotelangestellten zur Hotelmanagerin aufgestiegen." Mit einem stolzen Lächeln sieht Jan mich an. Ich möchte mich gerne darüber freuen, aber ich kann den Gedanken nicht abschütteln, dass er das nur ihretwegen sagt und es ja auch nicht ganz richtig ist.

„Wie schön für Sie", kommentiert seine Mutter trocken. Zum Glück kommt eine Philippinin an den Tisch und schenkt uns Weißwein ein. Sehr gut. Gierig nehme ich einen Schluck. Jan beobachtet mich mit wachsender Sorge in den Augen. Ich hoffe inständig, dass wir keine fünf Gänge durchhalten müssen.

„Wir haben Fischsuppe und Perlhuhn vorbereiten lassen. Ich hoffe, das ist in Ordnung?", fragt die kleine rundliche Frau nach, woraufhin sie einen eisigen Blick von Jolanda erntet.

„Natürlich. Schließlich habe ich genau das angeschafft", giftet sie zurück.

Mit dem Kopf nickend verschwindet die Frau, der ich

nur zu gerne folgen würde, wohin auch immer, um vermutlich das Essen zu holen.

„Kein Nachtisch?“, fragt Jan. Ich weiß, wie sehr er Süßes mag, deshalb nehme ich ihm immer Desserts aus dem Hotel mit.

„Nein, dieses Mal nicht. Du magst Süßes doch ohnehin nicht.“ Jan durchbohrt seine Mutter förmlich. Ich kann sehen, dass ihm der Vorwurf auf den Lippen liegt, doch er sagt nichts dazu. Er hat schon lange aufgegeben. Stattdessen nimmt er sein Wasserglas und leert es fast in einem Zug. Ich kann nicht glauben, dass sie nicht einmal so etwas Einfaches über ihren eigenen Sohn im Gedächtnis behalten kann. Sogar meine Mama weiß, dass, wenn Jan kommt, immer Süßes im Haus sein muss. Gut, sie würde es jetzt zwar mit Rattengift vollpacken, aber dennoch würde sie es seinetwegen besorgen. Bestimmt sogar.

Die Philippinin stellt uns die Suppe auf den Teller. Schweigend essen wir. Sie schmeckt hervorragend.

„Wie geht es in der Arbeit, Junge?“ Schlürfend wartet Jans Vater auf eine Antwort. Tief durchatmend blickt Jan ihn an.

„Ich arbeite im Moment nicht, wie du eigentlich wissen solltest.“

„Wie lange willst du dieses Theater noch veranstalten?“, will seine Mutter wissen. Kopfschüttelnd legt sie ihren Löffel beiseite. Offenbar ist sie fertig mit der Suppe. Der arme Koch hat sie sicher nur ein paar Stunden lang gekocht.

„Von welchem Theater sprechen Sie?“, höre ich mich fragen, noch ehe ich mir meiner Einmischung richtig bewusst bin. Sie bringt mich einfach auf die Palme, diese Frau.

„Ich spreche davon, Ella, dass unser Sohn seit seinem Monate andauernden Krankenstand alle Dinge schleifen lässt. Seinen Job, den ihm die guten Beziehungen meines Mannes eingebracht haben, wird er nicht mehr lange haben, wenn er nicht endlich wieder auf die Beine kommt und zur Arbeit geht." Mir war ja gar nicht klar, wie viel eine Frau über die Arbeitswelt weiß, die ihr ganzes Leben wohl keinen Finger krumm gemacht hat. Von ihrer unglücklichen Wortwahl fange ich besser gar nicht erst an. Gerade will ich ihr die Leviten lesen, da höre ich Jans wütende Stimme.

„Das Jobgespräch mögen mir Vaters Beziehungen ermöglicht haben, aber die Zusage habe *ich* bekommen und die Projekte, die ich umgesetzt habe, waren allein meiner Arbeit zu verdanken und nicht eurem Geld." Jan atmet schwer. Seine Beherrschung ist bald zu Ende. Ich sehe es am Zucken seiner Halsschlagader und an seinen Fäusten, die gegen seinen Oberschenkel drücken. Wie können sie ihm nur vorwerfen, dass er aus der Spur geraten ist? Haben sie denn keine bisschen Verständnis für seine Lage nach dem Unfall?

„Das bestreiten wir gar nicht, Jan", versucht sich sein Vater einzumischen. „Aber wir wissen nicht, wie es mit dir weitergehen soll." Hätte Sorge aus seinen Worten gesprochen, wäre ich auf seiner Seite. Doch der Ton in seiner Stimme war fast schon vorwurfsvoll. Sie mögen die Scherereien und Probleme nicht, die Jans Unfall verursacht hat. Darum geht es hier.

„Vielleicht sollten wir besser gehen", schlage ich vor, ehe noch jemand anfängt, um sich zu schlagen. Denn Jan traue ich einen Ausraster zu. Und ich könnte ihn gut verstehen.

„Ja, vielleicht", pflichtet er mir bei und steht auf.

Als wir den Raum verlassen wollen, hält ihn seine Mutter am Ellbogen zurück. „Bevor du gehst, lass uns noch kurz reden. Es ist wichtig." Eindringlich sieht sie ihn an. Johann sitzt noch immer am Tisch und nippt an seinem Weißwein, als ginge ihn das alles nur an, wenn Jolanda ihn hineinzieht. Er hat gerne seine Ruhe, dieser Arsch. Die giftigen Blicke, die ich ihm zuwerfe, sieht er gar nicht. Der Alkohol ist viel interessanter als ich.

„Na gut. Aber mach es kurz."

Jolanda geht ins Wohnzimmer. Von ihrer Anwesenheit befreit, merke ich, wie eine Spange, die die ganze Zeit über meine Brust zugeschnürt hat, sich lockert.

„Wartest du auf mich? Es wird nicht lange dauern." Bevor er ihr folgt, dreht er sich nochmals zu mir um. Seine blauen Augen funkeln besorgt. „Tut mir leid. Ich hätte dich nicht mitnehmen sollen."

„Schon gut. Ich könnte mich rächen und dich dazu zwingen, mit meinen Eltern essen zu gehen", scherze ich. „Abgemacht." Mit einem aufmunternden Lächeln verschwindet er. Um nicht wieder mit Johann in einem Raum sein zu müssen, gehe ich in den Flur, der groß genug ist, um ebenfalls mit einer Sitzecke ausgestattet zu sein. Von einer bleiernen Müdigkeit erfasst, setze ich mich hin und schließe die Augen.

Ein paar Minuten später höre ich aufgebrachte Stimmen, die sich gegenseitig anschreien. Jolanda und Jan sind mittlerweile zu einem offenen Streit übergegangen. Als ich ihn brummen höre: „Sie geht dich nichts an, Mutter!", reicht es mir endgültig. Wenn sie mir etwas zu sagen hat, soll sie es mir ins Gesicht sagen und nicht mit Jan darüber streiten. Mit festen Schritten mache ich mich zum Wohnzimmer auf, doch ehe ich es betreten kann, stoppen mich Jolandas giftige Worte.

„Wieso nur? Wieso bringst du wieder dieses Mädchen mit?"

„Ella geht dich nichts an. Misch dich da nicht ein. Sonst kannst du auch gut wegsehen. Also tu mir einen Gefallen und mach es jetzt genauso." Anklagend sieht er sie mit einem vernichtenden Blick an.

„Das werde ich nicht! Dieses Mädchen ist nicht gut genug für unsere Familie. Vielleicht weiß sie jetzt sich anzuziehen und zum Glück hat sie ein paar überflüssige Kilos verloren, aber das ändert nichts an der Tatsache, dass sie nichts taugt!“ Die Hexe verspritzt ihr Gift, was mich nicht wundert. Mich wundert nur, dass es mir noch immer etwas ausmacht. Dass ich mich klein und schäbig fühle, durch das, was sie von sich gibt. „Halt den Mund, Mutter. Rede nie wieder so über Ella!“ Jan schlägt mit der Faust auf eine Kommode.

„Beruhige dich!“, zischt sie ihn an. „Du gibst dich doch nur wieder mit ihr ab, weil du glaubst, keine Bessere mehr zu finden.“ Mitleidig fährt sie über seinen Arm und starrt auf die Narben in seinem Gesicht. Ich kann fühlen, wie mir der Magen das bisschen Suppe wieder hochdrückt.

„Ich warne dich, Jolanda. Sei still und sag nichts mehr dazu.“

„Aber es ist doch wahr. Wenn du nicht bei diesem schrecklichen Unfall verunstaltet worden wärst, hättest du nie wieder angefangen, eine wie sie zu treffen.“

Unzufrieden über Jan schüttelt sie den Kopf, als wäre sie es, die die Folgen seines Unfalls zu ertragen hat. Gerade will ich zu ihr gehen und ihr die Meinung geigen, da höre ich Jan bitter auflachen. Die Bitterkeit in seiner Stimme bremst mich. Mir läuft es eiskalt den Rücken hinab, als ich sehe, wie er Jolanda am Unterarm packt und sie zwingt, direkt in sein Gesicht zu sehen – etwas, das sie den ganzen Abend lang vermieden hat.

„Sieh mich an, Mutter. Sieh genau hin!“ Jolanda windet sich in seinem Griff. Sie will ihn nicht ansehen. Seine eigene Mutter. Doch Jan lässt nicht locker. „Denkst du wirklich, *ich* bin es, der sich mit *ihr* zufriedengibt?“

„Mach dir nichts vor. Ella könnte Besseres kriegen als mich. Doch sie nimmt mich, wieso auch immer. Sie will mich … Denkst du wirklich, ich würde deinetwegen aufhören, sie zu sehen?" Ohne eine Reaktion von ihr abzuwarten, lässt er sie stehen und geht in meine Richtung. Die Wut und die Bitterkeit in seinem Blick bringen mich dazu, mich weiter hinter der Tür zu verstecken. Ich möchte nicht, dass er weiß, dass ich das hier mit angehört habe. Mir gelingt es im Moment nicht, die Tränen zurückzuhalten, die seine Worte bei mir ausgelöst haben. Ich bin so dumm. Ich dachte wirklich, dass die Nacht vor dem Spiegel etwas geändert hat. Dass wir beide zusammen stärker wären als sein Selbsthass und das schiefe Bild, das er sich von sich selbst gemacht hat, seit er den Unfall hatte. Wie hochmütig von mir, zu glauben, ich könnte so viel bewirken, wenn ich es nicht einmal schaffe, dass seine Mutter mehr in mir sieht als ein dahergelaufenes Ärgernis.

Fest presse ich meine Fingerknöchel gegen meine Augenlider, um die Tränen zurückzuhalten. Keiner von ihnen soll sehen, dass sie mich zum Weinen bringen können. Auch Jan nicht.

„Wo warst du?" Besorgt blickt Jan mich an, als er mich wartend neben dem Auto entdeckt. „Ich habe dich schon überall gesucht."

„Nimm es mir nicht übel, aber im Haus habe ich es nicht mehr ausgehalten." Jan nickt und öffnet mir die Autotür. Ich steige ein und merke erst jetzt, wie erleichtert ich doch bin, dieser Familie zu entkommen.

„Wir hätten nicht hierherkommen sollen. Meine Leute schaffen es doch immer wieder, einem den Tag zu versauen." Mit einem Schnauben wirft er den Motor an. „Oder das ganze Leben", ergänzt er murmelnd, während er rückwärts die Auffahrt entlangfährt.

„Kann ich leider nur zustimmen", sage ich und lächle, als wäre es ein Scherz. Ernst sieht er kurz zu mir und dann wieder auf die Straße.

„Was hat deine Mutter gewollt?"

„Nichts von Bedeutung."

Ich habe schon geahnt, dass er nicht mit mir darüber reden würde. Enttäuschung breitet sich in mir aus. Ich wende mich ab und starre aus dem Fenster. Wir sprechen nicht miteinander. Eine angespannte Stimmung füllt den ganzen Wagen. Wir haben schon die halbe Autobahnstrecke hinter uns. Die Wieneinfahrt liegt vor uns. Bis zu meiner Wohnung sind es noch ein paar lange stille Minuten.

„Weißt du, irgendwie würde ich gerne sagen, sie waren früher anders. Aber das wäre gelogen. Sie waren schon immer so.“ Müde reibt er sich die Augen.

„Tut mir leid für dich“, sage ich, weil mir nichts Besseres einfallen will.

„Als ich, glaube ich, dreizehn war, sind sie zwei Wochen in Urlaub gefahren.“ Düster blickt er mich an. „Sie haben vergessen, es mir zu sagen. Ich kam von der Schule nach Hause und war allein. Völlig außer mir bin ich durch das Haus gelaufen und habe jeden angerufen, den ich kannte. Niemand wusste, wo sie waren. Sie gingen nicht an ihr Handy. Irgendwann hat mich die Haushälterin gefunden, sie war einkaufen gewesen und richtete mir aus, dass meine Eltern weggefahren sind und ich die nächsten zwei Wochen alleine sein werde.“ Jan schluckt, bevor er weiterspricht. „Es war ihnen egal. Sie waren zu egoistisch, um sich um mich zu kümmern. Die erste Woche habe ich alleine in diesem Esszimmer, wo wir vorhin gesessen haben, gegessen, bis die Haushälterin und die Köchin zu ihren Familien gegangen sind. Als sie weg waren, habe ich alle Lichter angemacht, weil ich so das Gefühl hatte, das Haus wäre nicht völlig leer. In der zweiten Woche habe ich die Stille und Einsamkeit nicht mehr ausgehalten. Irgendwann habe ich jeden von der Schule eingeladen, den ich kannte, und so getan, als würde ich eine Party nach der anderen schmeißen, weil meine Eltern nicht da waren. Dabei wollte ich nur nicht jede Nacht alleine einschlafen müssen. Sie haben das Haus verwüstet. Das war meine Art, es ihnen heimzuzahlen … Ein Jahr später haben sie dasselbe wieder gemacht, waren auf irgendeiner Yacht. Sie haben nicht mal daran gedacht, mich zu fragen, ob ich mitkommen möchte. Also habe ich meine inzwischen legendären Partys geschmissen. Mit seiner Kreditkarte habe ich die Reinigungsfirma bezahlt. Er hat mich nicht einmal gefragt, was die Abbuchungen zu bedeuten haben. Nicht einmal das. Damals hat es aber nicht mehr gereicht, dass meine Freunde die halbe Nacht da waren. Denn irgendwann geht jede Party zu Ende. Doch ich wollte nicht allein sein. Also fing ich an, Mädchen zu küssen, bis sie über Nacht bleiben wollten."

Stumm nehme ich seine Hand. Das hat er mir nie erzählt. Jan hat nie wirklich zugegeben, wie einsam er als Kind war.

# Kapitel 17

### Ella - 2014

Der Kellner stellt duftende Pasta vor uns ab. Der Geruch von Kräutern und Käse steigt mir in die Nase. Sofort kribbelt es im Magen. Der Italiener war eine hervorragende Idee. Jan wollte mich unbedingt zum Essen ausführen, seitdem das Essen bei seinen Eltern eine derart unglückliche, wenn auch vorhersehbare Wendung genommen hatte. Zufrieden stecke ich die Gabel in die Mitte der Penne und gönne mir das herrliche Pesto.

„Kaum füttert man dich, hörst du gar nicht mehr auf, glücklich vor dich hinzugrinsen“, kommentiert Jan meine stille, genussvolle Nahrungsaufnahme.

„Stimmt.“

„Aber ich muss zugeben, das Essen ist auch fantastisch. Und ich sehe dir gern zu, wenn du isst.“ Frech zwinkert er mir zu.

„Hör auf, sonst bringe ich keinen Bissen mehr runter, wenn ich weiß, dass du mich dabei beobachtest“, warne ich ihn. Denn ich kann es nicht leiden, wenn man mich beim Essen anstarrt. Jan bricht etwas von dem Olivenbrot ab und füttert mich damit, ehe er sich den Rest selbst in den Mund schiebt.

„Was ich dir schon die ganze Zeit über sagen will … Wir müssen nie wieder zu ihnen gehen. Versprochen.“ Ernst studiert er meine Reaktion. Wie soll ich darauf reagieren? Sie sind seine Eltern. Natürlich wird er eine Beziehung zu ihnen haben und meinetwegen darf er das nicht aufs Spiel setzen. Schon gar nicht, wenn alles so läuft wie geplant. Der Gedanke an die nahe Zukunft schnürt mir die Kehle zu. Mein Appetit ist verschwunden und ich lege das Besteck auf die Seite.

„Was ist?“, fragt er. „Ich meine das ernst.“

„Ich weiß. Aber du kannst nicht so tun, als gäbe es sie nicht. Ich bin nicht gerade ein Fan deiner Eltern, aber wie man es auch dreht oder wendet, sie sind deine Familie, und als du den Unfall hattest, waren sie doch auch für dich da.“

„Was soll das, Ella?“ Jan schiebt seinen Teller von sich.

„Gerade du verteidigst sie?“

„Das tue ich gar nicht.“ Sanft schüttele ich den Kopf.

„Doch, tust du. Ich verstehe nur nicht, wieso.“ Eine unangenehme Stille entsteht zwischen uns. Jan erwartet von mir eine Erklärung, aber ich kann sie ihm nicht geben. Noch nicht.

„Und was den Unfall angeht … Ja, sie waren da. Etwa fünf Minuten lang. Danach haben sie mich den professionellen Händen der besten Ärzte und des allerbesten Pflegepersonals überlassen, das für Geld zu haben ist.“ Jan verschränkt die Arme über der Brust. Mir gefällt nicht, wie er mich ansieht. Als wäre ich der Verräter, als stünde ich auf ihrer Seite. Schuldgefühle steigen in mir hoch, die mich drängen, ihm endlich zu sagen, was mir auf der Seele liegt. Doch ich sehe hoch in seine blauen Augen und weiß, dass ich es nicht schaffe, ihm das zu sagen, was mir lange schon Bauchschmerzen bereitet. Ich sehe Jan an und alles, was ich erzählen möchte, bleibt mir im Hals stecken. Meine Feigheit ist wirklich das Letzte.

„Du hättest mehr gebraucht als das“, sage ich und will ihm eigentlich sagen: „Ich wäre gerne für dich da gewesen“, doch ich habe kein Recht, das zu behaupten.

„Vielleicht habe ich ja nicht mehr verdient“, murmelt er düster und nimmt dabei einen Schluck seines Mineralwassers. Seine Worte lösen ein Stechen in meiner Brust aus. Gerade als ich ihm klarmachen will, dass das völliger Blödsinn ist, streift mein Blick zufällig über die Bar. Moment, den blonden Kerl, der gerade an einem Bier nippt, kenne ich doch. Mir schießt Schamesröte ins Gesicht, als mir klar wird, wer dort sitzt. Offenbar hat das Universum beschlossen, dass es mir ein paar Steine zwischen die Beine schleudern möchte. Schnell zuckt mein Blick zurück zu Jan, der mir leicht irritiert ins Gesicht sieht.

„Ich … Mir ist etwas übel“, behaupte ich lahm. „Können wir das Essen nicht mitnehmen und gehen?“ Bitte sag, dass du auch gehen willst.

„Jetzt habe ich dir schon das zweite Essen diese Woche verdorben.“

„Nein, nein. Nur … mir ist im Magen nicht gut. Besser, wir gehen. Okay?“ Noch immer ein wenig vor den Kopf gestoßen, nickt Jan und sieht sich nach einem Kellner um, doch gerade ist keiner in der Nähe. Als er endlich eine junge Frau mit Schürze entdeckt, die am Ende des überfüllten Lokals bedient, ruft er laut: „Die Rechnung, bitte!“

Instinktiv drehen sich ein paar Leute von der Bar um. Leider ist darunter auch der blonde Mann, dessen Blick mich zuerst nur streift und kurz darauf durchbohrt. Seine dunklen Augen erkennen mich sofort. Bitte! Tu so, als würdest du mich nicht kennen.

Doch so viel Glück ist mir nicht beschieden. Während Jan der Kellnerin sagt, dass wir unser Essen gerne mitnehmen würden, und die Rechnung bezahlt, sehe ich die Katastrophe in Form eines blonden, mittelgroßen Mannes auf uns zukommen.

„Ich hätte nicht gedacht, dass ich dich je wiedersehe, Ella", lässt er mich wissen und spuckt meinen Namen aus, als würde er schlecht schmecken.

„Hallo, Manuel." Ich kann ihn kaum ansehen. Auch nach all dieser Zeit fühle ich mich immer noch elend und schuldig. Jan beobachtet uns, seit die Kellnerin mit unserem Essen verschwunden ist.

„Hallo. Ich bin Jan", stellt er sich vor und streckt ihm höflich die Hand entgegen, die Manuel ansieht, als wäre sie schmutzig. Seine dunklen Augen brennen förmlich, als er verdaut hat, wer da vor ihm steht und ihm die Hand geben will.

„Unfassbar. Du bist einfach unfassbar, Ella!" Kopfschüttelnd sieht er auf mich herab und verschränkt demonstrativ die Hände, um Jan zu zeigen, dass er seine Höflichkeit nicht erwidern wird. Wütend über die provokante Geste starrt Jan ihn an.

„Nur damit du es weißt: Ich kann es so gar nicht leiden, wenn jemand Ella anschnauzt." Mein Blick zuckt zu Jan, der Manuel bedrohlich ansieht. Sein Blick ist gefährlich, und wenn ich ihn aus Manuels Augen betrachte, bekomme ich fast Angst vor ihm. Der dunkle Dreitagebart und die gefährlich aussehenden Narben, die darunter hervorschauen, lassen Manuel kurz aufkeuchen. Doch er fängt sich schnell wieder. Die Wut lässt ihn unvernünftig werden, so ganz anders, als er eigentlich ist. Mir gefällt der Blick nicht, mit dem sich die beiden Männer messen. Ich muss etwas tun.

„Manuel, bitte lass es sein. Okay?"

„Du spinnst doch. Das hier ist mein Stammlokal. Meines. Und du tauchst hier ausgerechnet mit dem auf. Was denkst du dir dabei?!“, schreit er mich an. Inzwischen starren einige Leute auf den Tischen um uns zu uns herüber. Die Situation ist denkbar peinlich. Ich hatte es vollkommen vergessen. Als ich vorgeschlagen habe, hierher zu gehen, habe ich nur an das gute Essen gedacht und völlig vergessen, dass ich den Tipp von ihm habe. Ich habe nie an ihn gedacht und schäme mich sogar dafür.

„Es war keine böse Absicht, Manu. Ehrlich“, entschuldige ich mich für so viel mehr als für das peinliche Zusammentreffen. Doch er ist blind und taub für meine Worte.

„Du bist wirklich ein eiskaltes Miststück“, zischt er mir ins Gesicht und kommt mir dabei gefährlich nahe. So nahe, dass ich seinen heißen Atmen, der nach Bier riecht, spüren kann.

„Jetzt reicht’s mir aber.“ Jan steht auf und funkelt Manuel an. Ich hätte ihn nicht Manu nennen dürfen, damit habe ich ihn nur noch mehr provoziert. Es war ein dummer Reflex.

„Wenn du sie nicht in Ruhe lässt, kann ich für nichts mehr garantieren“, warnt Jan ihn. Als er zwei unsichere Schritte auf den kleineren Manuel zu macht, hoffe ich inständig, dass Manuel selbst in seinem Zorn sieht, dass Jans Gang ungleichmäßig ist. Ja, er hat es bemerkt, starrt kurz auf Jans Füße, ehe er ihn wieder hart ansieht.

„Und jetzt spielt er auch noch deinen Beschützer! Großartig, Ella. Ganz toll! Bist du mit ihm hierher gegangen, um mir zu zeigen, wer er ist? Um mir noch mehr wehzutun nach all der Zeit?“, will er von mir wissen. Ich schüttele den Kopf und merke, wie mir die Nase brennt. Wie kann er das nur denken? Für Manuel bin ich anscheinend die abscheulichste aller Frauen. Und irgendwie kann ich es sogar verstehen. Jan reicht es langsam. Er packt

Manuel am Kragen. Selbst kurz vor einem Tränenausbruch, wie ich in seinen traurigen Augen erkennen kann, hängt dieser nun in Jans Griff. Das kann ich ihm nicht antun. Er hat schon genug Demütigungen meinetwegen abbekommen.

„Lass ihn los, Jan!"

„Was?" Ungläubig starrt er zu mir.

„Bitte, Jan. Lass ihn los." Völlig durcheinander hört Jan auf mich. Ich schnappe mir meine Tasche und gehe auf die Kellnerin zu, die die Szene beobachtet hat und sich nicht getraut hat, näher zu kommen. Ohne die Take-Away-Boxen von ihrer Hand zu nehmen, stürme ich aus dem Lokal und hoffe, dass Jan mir folgt. Ich möchte hier nur noch raus, weg, so weit, wie ich kann. Hinter mir höre ich Jan meinen Namen rufen, doch ich bleibe erst bei der U-Bahn-Station stehen. So früh am Abend ist die Einkaufsstraße in der Mariahilfer Straße mehr als belebt. Ständig gehen Fremde an mir vorbei, während ich darauf warte, dass Jan mich einholt. Verzweifelt wünsche ich mir, im Erdboden zu versinken, denn Manuel ist der letzte Mensch auf dem Planeten, den ich je wiedersehen wollte, mal abgesehen von Jan, mit dem ich wieder irgendwie zusammen bin und zu dem ich genauso wenig ehrlich bin, wie ich es damals zu Manuel oder zu mir selbst gewesen bin.

„Hey, Ella." Schnaubend nach Atmen ringend holt er mich ein und packt mich am Oberarm. „Wer zum Teufel war dieses Arschloch und wieso hast du mich zurückgepfiffen?"

Immer wieder den Kopf schüttelnd, zeige ich ihm, dass ich nicht darüber reden kann, dass ich es nicht möchte.

„Du kannst doch nicht von mir verlangen, dass ich dabei stehe, wenn jemand so mit dir spricht!" Wütend zieht er die Schultern hoch. „Was erwartest du von mir? Soll ich einfach danebenstehen, wenn ein Arsch wie der dich vor allen Leuten anfährt?" Jan denkt, ich bin gegangen, weil er sich nicht im Griff hatte. Doch er irrt sich. Damit hat es nichts zu tun. Ich bin gegangen, weil ich nicht wollte, dass er Manuel noch mehr verletzt, als ich es ohnehin schon getan habe. Diese Demütigung wollte ich ihm ersparen.

„Ich möchte nicht darüber reden", murmle ich und lasse mich gegen seine Brust fallen. Ich fühle mich schrecklich.

„Aber ich möchte es." Jan umarmt mich und zieht mich auf eine der stark verwitterten Bänke neben dem Treppenabgang zur U-Bahn-Station. „Komm her und erzähl mir, wer der Typ war." Obwohl ich noch immer den Kopf schüttele, kommen die Worte wie von selbst aus meinem Mund. „Sein Name ist Manuel, Manu. So habe ich ihn immer genannt, als wir noch zusammen waren." Scharf atmet Jan ein, als ihm klar wird, dass dieser blonde Typ mein Ex ist. „Wie lange ging das mit euch?"

„Nicht lange. Gerade mal drei Monate. Aber ich hätte nie zulassen dürfen, dass es überhaupt anfängt." Müde presse ich die Augen zu und möchte die Erinnerungen sofort vergessen, die an die Oberfläche drängen.

„Wieso? Was hat er getan?", fragt er mich. Ich kann ihm ansehen, dass er sofort zurücklaufen würde, um ihm den Hals umzudrehen, wenn ich jetzt das Falsche sage. Doch ich sage ihm die Wahrheit, wenigstens darüber.

„Er hat gar nichts getan. Ich war es." Überrascht starrt er mich an.

„Ich habe schnell gemerkt, dass ich nicht dieselben Gefühle für ihn habe wie er für mich. Doch ich habe mir eingeredet, dass es schon funktionieren wird, wenn ich mir Mühe gebe. Von außen betrachtet, hätten wir nicht besser zusammenpassen können. Manuel ist Steuerberater, nett, lustig – auch wenn man das nach heute Abend kaum glauben kann –, sehr fürsorglich und wünscht sich eine eigene Familie. Jeder hat gedacht, wir seien das perfekte Paar.“ Jan rückt von mir ab. Es gefällt ihm offenbar nicht, was er zu hören bekommt, und ich wünschte mir, er hätte nicht danach gefragt.

„Und wieso hasst er dich nun so, wenn ihr doch so gut zusammengepasst habt?“ Den gekränkten Ton kann er nur schwer im Zaum halten.

„Weil ich bei ihm einen Fehler nach dem anderen gemacht habe“, gebe ich zu und starre auf die grauen Pflastersteine unter mir. „Mein erster Fehler war, überhaupt mit ihm auszugehen. Mein zweiter Fehler war, zu glauben, jemanden gernzuhaben würde reichen und mir helfen, über das mit uns hinwegzukommen.“

„Warte mal“, unterbricht er mich. „Wann hat das mit euch angefangen?“

„Etwa ein Jahr, nachdem wir uns getrennt haben. Jeder war so froh, mich endlich wieder glücklich zu sehen, dass ich mir eingeredet habe, glücklich zu sein. Manuel hat von Anfang an behauptet, ich sei die Richtige für ihn. Da hätte ich es schon beenden sollen. Aber ich habe mein Bauchgefühl, dem ich nicht mehr vertrauen konnte, einfach ignoriert. Ich wusste, er würde mir nie wehtun, und wollte glauben, dass es funktioniert.“ Düster blickt er mich an, bis ich den Blick ganz zu ihm hebe. Seine blauen Augen flehen mich an, ihm etwas nicht zu sagen, aber ich weiß nicht, was. Weil ich zu Jan nicht ehrlich sein kann, was meine Zukunft angeht, bin ich wenigstens ehrlich, was meine Vergangenheit angeht, und erzählte ihm, was zwischen Manu und mir passiert ist.

„Er hatte mir eine Woche zuvor gesagt, dass er mich lieben würde, und als ich es nicht erwidern konnte, wusste ich, dass ihn das sehr verletzt hat. Aber er hat es akzeptiert, wollte mir Zeit geben. Aber Zeit alleine war nicht das Problem. Eines Nachts hat er mich wachgerüttelt und mich angestarrt, als hätte ich im Schlaf versucht, ihn zu erwürgen. Als ich ihn fragte, was passiert war, sagte er mir, ich hätte im Schlaf den Namen eines anderen Mannes gemurmelt. Aber ich wollte es nicht wahrhaben. Ich konnte es nicht zugeben … Wenn ich einfach Schluss gemacht hätte …“

Wie sehr ich es bereue.

„Was ist passiert?“, fragt er mich sanft und rückt näher. Weil ich es nicht laut aussprechen kann, flüstere ich es ihm entgegen.

„Ich habe ihn Jan genannt … als wir miteinander geschlafen haben.“ Ich presse die Augen zusammen und die Tränen fließen. Den Schock und den Schmerz in Manus Augen, als es passiert ist, werde ich wohl nie vergessen. Ich bereue es so sehr und kann es niemals ungeschehen machen. Lange habe ich Jan dafür die Schuld gegeben und ihn dafür gehasst, dass ich ihn nicht loslassen konnte. Dass ich einen anderen, der all das absolut nicht verdient hat, seinetwegen so verletzt habe. Doch es war ganz alleine meine Schuld. Ich wollte glauben, dass ich über ihn hinweg war, und Manuel musste dafür büßen. Erbärmlich wie ich bin, schluchze ich Jans Schulter voll. Ich spüre seine Anspannung. Er weiß nicht, wie er darauf reagieren soll. Dann sind wir schon zwei.

„Deshalb hat er mich angesehen, als wäre ich sein schlimmster Alptraum.“ Stumm nicke ich an seiner Schulter.

„Das ist natürlich …“

„… absolut furchtbar. Schrecklich!“

„Warst du außer mit ihm noch mit jemand anderem zusammen?“ Das hat er mich schon einmal gefragt und dennoch kann ich verstehen, wieso er es nochmal wissen will.

„Nein. Danach habe ich beschlossen, mich nur noch auf die Arbeit zu konzentrieren und erst dann wieder etwas mit einem Mann anzufangen, wenn ich mir sicher bin, dass es richtig ist." Doch das ist nicht die ganze Wahrheit. Wenn das so wäre, hätte ich nicht angefangen, mit Jan ins Bett zu gehen, und ich hätte auch nicht zulassen dürfen, wieder etwas für ihn zu empfinden. Eine Stimme flüstert mir zu, dass ich ja einen Plan hatte. Aber im Moment habe ich keine Kraft mehr, mich selbst zu belügen. Vielleicht wäre es das Beste, ich würde reinen Tisch machen. Auch mit Jan. Wenn ich nur wüsste, wie. Fest wische ich mir die Tränen aus den Augen und sehe ihn an. Wie gerne ich ihn ansehe und wie sehr ich das Gefühl genieße, bei ihm zu sein. Gerade will ich etwas sagen, da legt er mir einen Finger auf die Lippen. Jan sieht mich so komisch an. Davon bekomme ich Herzklopfen und Magenschmerzen.

„Ella, wieso hast du ihn Jan genannt?"

Herrgott, du weißt, wieso! Zwing mich nicht, es auszusprechen. Ich bin nicht bereit dazu. Ich kann es nicht. Vielleicht kann ich mich nicht von Jan fernhalten, aber ich kann ihm nicht noch einmal mein Herz schenken, nicht völlig. Ich weiß, wie schnell und schmerzhaft es kaputtgehen kann. Ich weiß, wie sich das anfühlt.

Statt einer Antwort zucke ich mit den Schultern, als könne ich es mir selbst nicht erklären, was gelogen ist. Ich sehe es in seinen Augen, er weiß, wieso. Er weiß, was es bedeutet. Doch auch Jan hat nicht den Mut, es auszusprechen. Und dafür bin ich ihm dankbar, auch wenn das Stechen in meiner Brust mir etwas anderes weismachen will. Es ist besser so.

Auf dem Heimweg haben wir kaum miteinander gesprochen. Was hätte ich auch sagen sollen? Der Moment für die richtigen Worte war längst vorbei und Jan schien mir auf merkwürdige Weise abgelenkt und nachdenklich. Als wäre er dabei, eine Entscheidung zu treffen. Das macht mir Angst. Große Angst sogar. Kaum sind wir zurück in meiner Wohnung drückt er sich gegen mich und drängt mich an die Wand. Mein Gesicht wird von der glatten Wand gekühlt. Mir stockt der Atem. Was hat er vor?

„Wenn du mit mir zusammen bist, denkst du da je an einen anderen?“, verlangt er zu wissen. Sein schneller, heißer Atem streift mein Ohr, während er auf eine Antwort wartet.

„Nein. Nie. Ich denke überhaupt nicht viel … Ich fühle nur.“ Wenn Jan mich berührt, kann ich nicht anders, als ehrlich zu sein. Das ist gefährlich.

„Was fühlst du?“ Seine Hände wandern suchend und verlangend über meinen Körper, berühren mich überall.

„Dich. Und … mich. Ich fühle alles, fühle mich … lebendig.“ Gierig drückt er seinen Unterleib gegen mich und lässt mich spüren, wie sehr er mich will. „Dann fühlen wir dasselbe“, keucht er und hält meine Brüste in den Händen, wiegt und drückt sie. Hitze schießt dabei in meinen Schoß und Feuchtigkeit tritt aus, macht mich bereit für ihn.

„Warst du bei ihm auch so?“, will er wissen. Ich hasse, dass wir jetzt über Manuel reden. Er gehört nicht hierher. Jans Eifersucht ist völlig fehl am Platz, dennoch zeigt sie mir, wie viel ich ihm bedeute. „Sag die Wahrheit!“, warnt er mich und ich kann die Anspannung am Griff seiner Hände spüren, die sich in meine Hüften bohren.

„Nein. So bin ich nur bei dir“, gebe ich zu. Ich will, dass er das weiß.

„Gut. Ich könnte es nicht ertragen, wenn er dich so gesehen und gefühlt hätte wie ich.“ Jan dreht mich um und sieht mich von oben bis unten an, während ich mich bemühe, wieder zu Atem zu kommen, was mir nicht gelingen will.

„Ich kann den Gedanken nicht ertragen, dass er dir gegeben hat, was nur ich dir geben kann.“ Seine Stimme ist dunkler geworden, genau wie das Blau seiner Augen. Er beobachtet mich dabei, wie ich mich unter seinem Blick winde, und knöpft mein Kleid auf. Knopf um Knopf öffnet er mich weiter und befreit meinen Körper. Das unschuldig aussehende Hemdblusenkleid hängt an meinen Seiten herab, während Jan sich an meiner Unterwäsche zu schaffen macht. Seine fordernde Art bewirkt, dass ich wahnsinnig erregt werde und nicht wie sonst, seit wir uns wieder begegnet sind, die Initiative ergreife. Ich möchte, dass er mich führt, mich nimmt, so wie er es will. Und anscheinend hat Jan genau denselben Wunsch. Mit einer deutlichen Beule in der Hose kommt er wieder näher und zieht die Schalen des BHs zur Seite, so dass er meine harten Nippel sehen kann. Erregt streift er mit den Daumen darüber. Heiße Lava strömt mir dabei sofort in den Schoß.

„Ich will dich kosten und schmecken, so wie dich noch nie einer gekostet hat." Sein Kopf senkt sich auf meine Brust. Als er an meinen Brustspitzen saugt, stöhne ich so laut auf, dass ich mich selbst erschrecke.

„So ist es gut." Noch einmal leckt er neckend über meine Brustwarzen. „Lass mich hören, wie sehr du meinen Mund genießt." Wieder stöhne ich und bäume mich unter ihm auf. Jan treibt mich in den Wahnsinn und genießt es, ohne dabei selbst etwas zu verlangen. Als ich nach seinem Schritt fasse, hält er mich auf. „Später. Zuerst muss ich dir beweisen, dass ich dir alles geben kann, was du brauchst."

Erstaunt sehe ich ihn an. Da habe ich alles versucht, was ich mir vorstellen konnte, und ausgerechnet völlig unnötige Eifersucht und der Gedanke, mich an einen anderen Mann verlieren zu können, lässt sein männliches Selbstvertrauen hervorbrechen und wüten. Das ist mein Jan. Das ist der Jan, wie ich ihn kenne, besonders im Bett. Obwohl wir eigentlich noch im winzigen Flur stehen, zieht er mich ohne ein weiteres Wort nach drinnen und reißt mir auf dem Weg zum Bett das Kleid vom Leib. Sich fest an meinen Rücken schmiegend öffnet er den BH und stellt weiter Forderungen, die ich nur zu gerne erfülle. „Leg dich aufs Bett."

Ich tue, was er will, und kann förmlich spüren, wie seine Blicke mich verschlingen, während er sich schnell und hastig von seiner Kleidung befreit. Völlig nackt und deutlich erregt legt er sich zu mir ins Bett. Aber er berührt mich nicht. Noch nicht. Er legt seine rechte Hand um seinen Schwanz und drückt zu. Dieser Anblick alleine ist pure Ekstase. „Wenn du eine Ahnung hättest, was es mit mir macht, wenn ich dich so sehe … Du machst mich glücklicher und meinen Schwanz härter, als ich je für möglich gehalten habe", murmelt er vor sich hin, während er seine Erektion auf und ab streichelt. Gott, ich möchte ihn berühren. Er ist so schön, so männlich. Und er hat kein einziges Mal gehumpelt, seit wir durch die Tür sind, oder sich darum geschert, ob ich seine Narben sehe oder nicht. Als mir das klar wird, schlägt mir das Herz bis zum Hals, und ich möchte wissen, worüber er nachgedacht hat, während er auf dem Weg hierher so still gewesen ist. Als ich erneut nach ihm fassen möchte, stürzt er sich auf mich und verschlingt mich förmlich mit seinem Kuss. Es ist der erste Kuss, den er mir heute schenkt. Und er ist verlangend, zärtlich und voller Gier zugleich. Ich halte seinen Kopf fest, um den Kuss zu intensivieren. Dabei streifen meine Fingerspitzen seine Narben und ihn kümmert es nicht. Ein kleiner Teil von mir möchte vor Freude in Tränen ausbrechen, doch der größere Teil ist damit beschäftigt, Jans Küsse zu genießen und sich geliebt zu fühlen. Ich kann nicht fassen, dass ich mich wieder so fühle: geliebt, gewollt, begehrt und lebendig. Es ist zu viel. Das hier, dieser Kuss, alles zwischen uns ist so viel mehr als Sex und so viel mehr, als ich geben kann. Ich habe Angst, was es mit mir anrichtet. Wenn er nur die Wahrheit wüsste? Wenn ich nur zulassen könnte, ihm noch einmal aus vollem Herzen zu vertrauen. Aber ich weiß, dass ich es nicht kann, egal wie sehr ich es will. Deshalb, bevor ich alles verliere, nehme ich mir diesen Moment.

Ich küsse ihn genauso heftig zurück. Lasse meine Hände über seinen Körper wandern, als gehöre er mir. „Bald“, verspricht er mir immer wieder flüsternd und drückt seine Erektion gegen meinen Bauch. Küssend arbeitet er sich nach unten vor, hält kurz vor meiner Scham inne und sieht mich an. Mir bricht der Schweiß aus. „Ich möchte, dass du dich gehen lässt. Gib mir alles, was du hast. Versprichst du mir das, Liebling?“ Ich nicke heftig. Mein Herz tut weh und mein ganzer Körper brennt, vor allem die Scham steht in flüssigen Flammen. Er hat mich zum ersten Mal seit Jahren so genannt. Ich glaube, er hat mich nur ein Mal so genannt, als ich die Grippe hatte und nach drei Tagen Fieber noch immer nichts essen wollte. Da hat Jan mir eine Suppe geholt und gesagt: „Versuch wenigstens etwas zu essen, Liebling!“

Doch alle Gedanken und Erinnerungen verflüchtigen sich, als Jan seinen Mund auf meine geschlossene Scham drückt. Zart streift er mit seinem warmen Mund darüber, bis ich keuche. Ich habe das Gefühl, zu hyperventilieren, als wäre es zu viel Lust, zu viel Hunger, der gestillt werden will. Jetzt. Mit geschlossenen Augen nehme ich wahr, wie er meine Schenkel packt und mich weit öffnet. Ich liege nackt und vollkommen offen vor ihm. Wie verletzlich ich mich fühle, erfasse ich gar nicht vollständig, denn Jans Hunger jagt ein Gefühl nach dem anderen durch mich hindurch. Als seine Zunge sich durch mein feuchtes Fleisch gräbt, schreie ich auf und drücke ihm dabei meinen Unterleib entgegen. Davon will ich mehr. Mehr von ihm. Da er von mir verlangt hat, mich gehen zu lassen, verliere ich jede Hemmung. Meine Finger finden seinen Kopf, fahren durch seine Haare und drücken ihn erneut an mich.

„Ich liebe es, dich zu kosten, zu schmecken, was mir gehört“, haucht er gegen meinen Schoß, ehe er sich wieder über mich schiebt und mir einen Kuss gibt. Seine Zunge verteilt meine Erregung und lässt mich mein Verlangen nach ihm schmecken. Jeder Gedanke an Scham ist mir fremd, als ich meine Zunge um seine schlinge und ihm zeige, wie sehr er mich aus der Fassung bringt. Ich sehe nach unten und beobachte, wie sein dunkler Haarschopf erneut meinen Schoß bedeckt. Immer wieder kreist seine Zunge um meine Klitoris, jagt elektrische Wellen über meinen Körper und bringt mich dem Höhepunkt gefährlich nahe, der schnell und erschütternd beginnt, als er seine Zunge in mich bohrt. Schreiend komme ich unter ihm, während er mich leckt und meinen Orgasmus schmeckt, wie ich seinen vor kurzem ausgekostet habe.

„Du bringst mich um, wenn ich dich so sehe“, flüstert er mir ins Ohr, während ich erschöpft unter ihm liege, befriedigt, aber nicht völlig satt.

„Bitte“, flehe ich. „Nimm mich, Jan. Schlaf endlich mit mir!“

Ohne zu zögern, schiebt er sich über mich. Wie ich es liebe, sein Gewicht auf mir zu fühlen. Eigentlich dachte ich, diese Stellung wäre zu schwer für sein Knie. Doch jeden Einwand, den ich erheben möchte, küsst er sanft von meinen Lippen, öffnet stattdessen meine Schenkel, bis ich seinen Schwanz an meinem Eingang fühle. Er pflügt durch mich hindurch, bis ich stöhnend die Beine um ihn schlinge und er nass genug ist, um in mich einzudringen. Jeden Zentimeter, den er sich in mich schiebt, genießt er stöhnend und heftig atmend. Dabei sieht er mich an. Seine blauen Augen starren offen in meine. Ich möchte ihm sagen, wie sehr ich ihn liebe, wie sehr ich es liebe, ihn so spüren zu können. Doch ich kann nicht. Ich kann einfach nicht. Also zeige ich ihm, was ich nicht zu sagen im Stande bin. Ich küsse sanft seine Lippen, stöhne ihm in den Mund

und streichle sein Haar, während er beginnt, sich in mir zu bewegen.

„Ella … du fühlst dich so himmlisch an.“ Keine Sekunde lang sieht er weg. Ich fühle mich gefangen genommen, aber das Gefühl ist schön. Seine blauen Augen bringen mich um.

„Ich möchte mehr von dir fühlen“, seufze ich. „Viel mehr.“

Jan zieht mich etwas nach unten, verlagert sein Gewicht noch mehr auf seine Knie und stößt zu, bis ich ihn tief in mir fühlen kann. Immer schneller und tiefer werden seine Stöße, bis wir beide keuchend und küssend dem Höhepunkt entgegenjagen. Wir bewegen uns so perfekt zusammen, als wären wir füreinander geschaffen. Als ich fühlen kann, wie meine Wände sich um ihn zusammendrücken, stößt er ein letztes Mal zu, trifft einen besonderen Punkt in mir und wird starr. Sein Höhepunkt entlädt sich, und als er in mir zuckt, halte ich ihn bebend gefangen. Wir explodieren gemeinsam, zur selben Zeit, und starren uns mit offenen Augen an, ehe wir uns ungeschickt küssen. Ich falle als Erstes zurück, gleite von Jans Lippen. Er bricht über mir zusammen und lässt sich auf mich fallen. Heftig atmend liegt er auf mir und ich unter ihm. Ich kann fühlen, wie hart sein Herz gegen seine Brust und gegen meine schlägt. Daher weiß ich, dass auch er dasselbe von mir fühlen muss.

Jan steckt noch immer in mir, und ich bereite mich auf den Moment vor, wenn er aus mir gleitet, zusammen mit diesem merkwürdigen Gefühl von Verlust. Doch dieses Mal denkt er nicht daran. Er hebt den Kopf und sieht mich an.

„Du weißt es doch, oder? Du weißt, dass wir zusammengehören, Ella.“ Wie soll ich das nicht fühlen? Wie soll ich dagegen ankämpfen, wenn er noch in mir ist? Wenn ich fühle, wie sehr ich ihn noch immer will. Er sieht mich an, verlangt, dass ich es zugebe. Dabei drückt er leicht zu, so dass ich seinen halbschlaffen Schwanz, der in unseren gemeinsamen Säften badet, in mir fühlen kann.

„Gib es zu!"

„Ich weiß, dass ich mich nie mit jemandem so fühlen werde wie mit dir." Das ist alles, was ich ihm sagen kann. Zumindest ist das die Wahrheit, auch wenn es nur ein winziger Teil dessen ist, was ich wirklich für ihn empfinde. Langsam zieht er sich aus mir zurück. „Für den Moment ist es genug … Wir fangen ja gerade erst wieder an."

Jan irrt sich – und wie er sich irrt. Wenn wir irgendwo stehen, dann am Anfang vom Ende. Doch das weiß er nicht. Als ich mich umdrehe, verstecke ich die Tränen vor ihm, die dieser Gedanke mit sich bringt.

# Kapitel 18

## Ella - 2014

Keiner von uns hat einen Blick für die wunderschöne Aussicht der Dachgeschossbar. Dafür sind die Meinhardt und ich viel zu sehr damit beschäftigt, uns gegenseitig anzugiften. Und das auch noch vor allen Gästen, die zum Glück am Nachmittag eher spärlich die Bar ausfüllen.

„Ich habe am Freitag die Auftragsanweisung gefaxt und dir per Mail geschrieben, dass du am Montag nachfragen sollst, wenn sie nicht unterschrieben retour kommt, weil ich nicht da war. Was also ist dein Problem?" Inzwischen zische ich sie nur noch an. Mein kontrolliert höflicher Tonfall ist längst verschwunden.

„Mein Problem", kreischt sie, „ist, dass wir nun keinen verbindlichen Auftrag haben, und die Veranstaltung findet schon übermorgen statt." Dann hätte sie sich mal darum gekümmert. Typisch. Sie liest meine Mails nicht, obwohl ich sogar unseren Vorgesetzten Herrn Peters in den Verteiler nehme, und jetzt soll ich ihre Versäumnisse ausbaden. Es ist immer dasselbe. Mir reicht es.

„Der Kunde geht davon aus, dass alles wie geplant stattfindet. Wie ich dir nun schon zum fünften Mal sage, habe ich mit ihm telefoniert und er wird die Bestätigung noch heute schicken.“ Missmutig zieht sie daraufhin ihre stark bemalten Lippen zu einem dünnen Strich. Hätte sie mir zugehört, die ersten drei-, viermal, stünde sie jetzt nicht dumm da.

„Trotzdem … Eine derartige Schlamperei sollte nicht zu unserem Service gehören“, wendet sie ein und blickt mich hochmütig an. Das Schild mit der Aufschrift „Managerin“ auf ihrer teuren Bluse verhöhnt mich geradezu.

„Und wie hätte ich deiner Meinung nach reagieren sollen?“, keife ich sie an, weil ich es hasse, ihr Rede und Antwort stehen zu müssen, selbst für Fehler, die sie gemacht hat, nur weil sie de facto über mir steht.

„Du hättest mich daran erinnern können. Wie du weißt, besitze ich ein Firmenhandy.“ Lena funkelt mich an, während sie auf meine Erwiderung wartet. Was soll ich darauf sagen? Die Wahrheit? Ich war an diesem Tag dabei, mich von den Eltern meines Nicht-und-doch-irgendwie-Freundes demütigen und beleidigen zu lassen? Unmöglich.

„Soweit ich weiß, bin ich nicht deine Sekretärin, und jeder Manager ist selbst für seine Termineinhaltungen zuständig … Aber wir können gerne diese Sache mit Herrn Peters besprechen“, entgegne ich stattdessen. Obwohl meine Stimme hart und ruhig klingt, brodelt in mir ein wütender Strom, der mir die Kehle zuschnürt. Die Meinhardt weiß genau, dass sie keine Chance hat. Ich habe meine offenen Aufträge per Mail übermittelt, und er selbst hat die Vorgabe bestimmt, dass kein Manager eine eigene Assistentin oder Sekretärin bekommt.

Lena schnappt sich ihre Mappe und presst sie fest an die Brust. Wütend funkeln wir uns über die Bar hinweg an. Der arme Barmann hat längst die Flucht ergriffen und kümmert sich um die Gäste. Sie setzt zum Abgang auf ihren Zwölf-Zentimeter-Absätzen an. Doch ehe sie verschwindet, lehnt sie sich noch ein letztes Mal nahe an mich heran. Zu nahe. Ich kann ihr schweres Parfüm deutlich riechen.

„Du denkst, du bist eine ganz Schlaue“, zischt sie mir flüsternd zu. „Aber vergiss nicht, solange ich hier bin, wirst du niemals Managerin in diesem Hotel, Ella!“

Als sie in ihrem teuren Kostüm zum Aufzug stolziert, kann ich das Brennen in meinem Bauch kaum noch aushalten. Denn ich weiß, sie hat recht. Und mir steht eine Entscheidung bevor, die ich treffen muss, wenn ich das ändern will.

Erst jetzt bemerke ich, dass Sascha am Ende der Bar wartet. Offenbar war es selbst ihm zu gefährlich, in den Zickenkrieg zu geraten. Langsam kommt er näher und setzt sich auf den Hocker neben mir.

„Josef, gib unserer armen Ella einen Hoteltröster!“ Nickend macht der junge Barmann sich an seine Arbeit und mixt verschiedene, starke Alkohole mit ein wenig Sahne und anderen Zutaten zusammen. Bei der Erinnerung, wie der Drink damals entstanden ist, muss ich fast schmunzeln.

Es war in meinen ersten Monaten hier. Das Hotel war ganz neu eröffnet, und alle haben wie verrückt daran gearbeitet, dass es auch ein Erfolg wird. Wenn das Hotel No.1 nicht gebaut und eröffnet worden wäre, hätte ich nie, so kurz nach meiner Ausbildung, einen Posten in der Hotelführung bekommen. Peters hat schon nach einem halben Jahr, in dem ich fast nur gearbeitet habe, erkannt, dass ich das hier unbedingt will, und mich gefördert. Ihm ist es zu verdanken, dass ich den Eventbereich fast gänzlich alleine führen kann. Na ja, fast. Genau zur selben Zeit ist Sascha zu uns gestoßen. Er wurde von einem anderen Hotel abgeworben und hat sofort alles im Griff gehabt. Vom ersten Augenblick an haben wir uns verstanden, aber Freunde wurden wir erst durch diesen speziellen Notfall-Drink. Es war am Abend eines langen Tages gewesen. Ich habe mich hierher hochgeschleppt und mich von der Aussicht auf den beleuchteten Stadtpark trösten lassen und Sascha hing mit seinem Kopf in einem sahnigen Cocktailglas. Es war der erste Arbeitstag mit Lena Meinhardt gewesen, und mir dämmerte sofort, dass sie mir meine geliebte Arbeit zur Hölle machen würde. Der einzige Mensch in dieser stylischen Bar, der unglücklicher aussah als ich, war Sascha gewesen. Also habe ich mich zu ihm gesetzt. Die bunten Lichter der Deckenverzierung tanzten auf seinem traurigen, schönen Gesicht, während er abwesend am Strohhalm sog.

„Sieht aus, als würde der Drink nicht helfen", kommentierte ich und versuchte ihm ein aufmunterndes Lächeln zu schenken.

„Das kommt noch", versicherte er mir. „Du siehst aus, als ob du auch so einen gebrauchen könntest." Dankbar nickte ich. „Josef, du hast es gehört. Mach Frau Vogel einen Hoteltröster." Der Name brachte mich zum Lachen. Genau das hatte ich gebraucht. „Ella. Bitte!"

„Ella", sagte er zu mir und erhob sein Glas. „Ich glaube, das ist der Beginn einer wunderbaren Freundschaft."

Ganz genau wie damals stellt Josef den sahnigen, starken Cocktail auf eine Serviette, die das Hotellogo ziert, vor mir auf die Bar. Ein merkwürdiges Gefühl von Déjàvu stellt sich ein.

Sascha und ich schlürfen gleichzeitig an unseren Strohhalmen. Merkwürdig. Damals war er derjenige mit Liebeskummer und ich diejenige mit Arbeitsstress. Nun habe ich es geschafft, beides gleichzeitig abzubekommen. Bitter schnaube ich und schüttele den Kopf. Er weiß, wie sehr mir die Situation mit der Meinhardt seit Jahren an die Nieren geht.

„Und … hast du schon die Zusage bekommen?“, fragt Sascha.

„Ja.“

„Und du zögerst … seinetwegen?“

„Ja.“

„Du musst es ihm sagen.“

„Ich weiß“, sage ich niedergeschlagen.

Ernst sieht Sascha mich von der Seite an.

„Ella, sei nicht sauer … Aber könnte es sein, dass du wolltest, dass er sich nochmal in dich verliebt? Weil er dir damals das Herz gebrochen hat und du ihm zeigen willst, wie sich das anfühlt, wie weht das tut, indem du davonläufst?“

„Nein! … Ja … Vielleicht.“ Ich seufze. „Ich wollte ihm helfen, ganz ehrlich. Aber da gibt es auch einen Teil in mir, der ihm zeigen will, wie weh er mir getan hat, als er damals auf seine Weise gegangen ist. Dieser dunkle Teil in mir wünscht sich, dass er dafür büßt. Aber Sascha … nach allem, was ihm schon passiert ist, will ich das gar nicht mehr. Ich wollte es nie wirklich. Und seit wir wieder … seither bin ich völlig durcheinander … Ich war so dumm … Ich dachte, ich könnte wieder etwas mit ihm anfangen, ihn heilen oder ihm dabei helfen, wieder in die Spur zu finden, und mich dabei nicht verlieben. Ich hab mir eingeredet, es ginge um sein Bein oder um die Narben. Doch eigentlich habe ich nur nach einer Ausrede gesucht, um wieder bei ihm zu sein.“

„Ich weiß, Kleines. Ich weiß. Aber was machst du jetzt? Du musst es ihm sagen … Es läuft doch gut zwischen euch. Ich sehe doch, wie er dich ansieht. Vielleicht könntet ihr …“

Heftig schüttele ich den Kopf. Ich möchte mir keine Illusionen machen. Das kann ich mir nicht leisten.

„Ja, es läuft gut zwischen uns. Es lief auch damals gut zwischen uns. Wir waren glücklich und verliebt und trotzdem ist es kaputtgegangen. Nochmal kann ich das nicht. Vielleicht ist das Timing ja genau richtig“, sage ich, obwohl sich mein Innerstes beim bloßen Gedanken daran verkrampft.

„Triff nur keine falsche Entscheidung aus Angst, Ella.“ Sanft legt Sascha seine Hand auf meine Schulter. „Du könntest dabei sein, einen großen Fehler zu machen. Und meistens bemerkt man die erst, wenn es zu spät ist … Ich spreche aus Erfahrung.“

# Kapitel 19

Ella - 2014

Jan blickt mich überrascht an, als er die Tür öffnet.

„Hi. Kann ich reinkommen? Ich muss mit dir reden."

„Ja. Natürlich." Ich atme ein und halte die Luft an, während ich mich an ihm vorbeischiebe.

„Was gibt es denn?", fragt er mich gut gelaunt. Ich blicke über die Schulter zurück und sehe, dass er nur Jeans und ein altes T-Shirt trägt. Barfuß geht er hinter mir ins Wohnzimmer. Er sieht so gut aus, und ich wünschte, ich wüsste nicht, wie unglaublich gut er sich anfühlt. Die Luft endlich aus meiner Lunge lassend, setze ich mich auf die riesige Couch. Die leichte Jacke lasse ich an, denn ich fürchte, dass er mich vielleicht bald bitten wird, zu gehen. Ich sehe mich nicht um, wie ich es in dieser tollen Wohnung sonst immer tue. Vielmehr konzentriere ich mich auf Jan und auf die Worte, die ich mir zurechtgelegt habe. Mit jeder Minute, die vergeht, kommen sie mir unpassender vor. Ich bin nervös, schrecklich nervös.

„Was gibt es denn?", will er wissen und setzt sich mir

gegenüber, etwas nach vorn geneigt, so als wolle er mir möglichst nahe sein. Ein Schauder läuft mir über den Rücken. Ich schaffe es kaum, ihm in die blauen Augen zu sehen.

„Ich muss dir etwas sagen, und ich bin mir ziemlich sicher, dass es dir nicht gefallen wird“, beginne ich.

„Versuch’s mal. Worum geht’s?“ Gute Frage. Mein zurechtgelegter Vortrag löst sich gerade in Luft auf und ich muss improvisieren.

„Um meine Arbeit … um uns, irgendwie um alles …“

Seufzend bemerke ich, dass meine Hände zittern. Das wird noch viel schwerer, als ich mir vorgestellt habe.

„Ehrlich gesagt, wollte ich auch schon mit dir reden … über uns.“ Wieso muss er nur so ruhig sein? Jan wirkt ernst und sehr entspannt, während ich zerspringen könnte. Mein Herz schlägt mir bis zum Hals, und ich weiß jetzt schon, dass ich es vermasseln werde. Ganz sicher. Also lasse ich ihm feige den Vortritt, um das Unvermeidliche hinauszuzögern.

„Weißt du, das mit uns hat so schnell angefangen, dass wir nie wirklich darüber geredet haben, was es eigentlich bedeutet.“ Ich nicke bloß, denn alles, was er sagt, stimmt.

„Ich habe ernst gemeint, was ich neulich Nacht gesagt habe. Das hatte nichts mit dem Sex zu tun. Na, jedenfalls nicht nur“, verbessert er sich.

„Wir gehören zusammen, Ella.“ Fest packt er meine Hand und drückt sie. Seine Hände sind so warm und schön und sie fühlen sich schmerzhaft vertraut an. Etwas zieht sich fest in meiner Brust zusammen, als ich auf unsere verschränkten Hände sehe. Er wird mich hassen! Aber vielleicht ist das auch gut so. Das macht es leichter.

„Es gab eine Zeit, da habe ich das auch mal gedacht, Jan. Und damals war ich mir sicher, dass es dir genauso ging. Aber wir beide wissen, dass ich mich geirrt habe.“

Heftig schüttelt er den Kopf. Er will nicht, dass ich dieses Thema zur Sprache bringe, aber es muss sein.

„Da war ich noch ein anderer. Das war davor!“

„Wovor?“, frage ich scharf und lasse dabei seine Hand los.

„Vor dem Unfall, vor uns. Danach hat sich alles verändert … *Ich* habe mich verändert. So ein Fehler wie damals würde mir nie wieder passieren. Das musst du mir glauben, Ella!“ Flehentlich bohren sich seine Augen in meine. Und ich kann es sehen, kann sehen, dass er das wirklich glaubt. Aber ich bin mir nicht sicher. Ich habe das Vertrauen in uns schon einmal komplett verloren. So etwas vergisst man nicht. In einem Fall hat Jan recht. Wir vergessen die Narben, die wir tragen, niemals, wir lernen nur, mit ihnen zu leben.

„Ich möchte dir glauben. Wirklich! Ich möchte es so sehr.“

„Aber du tust es nicht. Du hast kein richtiges Vertrauen in mich, in uns.“ Erschrocken über diese Erkenntnis zieht er sich zurück und blickt mich scharf an. Ich muss es ihm sagen.

„Jan, im Moment spielt das alles keine Rolle.“

„Was?“, brummt er.

„Jan, ich … es gibt einen Job für mich, einen Job, auf den ich schon lange warte. Als wir uns getroffen haben, wiedergetroffen, wie auch immer, hatte ich eine Verabredung mit einer Frau aus der Hotelgruppe, einer guten Bekannten, die unser Hotel und einige Partnerhotels betreut.“

Mir ist schlecht.

„Was hat das mit uns zu tun?“, verlangt er zu wissen.

„Jan, der Job, den sie mir anbieten, auf den ich seit einem Jahr warte … Er ist in Berlin.“ Ich senke meinen Blick. Jan steht auf und geht vor mir auf und ab. Ich kann förmlich spüren, wie seine wütenden Blicke auf mir landen.

„Du weißt also schon die ganze Zeit über, dass du nach Berlin gehen wirst“, murmelt er über meinem Kopf. Seine Stimme klingt kalt. Ich hebe den Blick und starre in seine abweisende Miene, die mir fast schon körperlich wehtut.

„Nein, nicht die ganze Zeit über. Ich wusste immer, dass jederzeit die Möglichkeit besteht, dass ich die Zusage für Berlin bekomme.“ Nachdenklich studiert er mein Gesicht.

„Wieso hast du mir nichts gesagt? Von welchem Zeitraum reden wir hier eigentlich?“

„Sechs Monate. Der Job als Hotelmanagerin in Berlin geht über ein halbes Jahr, bis die dortige Managerin aus der Babypause zurückkehrt. Es ist meine einzige Chance so einen Posten in der Hotelgruppe zu bekommen. Nur dann kann ich zurückkommen und im Hotel No.1 als richtige Managerin anfangen, gleichberechtigt.“

„Es ist wegen dieser Zicke, dieser Meinhardt, nicht wahr?“ Wieder nicke ich bloß. Wenn ich nur nicht so dumm gewesen wäre, mich wieder in ihn zu verlieben.

Habe ich denn je wirklich damit aufgehört?

„Du hast die andere Frage noch nicht beantwortet“, wirft er mir vor.

„Wieso ich dir nichts gesagt habe?“ Er nickt und verschränkt abwartend die Arme vor der Brust, als wolle er sich vor mir schützen, was ich ihm nicht verdenken kann.

„Weil das hier, das zwischen uns, nicht auf Dauer geplant war“, gebe ich zu. Ich spüre die Enttäuschung, die er fühlt, förmlich in der Luft. Leider weiß ich genau, wie sich das anfühlt. Seinetwegen.

„Nicht geplant. Soso. Ich wusste nicht, dass irgendwas davon geplant war.“ Wütend presst er die Lippen aufeinander.

„So war das nicht gemeint. Ich wollte doch nur, dass … Ich dachte, du brauchst mich und ich …“

„Was? Hattest du Mitleid mit mir?“

„Nein. Darum ging es nicht. Ich wollte, dass du wieder so bist wie früher, so lebendig und lebensfroh, und ich konnte nicht ertragen, wie hart und verzweifelt du warst. Du bedeutest mir zu viel, als dass ich einfach so vergessen hätte können, wie dreckig es dir geht.“ Er versteht es nicht. Wie auch? Ich verstehe es auch nicht.

„Na schön. Du dachtest, ich brauche dich und weiter …? Dachtest du, du kümmerst dich ein bisschen um mich, springst so lange ins Bett mit mir, bis ich wieder der Alte bin, und ziehst dann deiner Wege? Projekt: Hilfs- und Rettungsaffäre, oder was?“ Schnaubend dreht er sich von mir weg, als könne er meinen Anblick nicht länger ertragen.

„Nicht wirklich, ich wollte doch keine Affäre mit dir anfangen und dich dann geplant abservieren … Es ist einfach passiert, und je länger es ging, desto schwieriger wurde es, dir von meinen Plänen zu erzählen.“ Ich zucke mit den Schultern. Ohne mich anzusehen, sagt er: „Du hättest es mir trotzdem sagen müssen.“

Ich komme von der Couch hoch und drehe ihn an der Schulter zu mir. „Du hast ja recht. Das hätte ich. Es tut mir leid.“

Seine blauen Augen sehen traurig in meine.

„Was hat dir das hier eigentlich bedeutet?“, fragt er mich und flüstert es beinahe schon. Wenn ich ihm die Wahrheit sage, komme ich nie von ihm los, und er wird mir früher oder später wieder das Herz brechen, auch wenn er es nicht will. Also lüge ich.

„Ich wollte mich wieder so fühlen wie damals, als es zwischen uns angefangen hat, lebendig, begehrt und glücklich. Nur du scheinst in der Lage zu sein, mich das fühlen zu lassen. Ich wollte nicht, dass sich alles so entwickelt. Dass ich mich nochmal so heftig verliebe.“ Vorsichtig! Ich gebe jetzt schon zu viel zu. Viel zu viel.

„Dann spürst du das auch. Ich wusste, du weißt, dass

wir zusammengehören“, haucht er mir entgegen und drückt mich an sich. Ich kann nicht denken, wenn er mir so nahe ist. Alles, was ich dann spüre, ist seine Nähe, sein Körper und mein starkes Verlangen. Und mein Herz, das ihm zufliegt.

„Jan, das … Wir können das nicht länger machen“, lasse ich ihn wissen, als er gerade dabei ist, mir die Jacke von den Schultern zu ziehen.

„Wieso nicht?“, will er abgelenkt wissen und küsst meinen Hals. Ich schließe die Augen und unterdrücke ein Schaudern.

„Weil ich für sechs Monate wegziehe.“ Bleib vernünftig!

„Was sind schon sechs Monate. Ich werde dich vermissen – und wie. Aber ich kann dich besuchen. Das geht schon irgendwie“, murmelt er und arbeitet sich meinen Hals entlang.

„Nein, Jan. Nein“, stöhne ich. Mir ist schlecht. Ich habe das Gefühl zu ersticken.

„Wieso denn nicht?“, fragt er verwirrt.

„Weil es keinen Sinn hat.“ Heftig drücke ich ihn von mir weg. „Wir können nicht zusammen sein, nicht auf Dauer. Ich habe dir schon einmal geglaubt, als du sagtest, ich sei die Richtige. Noch einmal kann ich das nicht durchstehen, wenn es wieder schiefgeht.“ Anklagend starre ich ihm ins Gesicht.

„Wieso nur kannst du nicht sehen, dass es nicht wie damals ist?“

„Vielleicht weil ich damals auch nicht gesehen habe, dass es nicht so war, wie ich geglaubt habe.“

„Du musst Vertrauen haben“, brüllt er mich an. Wir streiten. Ich kann nicht genau sagen, wann es begonnen hat, aber wir streiten uns.

„Vertrauen worauf? Darauf, dass du nicht bei der erstbesten Gelegenheit kneifen wirst? Worauf soll sich denn dieses Vertrauen gründen, Jan?“

Darauf hat er also keine Antwort. Wie erwartet.

„Auf meine bisherige Erfahrung in einer Beziehung mit dir bestimmt nicht. Wie soll ich jemandem vertrauen, der wegläuft, wenn er Angst hat? Ich meine, sieh dich an.“

Ich hasse mich für das, was ich gleich sagen werde. „Du hast einen Unfall und bist schrecklich verletzt worden. Das ist schlimm. Es tut mir in der Seele weh … Und wie gehst du damit um? Du ziehst dich vor allem zurück. Gibst dich auf, gibst das auf, was dir als Einziges im Leben wirklich etwas bedeutet hat. Ich meine, hast du je wieder einen Entwurf gemacht seither oder hast du dich um einen neuen Job umgesehen? Versuchst du etwas gegen die Schmerzen im Bein zu unternehmen? Nein. Du machst dir lieber etwas vor. Herrgott, du sprichst ja nicht einmal darüber. Ich weiß bis heute nichts über deinen Unfall oder deine Zeit im Krankenhaus. Du tust so, als gäbe es einen Jan davor und einen danach. Und was ist mit dem Jan dazwischen? Wie ist der so anders geworden? Was ist mit dir passiert? Was hat dich anders gemacht? Du redest einfach nicht darüber, auch nicht mit mir!“ Schwer atmend lasse ich mich mit der Hüfte gegen den Esstisch fallen. Ich fühle mich müde und ausgelaugt, habe Dinge gesagt, die ich sagen musste, auch wenn ich es bereue.

„Vielleicht stimmt es ja, was du sagst. Es fällt mir schwer, darüber zu reden. Ich dachte, wenn ich dich habe, wenn ich mit dir schlafe und wir nicht reden müssen, wäre es leichter. Für dich und auch für mich. Aber was mir am meisten zu schaffen macht, ist, dass du das alles als Ausrede nutzt, um deine eigene Feigheit zu rechtfertigen. Du hättest mich einfach stehen lassen können, damals, als es wieder angefangen hat. Aber du hast dich anders entschieden. Du hast mich dazu gebracht, dich noch mehr zu wollen. Du hast mit deinem Körper gegen meine Angst angekämpft – und denk ja nicht, ich wüsste nicht, dass dir das nicht leicht gefallen ist. Ich kenne deine Schüchternheit, auch wenn du sie inzwischen gut verbergen kannst. Aber du hast sie für mich überwunden. Wieso das alles, wenn du nicht mit mir zusammen sein willst?“

„Weil ich dich liebe! Verdammt noch mal.“ Mit Tränen in den Augen starre ich ihn an. Selbst Jans Augen glänzen nun.

„Aber du vertraust mir nicht. Jedenfalls nicht genug.“ Schluchzend stehe ich vor ihm und verziehe bedauernd den Mund.

„Wenn du mir wieder vertrauen könntest, würdest du uns dann eine Chance geben?“ Blass geworden hält er meinen Blick. Doch ich möchte nicht lügen und schüttele leicht den Kopf.

„Ich verstehe“, meint er bitter. „Darf ich wenigstens fragen, wieso selbst dann nicht?“ Fest presst er eine Hand zur Faust und drückt sie gegen seinen Oberschenkel.

„Du möchtest keine Kinder.“ Verheult schnappe ich nach Luft und sage es einfach: „Ich schon.“

Jan schließt die Augen. „Unser altes Problem.“

„Du hast deine Meinung dazu nicht geändert?“, frage ich. „Eigentlich nicht … Ehrlich gesagt, habe ich schon lange nicht mehr darüber nachgedacht.“ Jan macht einen letzten Versuch und dafür liebe ich ihn umso mehr, auch wenn wir sinnlos sind. Wunderschön, total chaotisch, bittersüß, aber sinnlos.

„Und du willst mir nicht die Zeit geben, um dein Vertrauen zu gewinnen oder mir die Sache mit den Kindern zu überlegen?“

Ich kann nicht. Ich habe zu viel Angst. Hoffnung ist wie eine Droge, die dich mit nichts zurücklässt, wenn sie mit dir fertig ist. Diese bittersüße Erfahrung hat mich der erste Versuch mit Jan gelehrt.

„Dann bist du eigentlich gekommen, um dich zu verabschieden.“ Müde fährt er sich übers Gesicht und setzt sich wieder auf die Couch. „Ich glaube das einfach nicht. Du sagst mir, dass du mich liebst, und dann gehst du einfach nach Berlin und machst Schluss.“ Kopfschüttelnd sieht er mich an wie ein unlösbares Rätsel, von dem er dachte, er hätte es endlich verstanden. Genauso geht es mir mit ihm.

„Manchmal ist Liebe nicht genug“, sage ich.

„Das hätte von mir stammen können, von vor vier Jahren.“

„Das tut es auch. Als wir Schluss gemacht haben und ich von dir wissen wollte, wieso du das getan hast, wo du doch behauptet hast, mich zu lieben, hast du mir genau das gesagt.“

„Klingt, als wäre ich ein Arschloch und ein Feigling gewesen“, nuschelt Jan, doch ich verstehe ihn deutlich genug.

„Oder aber du warst nur ehrlich“, wende ich lahm ein. Ich glaube mir selbst nicht.

„Ich hatte bloß Angst. Ich war dumm, Ella. Zu dumm, um zu kapieren, was wir hatten. Und jetzt muss ich dabei zusehen, wie du denselben Fehler machst.“ Verletzt sieht er zu mir hoch.

„Bereuen tut weh, Ella. Verdammt weh.“ Kurz blickt er nach unten, ehe er aufsteht und sich dicht vor mich stellt.

„Geh nach Berlin! Tu, was du tun musst. Aber behaupte nicht, dass Liebe nicht ausreicht, wenn du gerade dabei warst, mir zu zeigen, wie sehr ich dich und deine Liebe brauche … Du willst weglaufen, dann bitte schön. Ich weiß genau, besser als jeder andere – wie wir festgestellt haben –, wie das geht. Also mach ruhig die gleichen Fehler wie ich. Doch erwarte nicht von mir, dass ich dir dabei zusehe.“

Dicke Tränen rinnen mir stumm über die Wangen, während ich ihm zuhöre und fühle, wie der Teil meines Herzens, den ich eigentlich beschützen wollte, einen

Knacks bekommt. Es ist der Teil meines Herzens, der vor Jahren Narben davongetragen hat und seither verletzlicher geworden ist als früher. Ich kann es nicht ertragen, wie abgeklärt und kalt er ist, wie er sagt, ich würde nur einen Fehler machen, und mich wegschickt, obwohl ich es doch bin, die geht.

„Was ist? Was hast du mir noch zu sagen?“, fährt er mich an. Allzu deutlich kann ich sehen, wie gekränkt er ist. Jan fährt sich wieder auf diese Art über den Mund, die seine Gesichtsnarben verdeckt.

„Narben und Verletzungen erinnern uns an das, was passiert ist, Jan.“ Sehr vorsichtig fahre ich mit meinen Fingern über seine, die gerade die Wange mit den Narben bedecken.

„Aber sie müssen nicht deine Zukunft bestimmen. Nicht, wenn du es nicht zulässt.“ Er befreit sich von meiner Berührung.

„Wie schön, dass du so gut Bescheid weißt, Ella. Wenn du deine Zukunft so perfekt in der Hand hast, warum gibt es dann keinen Kerl in deinem Leben, der dich schwängert und dir all das gibt, was du dir wünschst? … Nein, mach dir nichts vor. Du bist genauso kaputt wie ich … Ich meine, sieh dich an. Du verschwendest deine Zeit mit einem Krüppel, der dich betrogen hat und der dich davon abhält, weiterzukommen … Doch für Letzteres hast du ja eine saubere Lösung gefunden.“

Noch bevor ich es verhindern kann, landet meine flache Hand auf seinem Gesicht. Noch nicht einmal besonders erschrocken, sieht er mich weiter fest an. Ich weiß nicht, wem die Ohrfeige mehr weh getan hat, ihm oder mir.

Verheult und noch mehr durcheinander als je zuvor verschwinde ich aus seiner Wohnung und aus seinem Leben.

# Kapitel 20

## Ella - 2011

Jan steht unter der Dusche. Dank der offenen Tür höre ich das Wasser prasseln. Ich weiß nur zu gut, wie es aussieht, wenn es über seinen Körper fließt. Beinahe bringt mich der Gedanke dazu, meine Sendung abzuschalten und zu ihm zu kommen. Aber ich reiße mich am Riemen, lächele in mich hinein und sehe mir weiter die Wiederholung von Greys Anatomy an. Als die Hauptdarstellerin ins Bild rückt, muss ich den Kopf schütteln. Unglaublich, dass irgendjemand denken könnte, ich hätte Ähnlichkeit mit ihr. Eines ist mal sicher, wir haben nicht dieselbe Kleidergröße. Gerade als eine heiße Szene beginnt, piept ein Handy. Unzufrieden murre ich, denn ich kann es nicht leiden, wenn ich bei meinen Lieblingssendungen gestört werde. Jan und ich haben uns Weihnachten beide ein Handy gekauft. Zufällig leider genau dasselbe. Beide liegen sie vor mir auf dem Couchtisch. Ich schnappe mir eines und sehe gleich am Hintergrundbild, dass es nicht meines ist. Jan hat eine SMS bekommen. Es steht nur eine

Nummer als Absender. Gegen das laute Wasserplätschern angehend, rufe ich ihm zu, dass er eine Nachricht bekommen hat.

„Was?“, ruft er zurück. Es klingt, als würde er sich mit einem Handtuch übers Gesicht rubbeln. Die Dusche wird abgestellt.

„Ich sagte, du hast eine SMS bekommen“, wiederhole ich.

„Von wem denn?“

„Keine Ahnung. Nur eine Nummer.“

„Dann sieh nach“, schlägt er vor. Und genau das tue ich. Ich tippe auf das Briefsymbol und erfasse sofort den Inhalt der Kurznachricht, wobei sich mir der Magen umdreht.

*Hey du! Nächste Woche habe ich wieder ein Shooting in der Stadt. Wollen wir die Gelegenheit nicht nutzen und die heiße Nacht wiederholen?*

Mein Puls schlägt mir sofort dröhnend in den Ohren. Mir wird schlecht, wie immer, wenn etwas mich total überfordert. So wie das hier. Wer ist sie? Von welcher Nacht redet sie? Wann soll das gewesen sein? Mit Jan! Hat Jan mich … betrogen? … Ich glaube das nicht.

Mir dreht sich alles. Ich kann fühlen, wie mein Magen streikt, und die Chips, die ich mir vorhin noch genüsslich beim Fernsehen reingestopft habe, wollen wieder raus. Sofort. Schnell tapse ich in die Küche und beuge mich über die Spüle. Mit im Nacken zusammengerafften Haaren würge ich in meine Abwaschtasse. Doch es ist nur Magensäure, die mir die Kehle hochkommt. Fest drücke ich die andere zur Faust geballte Hand gegen meine Magengegend. Das kann doch nicht wahr sein! Wieso? Während ich weiterhin würge, springen mir Tränen in die Augen.

Ich höre das Geräusch von Fußsohlen hinter mir, aber ich nehme es nur halb wahr.

„Ella! Was ist mit dir?“ Besorgt stellt Jan sich hinter mich und reibt mir beruhigend über den Rücken. Als Reaktion darauf läuft es mir eiskalt den Rücken runter.

„Musst du dich übergeben?“, fragt er vorsichtig.

Wie sehr ich seine Stimme immer geliebt habe, besonders, wenn sie so sanft zu mir war. Doch jetzt bekomme ich davon nur Magenschmerzen und einen heftigen Stich in der Brust. In mir legt sich ein Schalter um. Ich drehe mich um und schupse ihn dabei so fest von mir, wie ich nur kann.

„Hey, was soll das?“, beschwert er sich mürrisch.

Wie kann er nur vor mir stehen, halbnackt, in dieses lächerliche Handtuch gewickelt, das ich von meiner Mama zu Weihnachten bekommen habe. Ein hysterisches Lachen kriecht meinen Hals hoch. Doch es kommt als verzerrtes Schluchzen hoch, zusammen mit den verzweifelten Tränen.

„Ella. Verdammt noch mal! … Was hast du denn?“

„Was ich habe?“, schreie ich ihn an. Ich stürme an ihm vorbei, schnappe mir das Handy und drücke es ihm an die harte, feuchte Brust. „Das habe ich und anscheinend *hattest du sie*!“

Binnen einer Sekunde weicht alle Farbe aus seinem Gesicht und er kann mich nicht mehr ansehen. Schuldbewusst sieht er auf das Handy. Kurz überfliegt er die Nachricht und presst dann gequält die Augen zu. Er hat kein Recht dazu! Er hat kein Recht, so zu tun, als wäre er derjenige, der leidet. Mein Atem kommt so hektisch, dass ich kaum noch sprechen kann. Und ich weiß ohnehin nicht, was ich sagen soll. Sein Gesichtsausdruck sagt mir alles. Jede Hoffnung, dass es sich um ein Missverständnis handelt oder dass die Frau von einer längst vergangenen Nacht vor uns anspielt, löst sich in Luft auf. Erst jetzt merke ich, dass ich bereits heule. Schniefend und schluchzend schlinge ich die Arme um meine Mitte. Ich habe das Gefühl, auseinanderzubrechen, als würde etwas mich entzweireißen. Ich dachte immer, wir wären glücklich.

„Wieso? Wieso hast du das getan?", flenne ich wie ein kleines Kind. Mein Blick fällt zufällig auf den Fernseher, der im Hintergrund noch läuft. Ich sehe diese wunderschönen Schauspielerinnen, und plötzlich weiß ich wieder, dass diese andere Frau von einem Shooting getextet hat. Sie ist Model. Bestimmt ist sie wunderschön und groß und gertenschlank – alles, was ich nicht bin. Ich fühle mich klein und abgewiesen von dem Mann, von dem ich sicher war, dass er mehr für mich empfindet. Von dem ich sogar dachte, er würde mich lieben. Doch er steht nur stumm vor mir und hat nicht einmal den Anstand, mir zu sagen, wieso er mich betrogen hat.

„Ich will wissen, wieso du sie gevögelt hast? Wieso musstest du das tun?" Ich schreie ihn an, während ich immer wieder gegen seine Brust stoße. Rede, verdammt! Sag etwas!

„Es tut mir leid", flüstert er. Ich möchte ihn schlagen. Noch nie in meinem Leben wollte ich jemanden schlagen, und es entsetzt mich, wie sehr ich ihm im Moment wehtun möchte.

„Ich habe einen Fehler gemacht. Die Nacht mit ihr hat mir nichts bedeutet. Sie ist … vollkommen unwichtig für mich."

„Aber ich bin dir wichtig?", ätze ich. „Ich bin dir so wichtig, dass du mich betrügst!"

„Ich will wissen, wieso. Sag es mir, Jan!" Voller Verachtung starre ich ihn so lange an, bis er mir in die Augen sieht. Seine blauen Augen, sonst wunderschön und anziehend, machen mich krank. Ihn anzusehen, tut weh.

„Ich weiß es nicht. Ich … Ich hatte Angst", stammelt er.

„Angst? Wovor denn?“ Ungläubig schnaube ich bitter. Das kann doch alles nicht wahr sein! Angst? Er hatte Angst?

„Ella, wir haben übers Zusammenziehen gesprochen, und ich weiß, dass du Kinder haben willst, irgendwann … und ich …“

„Wag es nicht!“, warne ich ihn. So kalt hat meine Stimme noch nie geklungen, aber ich bin außer mir. „Wage es nicht, mir die Schuld dafür zu geben.“ Elend starrt er mich an.

„Das tue ich nicht. Ich habe einen schrecklichen Fehler gemacht. Einen Fehler, den ich bitter bereue. Aber ich weiß nicht, wie das mit uns weitergehen soll. Wie können wir zusammenziehen, wenn wir verschiedene Dinge für unsere Zukunft wollen? Wir sind so verschieden, Ella. Und du bist so gut, so verdammt gut. Und ich bin es nicht.“ Da kann ich nicht widersprechen, auch wenn ein kleiner Teil von mir rufen möchte: „Das stimmt nicht. Du bist gut.“ Doch dieser Teil ist begraben unter einem Berg von Wut und Enttäuschung.

„Das ist das Dümmste, was ich je gehört habe … Du betrügst mich, schläfst hinter meinem Rücken mit irgendeiner Frau, weil ich ja ach so gut bin … Wen willst du hier verarschen, Jan?“ Ich habe das hier satt. Ich möchte nur noch ins Bett und heulen, bis ich nicht mehr kann, und dann einschlafen. Doch meine Wut lässt mich nicht. Sie baut sich in mir auf wie eine Lawine, die mich überspült. Dank ihr spüre ich mein gebrochenes Herz noch nicht, aber ich kann fühlen, dass es da ist und dass es schmerzt, dass es noch viel schlimmer sein wird, wenn die Wut erstmals vergeht. Also halte ich an ihr fest. Sie ist das Einzige, was mich aufrecht hält.

„Sei doch einfach ehrlich, du Feigling, und sag, dass du mich nicht mehr willst oder dass du mich nicht mehr liebst.“ Ernst und sehr vorsichtig sieht er mich an.

„Aber das wäre gelogen.“ Ich werfe ihm einen vernichtenden Blick zu. Er kann doch nicht behaupten, dass er das getan hat, und gleichzeitig behaupten, er sei noch verliebt in mich.

„Du glaubst mir nicht“, stellt er matt klar. „Aber es ist die Wahrheit. Ich liebe dich, Ella, und ich hab dich immer gewollt, das weißt du auch. Aber …

„Aber was? Wieso hast du uns dann kaputtgemacht?“

„Weil Liebe manchmal nicht genug ist“, flüstert er vor sich hin und starrt dabei auf seine Hände. Kann er mich nicht einmal mehr ansehen?

„Blödsinn. Wenn du mich wirklich lieben würdest, wäre es genug. Mehr als genug“, halte ich dagegen. Meine Wut verlässt mich und zurück bleibt nur der dumpfe Schmerz in meiner Brust, der sich leer und qualvoll anfühlt. Meine Gefühle sind wie in Watte gepackt und diesen Moment muss ich nutzen, ehe ich zusammenbreche.

„Ich möchte, dass du gehst, Jan. Ich möchte, dass du jetzt gehst und dich nie wieder bei mir blicken lässt. Morgen, wenn ich arbeite, kannst du kommen und alles mitnehmen. Wirf deinen Schlüssel ins Postfach … Und jetzt zieh dich an und verschwinde. Geh mir aus den Augen!“

Ohne noch etwas zu sagen, tut er alles, was ich verlange. Er zieht sich an und der Anblick, wie er vor mir seine Jeans überstreift und das Shirt, brennt sich in mein Gedächtnis. Jede seiner Gesten besitzt etwas Trauriges und täuscht mir das Gefühl von Verlust vor. Seine restlichen Sachen im Arm zusammengerafft, geht er an mir vorbei, ohne mich anzusehen. Als ich die Tür höre, weiß ich, dass er aus meinem Leben verschwunden ist und ich ihn nie wieder sehen werde. Bittere Tränen rinnen mir dabei über die Wange.

# Kapitel 21

## Ella - 2014

„Letzter Tag?"

Ich sehe Saschas Reflexion in einer der riesigen Scheiben, die die Wände der gesamten Dachterrasse ersetzen. Sanft legt er mir seine Hand auf die Schulter und setzt sich zu mir. Wir sehen beide aus dem Fenster auf die nächtliche Kulisse Wiens. Er weiß, was mit Jan passiert ist, und macht sich Sorgen um mich. Ich ziehe die Beine an und schlinge meine Arme darum. Immer schon hat der gepolsterte Fenstersims, der sich diese ganze Seite entlangzieht, eine starke Anziehungskraft auf mich ausgeübt. Wenn ich mal einen schlechten Tag hatte oder einsam war, bin ich hierhergekommen und habe aus dem Fenster gesehen, so wie jetzt. Irgendwie hat das immer geholfen.

„Ich kann nicht glauben, dass du bald nicht mehr hier sein wirst", bricht Sascha die Stille zwischen uns.

„Geht mir auch so." So gut ich kann, versuche ich ihm ein Lächeln zu schenken.

„Du weißt, ich werde dich mindestens vier Mal

besuchen kommen.“ Gespielt ernst nickt er mir zu. Ich werde ihn schrecklich vermissen.

„Das will ich doch hoffen. Berlin ist zum Glück nicht weit weg.“

„Nicht einmal eine Stunde mit dem Flieger“, ergänzt er mit erhobenem Zeigefinger, in dem ich meinen Zeigefinger einhacke und an seinem ziehe. „Abgemacht.“ Zufrieden lächelt er.

„Und du bist dir sicher, dass du dich richtig entschieden hast?“, fragt er und seine sanften Augen bitten mich um Verzeihung, weil er noch ein letztes Mal fragen muss. Da ich es nicht aussprechen kann, schüttele ich nur mit brennenden Augen den Kopf.

„Verstehe.“

Sascha nimmt mich fest in den Arm, sagt mir damit auf seine Weise, dass er immer für mich da ist, wie ich es immer getan habe, wenn seine Liebschaften nicht gut endeten.

„Was hast du noch vor … an deinem letzten Tag? Na ja, eigentlich Abend.“ Ich löse mich aus seiner tröstlichen Umarmung und sehe ihn an.

„Ich würde gerne noch eine Weile hier sitzen bleiben.“

„Alleine? Zum Abschied?“ Ich nicke, während er aufsteht und mir einen Kuss auf den Scheitel gibt.

„Hab dich lieb, Kleines“, flüstert er mir noch ins Ohr, ehe er verschwindet. Kurz, als ich ihm nachsehe, bemerke ich, dass die Bar und der Lounge-Bereich bereits ziemlich voll sind, so früh am Abend. Aber ich habe gelernt, die Gäste vollkommen auszublenden, und dank der Palmendekoration, die vor mir steht, sieht mich keiner und ich genieße meinen heimlichen Lieblingsplatz, so gut es geht, wenn man Liebeskummer hat. Mein Blick gleitet wieder über die Stadt, die in der Dämmerung vor mir liegt. Die sanften Lichter des Parks und der dahinter liegenden Straßen beruhigen mich. Sie sind mir so vertraut. Ich wünschte, mein eigenes Inneres wäre mir ebenso vertraut. Mir entgleitet alles und ich habe nur noch einen Wunsch: wieder die Kontrolle zurückzuerlangen. Sie ist die einzige Illusion, die ich niemals aufgeben konnte. Ich brauche sie. Ich brauche diesen Neuanfang und den Abstand, den Berlin mir bietet, auch wenn jede Faser meines Herzens das für einen Fehler hält und schmerzt. In meine bittersüße Stimmung versunken, höre ich zuerst nicht, dass mein Smartphone vibriert und brummt. Doch als es gegen meine nackten Füße zuckt, wird mir klar, dass jemand mich anruft. Ich nehme das Handy und sehe Jans Namen riesig auf dem Display. Sofort schlägt mein Herz doppelt so schnell und mir bricht der Schweiß aus, aber ich schaffe es nicht, abzuheben. Ich starre wie gebannt auf das Smartphone. Eine Nachricht wird angezeigt. Zittrige Finger rufen sie ab.

*Nimm ab! Bitte! Ich muss deine Stimme hören.*

Gleich darauf klingelt es wieder.

*Eingehender Anruf. Jan Herzog.*

Diesmal nehme ich den Anruf an. Ich halte die Luft an, während ich das Telefon gegen mein Ohr presse.

„Ella, leg bitte nicht auf", beginnt er und ich höre ein Zittern in seiner Stimme, das ich so noch nie gehört habe. Er klingt ganz anders, als ich ihn kenne. Gehetzt, nervös.

„Es tut mir alles so unendlich leid. Das musst du mir glauben. Ich kann nicht mehr schlafen, ich muss immer an dich denken und daran, was ich alles zu dir gesagt habe."

So schnell und verzweifelt habe ich ihn nie sprechen hören. Fast macht er mir Angst. Aber trotz allem, was er sagt, tut es gut, seine Stimme zu hören. Meine Brust zieht sich fest zusammen. Ich habe ihn sehr vermisst, dabei waren es nur ein paar Tage.

„Ich weiß nicht, was ich sagen soll, Jan. Ich weiß es

wirklich nicht“, gebe ich zu. Ich bin froh, dass niemand sehen kann, dass ich kurz vor einem erneuten Tränenausbruch stehe, auch wenn ich mitten in einer Dachgeschossbar sitze.

„Du kannst sagen, was immer du willst … Wenn du nur mit mir redest … Ella, du fehlst mir so.“ Das ist genug. Eine Träne löst sich aus meinen Augen und wandert alleine meine Wange hinab.

„Mir tut es auch leid. Ich hab einen Fehler nach dem anderen gemacht, weil ich Angst hatte, weil du mir so viel bedeutest.“ Wieso konnte ich ihm das nicht vorher sagen? Wieso ist es am Telefon um so vieles leichter, ehrlich zu sein?

„Ich weiß genau, wie es ist, Fehler zu machen, die man bitter bereut. Lange habe ich versucht, das zu verdrängen. Aber irgendwie habe ich mir immer gewünscht, auch wenn ich es nicht zugeben konnte, dass ich eine zweite Chance mit dir bekommen könnte. Auch wenn ich das nicht verdiene.“

„Ich weiß genau, was du meinst“, sage ich ihm. „Deshalb habe ich dir meine Nummer gegeben und so getan, als ginge es mir nur um den Sex mit dir. Dabei habe ich nie aufgehört, an dich zu denken. Aber ich konnte mir das nicht eingestehen, weil du mich betrogen und mir das Herz gebrochen hast“, schluchze ich in das Handy.

„Ich wünschte, ich könnte es ungeschehen machen. Ich wünschte, ich hätte mich damals davon abhalten können, diesen dummen Fehler zu begehen … Ja, ich hatte Angst und ich wollte weglaufen, doch wirklich verlieren wollte ich dich nie.“ Ein dumpfes Geräusch ist am Ende der Leitung zu hören, so als schlage jemand mit der Faust oder mit dem Kopf gegen eine Wand.

„Ich hätte das mit uns nicht kaputtmachen dürfen … Ich brauche dich, Ella. Ich will dich bei mir haben.“ Ein brennendes Verlangen ist seiner Stimme anzuhören. Ein verzweifeltes Verlangen, das auch in mir wohnt und sich regt, als wäre es ein Tier, das aus seinem Käfig entkommen möchte.

„Ich hätte auch nicht zulassen dürfen, dass es so mit uns endet, Jan. Aber ich muss nach Berlin gehen. Wie schwer es mir auch fällt. Ich muss das tun." Es ist die schlimmste Gewissheit meines Lebens. Ich weiß aus tiefster Seele, dass ich Jan will – nur ihn – und genauso weiß ich, dass ich nach Berlin gehen muss, zumindest für die nächsten Monate.

„Ich weiß", seufzt er leise.

„Aber ich werde nicht zulassen, dass du vor mir wegläufst. Dass du nach Berlin gehst, heißt nicht, dass es aus ist. Nicht für mich … Ich werde nicht zulassen, dass du dieselben Fehler machst wie ich und uns aufgibst."

„Was?" Entsetzen bricht in mir auf, genährt von der Droge Hoffnung, die sich wieder in mir einnistet.

„Ich gebe uns nicht auf, Ella. Ich werde um dich kämpfen."

„Jan, ich weiß nicht, ob ich noch einmal …"

„Ich lasse dir keine Wahl. Ich werde dir zeigen, dass wir zusammengehören. So wie du mir gezeigt hast, dass wir zusammen stärker sind als ohneeinander. Ohne dich hätte ich mich niemals akzeptieren können, so wie ich jetzt nun einmal bin. Wenn du es schaffst, dass ich in den Spiegel sehen kann, dann schaffe ich es, dass du mir wieder vertrauen kannst und mich wieder in dein Leben lässt."

Jan spricht klar und deutlich, voller Selbstvertrauen, wie ein Mann, der weiß, was er will. Mir schlägt das Herz bis zum Hals. Hoffnung keimt in mir auf. Eine Hoffnung, die mir wahnsinnige Angst macht, weil ich daran glauben möchte.

„Ich gebe nicht auf, Ella. Hörst du! Ich gebe dich nicht auf. Und jetzt sag mir, dass du möchtest, dass ich um dich kämpfe."

Eine kaum zu ertragende Stille breitet sich zwischen uns aus. Ich höre seinen Atem durch das Telefon und spüre, wie mir der Angstschweiß ausbricht. Die Forderung in seinen Worten und die Art, wie er seine Antwort verlangt, als dulde er keinen Widerspruch, raubt mir den Atem.

„Ich …"

„Los, Kleines. Du schaffst das. Sag mir die Wahrheit!"

Wenn ich jetzt zugebe, dass ich es will, weiß er, wie viel er mir bedeutet. Ich verliere die Kontrolle an ihn und er hat wieder diese Macht über mich, die im Stande ist, mein Herz zu brechen.

„Bitte, Ella. Sag nur ein Wort. Sag nur: Ja." Ich spüre seine Ungeduld beinahe schon körperlich. Wenn ich jetzt ja sage, ändert das alles. Bin ich bereit dazu? Aber was ist mit der Alternative? Bin ich bereit, ihn für immer zu verlieren, wenn ich jetzt nicht Farbe bekenne?

„Ja", hauche ich und bin derart überrascht, es tatsächlich ausgesprochen zu haben, dass mir der Magen nach unten sackt. Ich habe es getan. Ich habe es wirklich gesagt. Voller Angst und auch mit bittersüßer Hoffnung im Herzen schließe ich die Augen und lehne mein Gesicht gegen die kühle Scheibe. Was bedeutet das nun? Was wird geschehen? Morgen schon muss ich nach Berlin fliegen.

„Hab Vertrauen", flüstert es ganz leise und vorsichtig. „Warte auf mich und hab Vertrauen", sagt er mir noch, ehe er auflegt.

Ich weiß nicht, wie es nun weitergehen wird. Ich weiß nur eines mit Sicherheit:

Wenn ich an Jan denke, ganz gleich, was zwischen uns geschehen ist, denke ich an Angst, an Leidenschaft und Nervosität. Ich denke an Sex und an Liebe, aber auch an die Vergangenheit und die Zukunft. Aber ich denke auch an Wut und bittere Enttäuschung, an meine tief sitzende Angst und an Schmerz, der nicht vergehen will. Doch wann immer ich an ihn denke, empfinde ich etwas, etwas Starkes und Lebendiges. Etwas, das ich brauche wie die Luft zum Atmen.

Ich wünschte nur, ich wäre in der Lage, damit umzugehen.

# Kapitel 22

Jan - 2013

Ich bin spät dran, so richtig spät dran. Wie konnte ich nur diesen Termin völlig vergessen. Als mein Chef völlig außer sich angerufen hat, um mich zu fragen, wo um alles in der Welt ich stecke, hat mich fast der Schlag getroffen. Heute sollte ich, vor gut einer Stunde genau genommen, im Haus eines bekannten Architekten zu Abend essen. Und was mache ich? Ich verpasse die Chance meines Lebens, weil ich auf der Couch eingepennt bin.

Zum Glück habe ich das Handy-Navi, denn hier draußen auf dem Land kenne ich mich überhaupt nicht aus. Noch bin ich auf einer Schnellstraße. Doch die Adresse lässt vermuten, dass sein Schmuckstück in irgendeinem abgelegenen Landstrich in Niederösterreich liegt. Da ich spät dran bin, habe ich die Dämmerung verpasst und muss mitten in der Nacht fahren. In dieser gottverlassenen Gegend gibt es so gut wie keinen Verkehr, und das auf einer Durchzugsstraße.

Um mich abzulenken und mich wachzuhalten, drehe ich das Radio an, aber es läuft wie immer nichts Anständiges. Genervt drehe ich es wieder ab. So bleiben mir nur meine Gedanken und die monotone Stimme der Navi-Ansagerin, die mich ab und an in die richtige Richtung schickt. Doch meine Gedanken schlagen nicht gerade günstige Pfade ein. Sie bleiben bei Tatjana hängen. Meine aktuelle – wie soll ich es nennen? – Bettgenossin. Sie ist, wie alle meine Eroberungen der letzten Zeit, umwerfend, was das Äußere betrifft, und unkompliziert, was das Körperliche angeht. Genau wie ich es haben will. Noch bin ich berauscht von ihren perfekten Kurven und ihrer wahnsinnig schlanken Gestalt, auch wenn sie sich nicht so weich anfühlt, wie ich es wirklich gerne habe. Tatjana ist perfekt, abgesehen von der Tatsache, dass sie mir nicht wirklich etwas bedeutet. Doch im Moment läuft es noch toll mit uns, vor allem im Bett. Bald schon wird der Hunger nach ihr genauso schnell verschwinden, wie er gekommen ist. Das ist immer so. Bei jeder von ihnen. Zwei Monate, höchstens, länger dauert es nicht, bis jegliches Gefühl zwischen ihnen und mir verschwindet. Meine Kumpels können mich nicht verstehen, fragen mich neugierig nach den Bettgeschichten mit diesen Frauen aus und nennen mich Arsch, wenn ich ihnen die Wahrheit sage. Sie bedeuten mir nichts und ehrlich gesagt bedeute ich ihnen genauso wenig, auch wenn sie mir manchmal eine Szene machen oder mir vorspielen, sie hätten Gefühle für mich. Ich weiß es besser. Ich sehe die Lüge in ihren Augen. Ihnen gefällt, wie ich aussehe, was ich mit ihnen im Bett anstelle und das Geld, das sie an mir vermuten. Es ist bloß ein Spiel, ein dummes Spiel, in dem niemand gewinnt, aber auch niemand verliert.

Manchmal wünsche ich mir, dass ich anders wäre, dass es nicht ständig so weitergehen würde. Doch ich kenne mich. Das geht vorbei und bei der nächsten Gelegenheit fange ich doch wieder etwas mit einer von ihnen an, genieße den warmen Körper, der die Einsamkeit vertreibt, die ich manchmal sogar heute noch wie eine kalte Klammer um mich fühlen kann. Und ich genieße die kurzen Momente falscher Lust, die wir uns gegenseitig schenken. Ich lebe das Leben, das zu mir passt.

Verdammt! Ich werde noch später bei Frank Hahmann eintreffen, als ohnehin schon befürchtet. Dabei ist mein Erfolg als Architekt mir das Wichtigste überhaupt. Und wenn wir es schaffen, ihn in unsere Firma zu holen und er sich bereit erklärt, zusammen mit mir einen Entwurf für das neue Museum in Graz einzureichen, könnte das der große Durchbruch für mich sein. Wie konnte ich nur verschlafen?

Gerade schüttle ich noch den Kopf über meine eigene Dummheit, da blendet mich das Licht eines Fahrers auf der anderen Spur. Wieso blendet der Idiot nicht ab?

Noch bevor ich ihn anblinken kann, wird mir klar, dass er viel zu weit auf meiner Spur fährt. Spinnt der? Ist er besoffen? Endlich schlingert er über den Mittelstreifen zurück. Es ist Samstag. Bestimmt hatte er einiges intus, als er sich hinter das Steuer gesetzt hat. Gerade will ich ihn wieder anblinken, da schert sein Wagen aus. Noch ehe ich richtig reagieren kann, kommt er auf meiner Spur auf mich zu. Entsetzen packt mich. Alles geht furchtbar schnell. Wir haben beide ein ordentliches Tempo drauf, deshalb gelingt es mir auch nicht, noch etwas auszurichten, indem ich gegenlenke. Ich presse instinktiv die Arme gegen das Steuer und drücke die Augen zu. Der Aufprall ist laut und heftig. Etwas drückt mir sämtliche Luft aus der Lunge, mein ganzer Körper verkrampft sich und wird zusammengequetscht. Mein Gesicht landet kurz auf etwas Weichem, bevor er hart zurückgeschleudert wird. Auf meiner Wange brennt etwas und mein Bauch fühlt sich komisch an. Als das Auto wieder nach unten geschleudert wird, kracht es. Dann ist es gespenstisch still. Ich höre nur ein leises Zischen und das feine Knacken von warmem Metall.

Ich möchte die Augen öffnen, aber so schnell gelingt es mir nicht. Erst beim zweiten Versuch sehe ich das zerstörte Frack vor mir, das noch vor kurzem mein Wagen gewesen ist. Ich sollte in Panik ausbrechen, doch das tue ich nicht, was mir komischerweise nur noch mehr Angst macht. Seltsam. Ich fühle kaum etwas. Jetzt wird mir schlecht. Das ist nicht gut. Ich versuche mich umzusehen, aber jede feine Drehung meines Kopfes fällt mir schwer und fühlt sich komisch an. Ich sehe an mir herab und stelle erschrocken fest, dass ein riesiger Glassplitter in meinem Bauch steckt. Sollte ich nicht Schmerzen haben? Verdammt! Was ist hier los?

Hektisch atme ich ein, aber ich bekomme kaum Luft und meine Brust schmerzt dumpf, aber ohne dass der Schmerz mich wirklich erfasst. Ich folge meinem Blick und muss feststellen, dass die Motorhaube samt Innenraum eingedrückt ist, so weit, dass ich völlig eingequetscht bin. Ich kann meine Beine nicht sehen. Und nicht spüren. Aber etwas nehme ich wahr: Der kupferne Geruch von Blut steigt mir in die Nase und er kommt aus dem Fußraum. Panisch versuche ich meine Beine zu bewegen oder sie wenigstens zu fühlen, aber es ist zwecklos. Meine Finger ertasten offenes Fleisch auf meiner Wange. Aus der Wunde in meinem Bauch strömt ebenfalls warmes Blut. Mir ist eiskalt. Ich schwitze und friere gleichzeitig. Mit zitternden Fingern versuche ich nach dem Handy zu tasten, weil ich meinen Kopf nicht richtig bewegen kann. Aber es ist nicht da, ist nicht am Nebensitz, wo es sein sollte. Langsam drehe ich den Kopf und sehe, dass es auf dem Unterboden liegt, eingequetscht und unerreichbar.

Ich kann keine Hilfe holen. Der andere Kerl! So vorsichtig und schnell es geht, sehe ich aus der kaputten

Scheibe neben mir und sehe, dass der andere Wagen mitten auf der Gegenfahrbahn liegt und nur noch ein Blechhaufen ist. Wenn der Fahrer nicht tot ist, ist er sehr wahrscheinlich bewusstlos. Ich versuche, nicht den Mut zu verlieren, aber es gelingt mir nicht. Ich bin mitten in der Nacht auf einer Straße gelandet, vermutlich schwer verletzt und eingekeilt in einen Unfallwagen und der Einzige, der mir seit Ewigkeiten entgegengekommen ist, ist der Fahrer des Wagens, der mich fast umgebracht hat. Bitter entgleitet mir ein Schnauben. Mir wird klar, dass ich nur warten kann, während das Blut aus mir strömt, als wäre es eine nie versiegende Quelle. Doch genau das Gegenteil ist der Fall. Die einsetzende Müdigkeit und der Schwindel machen deutlich, dass der Blutverlust seine Wirkung zeigt. Schnell und ohne Gnade.

Ich werde hier draußen auf der Straße sterben.

Meinen eigenen Tod vor Augen fühle ich nur eine einzige Sache: Bedauern.

Denn in meinem Leben hat es nicht viele Dinge gegeben, auf die ich wirklich stolz sein kann, an die ich mich erinnern möchte, so lange, bis ich endgültig verschwinde.

Wenn ich vollkommen ehrlich zu mir bin, was ich so gut wie nie bin, war Ella das einzig Gute in meinem Leben. Und das habe ich für immer zerstört.

Ella. Ich habe lange nicht mehr an sie gedacht. Und jedes Mal, wenn sich der Gedanke an sie einschleichen wollte, habe ich ihn verjagt, weil er wehtat und ich den Schmerz nicht fühlen wollte. Sie ist es, was ich vermissen werde, was ich am meisten bedaure. In mir reift der irrationale Wunsch, sie noch einmal sehen zu wollen. Angst steigt in mir auf, Angst davor, alleine sterben zu müssen.

Mit ihr war ich kurze Zeit die beste Version von mir, die ich sein konnte. Mit ihr war ich glücklich. Doch anstatt dieses Glück festzuhalten, habe ich es zerstört und sie für immer verloren. Ella zu verlieren, war der schlimmste Fehler meines Lebens. Das weiß ich jetzt. Auch wenn diese Erkenntnis zu spät kommt und völlig unsinnig mein bedauernswertes Ableben begleitet.

Mir wird schwarz vor Augen. Mein Magen krampft sich fest zusammen und die Kälte, die ich schon die ganze Zeit fühle, breitet sich immer weiter aus.

Ich sterbe.

Ich sterbe und nehme alles, was ich nicht ändern kann, mit. Ich sterbe voller Bedauern im Herzen.

Langsam fallen mir die Augen zu.

Jetzt wird alles schwarz.

Ella & Jan …

davor & danach …

geht weiter …

BITTERSÜß

**Ihnen hat es gefallen?**
Dann lassen Sie es die Autorin wissen!
Sie freut sich sehr auf Leserreaktionen.

Per Facebook:
www.facebook.com/AdeleMannAutorin

Per Mail:
adele.mann@outlook.com

6184964R00135

Printed in Germany
by Amazon Distribution
GmbH, Leipzig